泡坂妻夫引退公演 手妻篇

泡坂妻夫

ミステリ界の魔術師・泡坂妻夫。その最後の贈り物である作品集を、二分冊に文庫化しお届けする。『手妻篇』は、辛辣な料理評論家を巡る事件の謎を解く「カルダモンの匂い」ほか、ヨーガの達人にして謎の名探偵・ヨギ ガンジーが活躍するミステリシリーズ、酔象《すいぞう》将棋の名人戦が行われた宿で殺人が起こる、書籍初収録「酔象秘曲」、マジシャン同士の心の機微を描く「ジャンピング ダイヤ」ほか、マジックショップ・機巧堂《きこうどう》を舞台にした奇術もの、住人が次々と死んだマンションにて交霊会を行い、真実を暴く戯曲「交霊会の夜」など13編を収録。

泡坂妻夫引退公演　手妻篇

泡　坂　妻　夫

創元推理文庫

FAREWELL PERFORMANCE BY TSUMAO AWASAKA

by

Tsumao Awasaka

2012

目次

戯　曲

泡坂妻夫引退公演　手妻篇

ヨギ　ガンジー

カルダモンの匂い

「シェフ、あの野郎がとうとう正体を現しました」

と、調理場へ守田《もりた》が駈け込んで来た。

八食《やたべ》は研《と》いでいた庖丁の手を休めた。

「俺達があの野郎と呼ぶ男は、この世に一人しかいないぞ」

「そうです、シェフ。その野郎です」

「店に来たのか」

「いいえ。今、テレビに出ています」

八食は庖丁を放り出した。事務室へ入ると小さなテレビがつけ放されている。

相撲《すもう》取りが出演している醸造酢会社のコマーシャルが終ると、料理番組のようで、コック帽に白衣の肥った男がでてきて、ステンレス鍋の中を木杓子《きじゃくし》で掻き廻し始めた。

ホステスの立田緋紗子《たてだひさこ》が傍《そば》で火加減などを訊いている。

「最近始まった〈クッキング時代〉という番組なんです」

と、守田が説明した。

「また、料理番組か」

「ええ。これでまた、妙なグルメが増えますね。この番組の中に〈味はふれあい〉というコーナーがあるんです。毎週、女性のゲストを連れて、色色な料理店に案内するらしいんですが、そのガイド役が、クッキングジャーナリストの小藤田《ことうだ》讃味《さんみ》だそうです」

「そういう野郎だ」

と、八食は渋い顔をした。

「あ奴《やつ》が書いたものを覚えているだろう」

「ええ。自分は評論家という立場にいるから、人に顔を知られない方がいい。店の中に讃味の顔が見えると、料理人が変に手心を加えたりするようでは批評に公平を欠くことになる。そんな意味のことでしたね」

「そうだ。それが、ちょっと名前が売れだすと、そんなことはけろりと忘れて、テレビにまでしゃしゃり出る。そういう節度のねえ男なんだ」

「讃味もそうですが、僕はこの立田緋紗子というタレントも気に入りません」

「……なるほど、小生意気な顔をしているな。こんな番組は早く潰れた方が世間が幸せになる」

しばらくすると、立派な中華飯店の建物が画面に映し出された。店の入口に二人が立っている。一人が小藤田讃味で、ゲストが歌手の十朱《とあけ》珠《たま》だった。

「今日の味はふれあいでは、ここ、東京麻布《あざぶ》の〈白雲飯店《しらくもはんてん》〉の料理の数数をご紹介したいと思います。お客様はご存知の十朱珠さんです」

と、讃味が十朱を紹介した。

讃味の上半身が映っている。眉の濃いカストロ髭《ひげ》を生やした色の黒い三十前後の男だった。

「この男なら知ってるぞ」

と、八食が言った。

「そうです、シェフ。僕も覚えていました。夏の初めでしたよ。若い男と二人でした。確か、讃味がムースに鱒《ます》、若い方がクネルに鴨《かも》を注文しました。二人は隅の方で、何だか陰気な感じでぼそぼそ喋《しゃべ》りながら料理を分け合っていました」

「そうだった。俺が挨拶《あいさつ》に出ると、フランスじゃ鮨《すし》が歓迎されているくらいだから、食べ物の嗜好《しこう》が変わりヌーベルキュイジーヌが流行しているのを知らないのかね、などと利いた風なことを言いやがった。そうか、あの野郎だったのか」

「僕もレストランガイドでは悪く書かれましたよ。ボーイのワイシャツの袖が不潔だった、なんてね」

「そりゃ、実際にそうだったんだろう」

「まだあります。この店のボーイは客の話に聞き耳を立てるような態度があって、気分が悪かった、とか。きっと、悪いところばかり探そうとしていたから、そんな風に見えたんですね」

テレビの中の讃味と十朱は飯店の中に入り、金色の衝立《ついたて》がある部屋に通される。衝立には菊や竹、水面に羽を休める鶴が彫刻されている。

讃味は椅子を引いてやり、十朱に掛けさせた。

「珠ちゃんは食べ物に好き嫌いがないって聞いたけど、若いのに感心だね」

「あら、羞《はずか》しいわ、先生。何でも口に入れる卑《いや》しんぼみたいね」

「いや、西洋の諺《ことわざ》に、健康なる胃の腑は最良の調味料なり、とあります。健康は美人の基本でもある」

「でも先生、わたしって、油断をすると、すぐ肥っちゃうんです」

「結構じゃないですか。肉体は女性美の基本ですからね。私などは痩《や》せている女性には少しも魅力を感じません。珠ちゃんは最近、めっきり魅惑的になってきましたね」

「先生は少しも恐い人じゃないんですね」

「困った先入観だなあ。大体、私は歯に衣《きぬ》を着せない方で、そんな風に思われるんです」

讃味は広く開いた十朱のカクテルドレスの胸元を覗いた。

「お肌が光っていますね。野菜が好きなんでしょう」

「ええ、とても。特に、新鮮で香りの高いのが好き」

「それは素晴らしい。この世に、臭《にお》い音痴ほど気の毒な人はいません」

「匂いはお料理の基本なんですよね」

そのうち、二人の前に料理が運ばれて来る。

豆苗《ドウミヤ》の芝麻醤《チーマージヤン》炒《いた》め、青梗菜《チンゲンツアイ》の帆立貝あんかけ、搨菜《タアツアイ》と乳腐《ルーフー》の煮込み、酒は茅台酒《マオタイチユウ》の花茶《フアチヤ》割り。

「この店は広東《カントン》料理の伝統を守っているんです。ですから、味付けが多少淡白かも知れませんがね」

と、讃味が説明する。

「わたし、今年の夏、広東を廻って来ましたのよ。一週間ばかりお仕事で、その後は夏休みということにして」

「そうですか。色色、珍しいものがあったでしょう」

「わたしはこれでも、新しいものに挑戦するのが好きなの」

「で、どんなものに挑戦しました？」

「猫とか……蛇なんか」

讃味はちょっと箸を動かすのを止めた。

「あら、先生はお嫌い？」

「いや……一応は何でも」

「わたしが食べた蛇の料理って、面白いんですよ。日本のように割《さ》くんじゃなくて、輪切りなんです。何というのかしら、白いスープにぷかぷか浮いていて」

「……さあ」

「わたしのお皿の中に、蛇の尻尾《しっぽ》の先が入っていたわ、先生。そのところ、とても栄養があって、漢方薬になるんですってね」

「……」

「わたしがお野菜が好きだと言ったら、青虫の酢のものを勧められたわ。青虫って、全身が葉緑素でしょう。噛みしめるとちょっと苦味がある汁が出て来て——あら、先生。どうかなさいました?」

「いや、別に」

「お顔の色がよくないわ。わたし、悪いことを言ってしまったかしら」

「いえ、面白い話です。続けて下さい」

讃味は箸を置き、ハンカチで額の汗を拭いた。

その様子を見ていた守田が言った。

「やあ、この野郎。生意気な理屈はうまいが、食えない物が沢山あるんだ」

八食が言った。

「俺はこ奴が、十朱珠と気易く食事をしているのが気に入らねえ」

「今度、奴が来たら、どうしましょう」

「構わねえから、ミクロネシア産のカルリカをたっぷりと効かせたものを食わしてやる。三日は舌の痺《しび》れが治らねえような奴を、だ」

フランス料理店「横浜《よこはま》マルセル」の料理人達が、讃味を激怒しているのは、それ相当な理由があった。

この九月、小藤田讃味は「横浜ミシュラン」というレストランガイドブックを書いた。横浜周辺の料理店を紹介した本だが、これに人気が集まり、横浜だけではなくわずかな期間に、東京方面にも読者が拡がっていった。

というのが、讃味の文章が痛烈な調子で、一流のレストランでも遠慮なく片端からこき下ろす。一方、名もないような小さなラーメン屋などを掘り出して、値段を考えればその味は買い得であるなどと激賞する。読んでいると、なかなか痛快で小気味良いから、若者達の間で、密《ひそ》かなブームが起こっていた。このテレビ番組クッキング時代にレギュラーとして讃味が起用されたのも横浜ミシュランの人気がテレビ局に知れたからだ。

それはいいのだが横浜マルセルはガイドブックで讃味にこき下ろされた一軒だったのだ。

横浜マルセルのシェフ、八食はフランスで十年間修業した男で、中でもムッシュウ ランバンの店で五年間勤め上げたのを誇りとしているから、その記事を読むと完全に逆上し、本を踏みにじったがそれでも満足せず、態態《わざわざ》自然農業を自営している農家を探し出し、そこに本を持って行って、肥溜《こえだめ》の中に叩き込んだ。

八食は店の売物のフランス産鴨のポルト酒ソースを、ヌーベルではないと書かれたことが我慢できなかった。濃厚なソースが嫌だったら、なぜ別の料理を注文しないのだという。讃味が正当なものに難癖をつけ、小さなラーメン屋を褒めそやすのは、元元、讃味の舌に欠陥があるのか、大向こう受けを狙う売名行為としか考えようがない。

横浜ミシュランの売れ方に気を良くした出版社は、毎年、新しい版を発行することになった。とすると、讃味はその取材のため、また横浜マルセルに姿を現すはずだ。そのときは讃味に一泡吹かさないではおかないと、八食と守田は讃味の顔を頭の中に叩き込む。

それから一週間と経たない日だった。

横浜マルセルに小藤田と名乗る男から、明日、三人で行くから席の予約を取りたいという電話が掛かってきた。


「先生、何かおいしい物が食べたくてならないの」

「はて、旨い物なら、ついこの間、お粥《かゆ》が旨い旨いと大騒ぎしていたではありませんか」

「あれは、お腹が空《から》っぽだったからだわ。そんなんじゃなくて、綺麗な小部屋かなんかで、ワインにフランス料理を沢山食べたくなったのよ」

「そりゃ……贅沢《ぜいたく》ですな」

「そんな楽しみがなかったら、もう、歩けそうにもない」

「そんな弱音を言うもんじゃありませんよ。横浜の町まで、あと、わずかです」

「じゃ、約束してくれる?」

「良さそうな店があったら、ということにしましょう」

「あったら、なんて心細いわ。ここしばらく、肉のようなものをちっとも食べていないんですからね、そうでしょう、不動丸《ふどうまる》さん?」


夕暮れの外人墓地を、三つの影が重そうに足を引擦っていた。

先生と呼ばれている男は、色の黒い目のぎょろりとした、痩せているが見事な筋肉質の男。腹を空かせているのは、見たところ二十歳《はたち》前後、好奇心の強そうな態度で、落着いていれば美人の部類、年齢ももっと上かもしれない。その娘が不動丸と呼んで同意を求めたのは、顔中がた。

黒い髭で埋まった大男だった。不動丸は何を入れているのか判らないが、大きな黒い鞄をぶら下げている。三人共、長いこと旅の埃《ほこり》にまみれたような衣服で、この人達の関係はどうやら主従を構成しているようだが、巡邏《じゅんら》の警察官に出会ったら尋問を免れないような胡散《うさん》臭さがあった。

不動丸は話し掛けられて、別に返事はしなかった。ただし、腹の方がぐう、と言った。

先生は不動丸を振り返って、

「ほう、不動丸さんも空腹でしたかいな。それなら、美保子《みほこ》ちゃん、どこぞで食事でもしましょうか」

「わたし、さっきから、目の前にステーキがちらちら見えているの」

先生は鼻をひくひくさせた。

「そういえば、さっきからソースとスパイスの匂いがしますな。だらしないようだが、私も幻覚とやらを起こしているらしい」

「幻覚ではありませんよ、先生」

と、不動丸が言った。

「これは、本物です。近くに料理屋があるに違いありません」

「なるほど。不動丸さんは鼻と目が尋常ではありませんでした。で、どこにあるでしょう」

不動丸は遠くを透かすように目を細めた。

「この道の左を入ったところに、小さく看板の光が見えます。横浜マルセルと読めますよ」

「料理屋ですかな」

「匂いはその方からします」

横浜マルセルは二階建ての小ぢんまりとしたフランス料理店で、荒打ちの白い壁にチーク材のドアがひっそりと閉まっている。植込みの緑は水を打ったばかり。三人はアーチ型の鉄の門をくぐり、不動丸がドアを引いた。

すぐ、背の高いボーイが出て来て、三人の顔を一目見て、

「どうぞ、こちらへ。二階のお席になります」

と、黒塗りのらせん階段を登っていく。

通されたのは、思い掛けなくも、窓の外に横浜の夜景が一望に拡がっている小部屋で、さり気なく置かれている花瓶や小さな絵の趣味もなかなかのものだ。

「お飲みものは?」

ボーイが皮張りのリストを先生の前に拡げた。ワイシャツの袖口が裁断されたばかりのケント紙のよう。

先生はリストを見渡していたが、一番下の隅の部分を指差した。

「この、フォーマルワイン。これよりもっと安いものはありませんか?」

美保子が傍で不満そうな目で睨《にら》んでいるが、先生の方は一向に頓着しない。

「それよりも、というのは、ちょっと当店には」

「そうですか。それでは、それにしましょう」

「七五年物がお勧め品ですが」

「はい、それはお任せしましょう」

ボーイはすぐ銀の桶に酒瓶を入れて戻って来る。

先生は型通りにワイングラスを傾け、

「いや、これなら結構。ボルドーですかな。ボルドーはサンジュリアン村のビンテージだと言っても、通用しそうなほどです」

ボーイはちょっと意外といった感じで先生が味見をする姿を見ていたが、

「お料理の前に、いかがでしょう。シェフが自家製のバロウがちょうど食べどきになっていると申しますが」

と、三人の前に豆のようなものが入った小皿を置きながら、さり気なく言った。

先生がちょっと目を光らせた。

「ほう……バロウ、と言いましたな」

「はあ」

「いや、ここでバロウに出逢えるとは思いませんでした。これは望外の幸せ」

「どういう作り方をしましょうか」

「いや、バロウなら生が一番。火など通されては困ります。贅沢は言いません。下地《したじ》をちょっと落として頂戴《ちょうだい》しましょう」

「先生、バロウって、おいしいんですか」

と、美保子が訊いた。

「まず、珍味でしょうな。その上、栄養がたっぷり入っています」

「じゃ、わたしも頂くわ」

先生は三つのバロウを注文した。

ボーイがいなくなると、先生はしきりに首を捻《ひね》っていたが、不動丸が小皿に手を伸ばそうとするのを見ると、そっとその手を押し戻した。

「不動丸さんや。この店のものは迂闊《うかつ》に口へ入れないように」

「……はて、これは普通の豆とは違いますか」

「違いますな。私が見たところ、これはミクロネシア産のカルリカというスパイスで、まあ、カルダモンの一種ですが、世界で一番強烈な代物。このように生で口に入れたら最後、三日は舌が痺れています」

先生はそっとその一粒をつまみ、鼻に近付けて、間違いない、と言った。

「先生、この店はどうしてそんなものを出すんですか」

「これには何かわけがあります。このカルリカだけじゃない。このワインの中身はどうやら本物のボルドー」

「……すると、中身を入れ換えて？」

「多分。同じ値でフォーマルワインなら、何十本も買えそうです。このワインといい、カルリカといい、バロウといい、全く、奇妙なことが起こっています」

そのとき、廊下を歩くボーイの足音が聞こえた。先生は声をひそめる。

「いいですか。これから何があっても、平気な顔をしているんですよ。万事、私の真似をしていれば間違いはありません」

ボーイは白磁の皿を三人の前に並べた。スプーンを添え、テーブルの中央にカットグラスの醬油《しょうゆ》差しを置く。

皿の上にはありふれた卵が一つずつ載っているばかりだった。

「おお、これこれ、この温もりが懐しい」

先生はそっと卵を手に取り、ちょっと両掌の中に包んでいたが、皿の縁で殻を割り中身を皿に落とした。

どろりとした白身の中に、半分ほど孵化《ふか》したヒヨコがうごめいていた。二つの大きなヒヨコの目が、先生を睨んでいる。

先生は揉み手をしながら皿の中を睨《ね》め、おもむろに醬油を落としてから、スプーンでバロウをすくい、さも旨そうにちゅっとすすり込んだ。

「む……十日目ごろのバロウでしょうかな。ちょうどいい塩梅《あんばい》。これより早いと味が乗らず、といって遅いと薹《とう》が立っていけません」

不動丸は先生の手付きをじっと見ていたが、大きく胸をふくらませてから自分も卵を割り、醬油をたっぷり掛けて、スプーンも使わず皿の縁から一気にバロウを吞み乾す。

美保子は面白そうに二人の食べ方を見ていたが、

「何か、予感がするわ」

と、卵を割り、歓声を発した。

「皆、見て。思った通り、わたしの、双生児《ふたご》よ」

そして、さも嬉しそうにバロウを一つずつすすり込んだ。

「大変、結構でした、とシェフに伝えて下さい」

と、先生が言った。

「いや、それには及びません」

ドアの方で声がして、眼鏡《めがね》を掛けたひょろりとした男が入って来ると、テーブルの前に立って最敬礼した。

「私が当店のシェフ、八食と申します。つい、このボーイが先生方を人違いし、数数のご無礼、何とお詫びしてよいやら……」

「それで、その小藤田讃味というクッキングジャーナリストが、この不動丸さんによく似ている、というのですね」

と、自己紹介したヨギ ガンジーがシェフに言った。

「私はテレビで見ただけですから、身体《からだ》の大きさがよく判りませんでした。でも、この不動丸さんほど立派ではなかったようです」

「なるほど」

「髭も不動丸さんの方がずっと見事で」

「ふむ、ふむ」

「目も不動丸さんの方が大きい」

「……それでは、あまり似ていないのではありませんか」

「何しろ、気が立っておりましてな。三人連れだというので、てっきり予約した讃味の一行だと思い込んでしまったわけで」

八食は眼鏡の奥で目をしょぼしょぼさせた。料理人の常識をくつがえすほどがりがりに痩せた男だった。

「その、讃味という男が、何かしたのですか」

と、ガンジーが訊いた。

「はい。讃味という男は、新進のジャーナリストとかで、並の仕事をしていたのでは世間から目を向けられないと思ったのでしょう。有名な料理店へ出入りしては、片端から悪口雑言を書きまする」

「ははあ、それでこの横浜マルセルもやられたというわけですな」

「そうなんです。それも、我我料理人達が反論する場所がないことを幸いに、暗闇で後ろから襲い掛かるような手口で、片端から斬って捨てるのです」

「ふむふむ」

「聞けばその讃味という男、最近では仕事が多くなって、毎日、五度も六度も料理店のものを食う様子。そんな胃袋では何を食おうが旨いとは思わないでしょう」

「ごもっとも。私はヨーガの修行で、ときどき断食をしますが、終ってからの一杯の水、一椀の粥、これに勝る味というものは多くないと思いますな」

「さすが先生、味の本質をよく見抜いていらっしゃる」

と、がりがりの料理人が言った。

「打ち明けた話、私もこんな商売はしておりますが、腹を減らしたときの茶漬けの味ほど感動的なものはないと思っています。ただ、それでは仕事にはなりませんから、さまざまに材料をこねくり廻しますがね」

「なるほど、私が断食、あなたが茶漬けが好きでは、あまり肥れませんな」

「そこなのですよ。讃味の奴、毎日の過食で、味がよく判らなくなっているに違いないんです。そこで、料理人を見てはその姿で料理を判断するようになったんだと思います。私は自慢じゃないが、そうおいしそうには見えないでしょう」

「スープの出汁《だし》が取れるぐらいですかな」

「注意していると、讃味は痩せた料理人がいる店を悪く書くんです。内だけじゃありません。私の知っている限り、讃味にこき下ろされたのは、痩せた料理人のいるフランス料理店です」

「ふむ、ふむ」

「それが証拠に、料理人が客の前に出て来る習慣のない店は、比較的穏やかな紹介だけで済ましていますよ」

「で、讃味の書いたガイドブックのために、何かの被害があったのですか」

「いや、被害というほどのものは何もありません。内に来るお客さんは、ほとんどが長い付き合い。マスコミの書いたものに右顧左眄《うこさべん》するような人は少ないのです」

「しかし……腹の虫は治まらないのでしょう」

「その通り。私がムッシュウ ランバンの店に五年もいたことを知らずにあんなものを書いたのならよし、知って書いたのなら、ううむ……」

ガンジーは八食を宥《なだ》めるように両掌をひらひらさせた。

「しかしですな、シェフ。だからといって、酒瓶の中身を取り換えたり、黙ってカルリカなどを出すという手はあまり感心しません」

「でも、讃味のポトフーを作って食ってしまうよりは穏やかだと思い……」

「それはそうでしょうが、直接そんなことをしなくとも、讃味がこの店の悪口など書く気をなくせばいいわけでしょう」

「……そういうことができますか」

「なに、やってやれんことはないが、それには多少の用意がいります」

「と、いうと?」

「まず、私がボーイに化けて讃味の前に出なければなりません。ここのボーイでもよろしいが、感情を外に出すと失敗しますからな。次に、不動丸さんもボーイになってもらい、まあ、そんなことはないでしょうが、いざというとき腕力を揮《ふる》ってもらいます。最後に美保子ちゃんですが……」

「いらっしゃいませ。お食事の前に、バーでアペリチフなどいかがでしょう」

と、黒のタキシードに蝶タイを結んだ美保子が、横浜マルセルに入って来た小藤田讃味に言った。

讃味は意外な表情になって、美保子の身体を見渡した。

「君はこの前にはいなかったね」

「はい、新参のソムリエでございます。今後よろしく」

「……そうですか。いや、折角《せっかく》だが、ちょっと忙しくてね。すぐ、食事にさせてもらおうかな」

「それは野暮でしょう、讃味先生」

「おや――僕を知っているのかい」

「ええ、テレビで拝見しましたわ」

「こりゃ、驚いたな。僕はまだ二、三度しかテレビに出たことはない」

讃味はウーステッドの紺の背広にきちんとネクタイを締め、態度や声に自信が感じられる。髭は生やしているものの、伸び放題の不動丸とは違って、一本の乱れもなく清潔に刈り揃えられている。

讃味は二人の客を連れて来ていた。

一人は讃味と同じ年頃で、ブルーデニムのジャケットを着た顔の大きな、脂ぎった感じの男だった。

もう一人はサングラスを外すと、讃味とテレビに出ていた立田緋紗子だった。コートの下は黒のキャミソールトップで、顎《あご》の下に出しゃ張るように鎖骨が尖っている。肌を多く出している割には色気がもっとあってもいい感じだ。

「讃味さんも、外で悪いことができなくなりましたね」

と、連れの男が言った。

「僕達はテレビの一パーセントの視聴率をほぼ百万と考えているんですよ。クッキング時代はいつも一〇パーセントを切ったことがありませんから、あの番組に三度出演すれば、ざっと三千万以上の大衆に顔を晒した勘定になります」

「いや、それを知らないわけじゃないが、今、それを実感して、空恐ろしく思っているところです」

美保子は讃味の連れの男に言った。

「あら、こちらの方は、クッキング時代のディレクターの方でいらっしゃいますのね」

「僕の方は、縁の下にいる方です」

と、ディレクターがにやついた顔で言った。

「でも、夜になるとお持てになる方なんでしょう」

「……まあ、嫌がられたことはない方かな」

「じゃ、今日は讃味先生がホスト役でいらっしゃるのね」

讃味はそれを聞くと、迷う表情が消えていった。

「僕がホストと言われると、後へは引けなくなります。じゃ、折角ですから、バーで何か頂戴しましょうか」

美保子は三人をバーに案内する。

バーには守田が注文を待つ態度で上衣《うわぎ》を脱いでいる。

「でも先生、横浜マルセルはお酒の押し売りをする、なんてお書きにならないでね」

と、美保子が言った。

「そんなことはしない。僕はこれでフェミニストなんだ」

「あら嬉しい。うんとサービスしましょう」

「……君は面白いソムリエだね」

「わたし、ソムリエは愛敬《あいきよう》が基本だと教えられましたの」

「なるほど。それで、押し売りしたいものがあるのかね」

「カクテルなどいかがでしょう。ワンダフルアイ、なんか」

「……何だね、そりゃ」

「マティニにバロウを落としたカクテルなんです」

「バロウを、ね」

「先生だったらお喜びになると思って。ちょっと、前衛なんです」

「前衛すぎるんじゃないかな」

「わたし、前衛が好きな女なのよ」

と、立田緋紗子が口を挟んだ。讃味は首を振った。

「いや、ホストとしましては、あまりお勧めできませんな。今夜はごくアンチックにいきたいと思います」

緋紗子はそれでもワンダフルアイに拘《こだ》わったが、讃味が主張を曲げず、トロピカルカクテルを飲むことに決まった。

守田はカウンターの下でバロウを握っていたが、不満そうに三つのカクテルを作って三人の前に置いた。

「わたし、マンハッタンで飲んだワンダフルアイの味が忘れられないわ」

と、緋紗子が言った。讃味がびっくりしたように緋紗子の顔を見る。

「バロウって、何でもないようだけど、カクテルを引き立てるのよね。口当たりがいいので、わたしすっかり酔っちゃったことがあるの」

「……で、その度にバロウも食べてしまったの？」

「ええ。蔕《へた》をつまんで口に入れる、その口元が可愛いって言ってくれる人が傍にいたわけ」

「それ、尻尾と違うんですか」

と、美保子が訊いた。讃味は美保子に目で、緋紗子に何も言ってはいけない、と言った。

「ですからわたし、ゆっくりとバロウをしゃぶって、態《わざ》と口を尖らせて種をグラスに落とし……」

「バロウの種、ね」

「それを見てその彼は、僕もバロウになってみたい、なんて言ったりして」

讃味は美保子に言った。

「この店は前に来たときと、ちょっと感じが違ったみたいだな」

「……それは、わたしがいなかったころでしょう」

「うん。それに、あの大きなボーイさんも覚えていない」

讃味は店の奥で、仁王立ちになっている不動丸の方をちらりと見て言った。

「あの人も最近来た人です」

「それにしても、ボーイにしては愛敬がないように見えるね」

「……仕方がないんです。昼は養鶏場にいますから」

「ほう……養鶏場に、ね」

「横浜マルセル専属の養鶏場があるんです。そこで、鴨や七面鳥も飼っています。内のシェフは鶏の餌の献立も作るんですよ」

「熱心なんだね」

「だって先生。バロウはそういうところでしか作れないでしょう」

「なるほど、もっともだ」

「あのボーイさんは毎日その鳥を捻らなきゃならないんです。それで、ああいう恐い顔をしているの」

「下手なことを言うと、こっちが捻られそうだ」

「そうなんですよ、先生」

「それならいいんだが、僕はまた、シェフも変わったんじゃないかと心配になったんでね」

「なぜですか」

「だって、ここのシェフは前衛とかヌーベルは好かないんだろう」

「はい。でも、お酒のことはわたしに任されています」

「じゃ、前衛は君の趣味なんだ」

「はい」

「それなら安心した。何しろここの鴨の胸肉はムッシュウ ランバン以上だからね。それで、この人達を誘ったんだ」

「光栄ですわ。シェフが聞いたら喜ぶでしょう」

「先生、マンハッタンの彼も、鴨が大好きだったわ」

と、緋紗子が話を横取りに来た。

「ワンダフルアイをわたしに勧めたのも、彼だった」

「なるほど。そういうことがあって、緋紗子さんはそのカクテルを忘れることができない」

「先生、カクテルって、雰囲気で飲むものなんですね」

「そう。大体、お酒はそういう女性にも似合う。西洋の諺にもあるでしょう。美酒は全ての人の門を開く、ってね」

「あの夜のわたしが、ちょうどそうだったわ」

「……門を開いたわけですね」

「ええ。彼の、逞しいキイで」

美保子はワインの注文を取って、調理室に入り、ガンジーと八食に言った。

「讃味という人、とてもジェントルマンだったわ。反対に立田緋紗子の方は大法螺《おおぼら》吹きだったけど」

「讃味はまだ猫を被っているんです。ジェントルマンだといって、油断しちゃいけません」

と、八食が言った。

「はい。化けの皮が剝がれないようにします」

「で、酒の注文は？」

「甲州《こうしゆう》のスーペリユール一九七五年。ガンジー先生が注文したのと同じよ、ね」

「ううむ……これは、手強そうだ」

「輸入品を言うと思っていたわ」

「とすると、下手に瓶の中身を換えたりすると、すぐ見破られていたな」

「わたし達がいた二階の部屋に案内したら、讃味は部屋の景色を誉めていたわ。ミシュランなら、この眺めだけでも三つ星を付けるだろう、って」

「……本当に、あの讃味なのかな？」

と、八食が心配そうに言う。

「それは大丈夫。わたし、名刺を貰《もら》っちゃった。もう一人の男性は岸本正勝《きしもとまさかつ》というＩＱテレビの有名なディレクターなんですよ」

「……そりゃ、偽せ者とも思えない。何しろ、誰でも知っている立田緋紗子を連れているんだから」

「料理の方も決まっているみたいだったわ。讃味が、ここの鴨の胸肉はムッシュウ ランバン以上だと教えていたもの」

「……信じられない」

八食は頭を抱え込んだ。

「前に来た讃味とは、そんなに違うんですか」

「そう。前の讃味は鴨のポルト酒ソースに、けちを付けやがったんだ」

「じゃ、前の人が違うんじゃないの？　ああいう仕事ってスタッフを動員して、手分けをして取材するんでしょう」

「……しかし、あの頃の讃味はまだ無名でしたから、そんな力があったとは思えないんですがねえ」

ガンジーは白衣にコック帽を被り、まるでカレーライスのコマーシャルにでも出て来そうな顔をしていた。

「シェフ、さっきのカルリカを少少戴きたい」

と、ガンジーが言った。

ガンジーは八食から渡されたカルリカの粒を庖丁で叩いていたが、やがて刺戟《しげき》の強い匂いが流れだした。

ボーイのガンジーが料理を運ぶと、讃味は注文の鴨に満足し、ディレクターの岸本は全く感動的だ、と言った。立田緋紗子は毛色の違うボーイを見て、また、そぞろマンハッタンを思い出したようだった。

ガンジーも受けることが好きなようで、怪し気な英語混りの言葉を使っている。

「カレー風味帆立貝のクネル、それで、料理の方は最後でございますね」

と、ガンジーが讃味に言った。

「そう。それから、食後も酒にしたいから、さっきのソムリエを後で呼んでくれないかね」

「はい、でございます」

ガンジーは調理場に戻り、美保子と八食に言った。

「さて、いよいよ仕上げに取り掛かりますから、そっと見ていて下さい」

そして、用意してあったガラスの小さな瓶を調理台から取り上げて、二階の客室に取って返す。

「やあれ」

と、ガンジーは讃味に言った。

「何かね」

「シェフ、訊いて来い、と言われました。特別なカルダモンが手に入りまして、カレーに使ってみたいが、いかがか、と」

「……ほう。ここではスパイスもオーダーするのかね」

「ノウです。スペシャリスト、ミスター讃味先生がお客さまですから」

「どこのカルダモンだろう」

ガンジーはちょっと天井を見てから答えた。

「メイド イン ミクロネシアね」

「……結局、好き好きがある、ということかな」

「イエス、はい」

緋紗子が言った。

「わたし、スパイスがとても好きな人なの。ですから、カレーも本場のものでないと満足しないんです」

讃味が言った。

「しかし、シェフがそう言うんですから、かなり癖の強いスパイスなんだろうな」

讃味は美保子がバロウを言い出してから、かなり注意深くなっているようだった。

「わたしなら、どんな癖が強くても全然平気よ」

と、緋紗子が言った。

「ボーイさん、今、手に持っているのが、そのカルダモン？」

「はい」

「ちょっと、嗅がせてくれない？」

ガンジーは慎重な手付きでガラス瓶を胸の位置に捧げ、右手で栓を抜くと、ガラス瓶を緋紗子の顎の下に持っていった。

とたんに、緋紗子が叫び声をあげた。

「何、これ、たまんない――」

それまでしか喋れない。緋紗子は立て続けにくしゃみをし、ハンカチを取り出して目頭に当てた。

「そんなにひどいの？」

岸本がガンジーの持っている瓶を見た。瓶の中には少し湿り気のある、焦茶色の粉が半分ほど入っている。

ガンジーはそのまま瓶を岸本の顔に近付けた。

「うっ……」

岸本はすぐ息を止めた。緋紗子の状態を見ているのでかなり気を付けていたらしい。そのせいで岸本はくしゃみの出るほどの被害はなかった。

「ユーツウ？」

ガンジーは讃味に言った。

「そうだな。後学のために、その匂いを覚えておこう」

ガンジーは瓶を讃味の前のテーブルに置いた。

讃味が恐る恐る瓶に顔を寄せる。

「先生、あまり深く吸っちゃだめよ」

と、緋紗子が言った。

だが、讃味は動きを止めなかった。しきりに鼻をひくつかせているうち、手に持って瓶の口を直接鼻に当てた。

「あら、お止《よ》しなさいよ、先生」

しかし、讃味は瓶を放さず、しきりに首を傾げている。

「これなら、多少の癖はあるが、並のカルダモンじゃないかな」

と、瓶をガンジーに返した。

「ボーイさん、早く栓をして」

と、緋紗子が言った。

「鼻がばかになってしまうわ」

岸本がうなずいた。

「二度とご免こうむりたい臭いだったね。ショウノウの腐ったというか、酢が焦げ付いたというか……」

緋紗子は讃味の顔を見た。讃味は口を丸く開けて、目をぱちぱちさせている。

「先生は瓶の口に鼻を当てて、平気だったわ」

「信じられないな」

と、岸本が言った。

「皆さん、本当に?」

讃味の声が小さくなっていた。

「嘘でくしゃみや涙が出ますか」

岸本は指の先で細かくテーブルを叩き始めている。

「讃味さん、もしかして、あなたは特別の嗅覚を持っているのと違いますか」

「……」

「普通の人なら嗅ぎ分けられるようなものを、それができない」

「臭い音痴なんだわ」

緋紗子の言葉に、さすが讃味はむっとしたように、

「私は自分が臭い音痴などと言われたことは一度もありません」

「最初は誰でもそうです」

と、岸本が言った。

「色弱の人は識別用の図を見せられて、初めて自分が通常でないことに気が付くんです。讃味さんはよく臭いのことを口にしますから、全く臭いの感覚がないんじゃない。でも、嗅覚に異常があることは確かなようだな」

讃味は困惑したように言った。

「もし、それを認めたら、私のジャーナリスト生命が」

「そう、僕もそれを考えているんですよ。もし、この事実が知れ渡ったら、もう、あなたを番組で使うことができません。何しろ、匂いは料理の基本、といいますからね」

「そ、そんな……」

讃味は完全にうろたえていた。

「病院へ行って、私の嗅覚が正常であることを、証明してもらう」

「もし、逆のことが証明されたら、どうするつもりですか」

と、岸本が言った。

「その場で仕事から手を引かなければならなくなりますよ。それよりも、しばらくは騒がず、先の手を打つことを考えたらどうでしょう」

そのとき、部屋に八食が入って来た。三人は揃って口を閉じた。

「いかがでございましたか」

と、八食はにこやかに言った。

「いや、どれも、これもが、素晴らしい味でした」

と、岸本が言うと、緋紗子も口を揃え、

「それに、この夜景と、グッドなソムリエとボーイさんに、すっかり外国にでもトラベルしているような、楽しいムードにさせてもらいましたわ」

「それは結構でした。そう言って下さると、自信がわいて来る感じです」

「自信ならいつでもおありになるのでしょう」

「いえ、ときどき、目の前が暗くなるときもあるのですよ」

「あら、信じられないわ」

「お客様から、厳しいことを言われたときなどは」

「驚いた。こんなおいしいお料理に、けちを付けるお客がいるんですか」

「はあ。一度、さるガイドブックで槍玉にあげられたことがございます」

「ひどい人ね。一体、どんな人がその本を書いたの?」

「……名は申し上げられませんが、多分、その人は病気でよく味が判らなかったのではないか、と」

「きっと、そうね。でも、それをシェフのせいにするなんて、以《もっ》ての外《ほか》だわ」

「まあ、長い間には色色なことがございます。ちょっと今、店が立て混んで来ましたので、失礼とは思いましたが、先にご挨拶に参りました。スパイスのお好みはボーイにおっしゃっていただき、私はこれで——」

八食が去ろうとすると、讃味が椅子から腰を浮かせた。

「シェフ、ちょっと、待って下さい」

八食は目を細めた。勝者の笑いだった。

「先生、何か、ご用で?」

「私は今、自分の味覚にちょっと自信をなくしています。しかし、それは措《お》くとして、私はこの料理の味が判らないような人間じゃない。あなたはムッシュウ ランバン以上だと言ったのは世辞や追従《ついしょう》ではない」

八食は胸を張った。

「それなら、なぜ横浜ミシュランにあんなことをお書きになりました？」

「……実は、これには深い理由があるのです。あんなガイドブックをと、無視する料理人と違い、シェフは矢張り傷付けられたのですね。本当に申し訳なく思います。その懺悔《ざんげ》のつもり、これから全てをお話しいたしましょう……」


小藤田讃味は料理に関する文章を書くようになる前は、週刊誌のコラムや雑誌のレポートを書いていた普通のジャーナリストだった。

勿論、昔から食べることに執着が強く、その頃から食についての文章が多かった。料理店を巡るだけが目的で、妻とヨーロッパ旅行をしたこともある。

讃味の妻は潔子《きよこ》といい、讃味とは大学時代からの識《し》り合い。結婚して十年、子供はなく、横浜の専門学校のフランス語の教師だった。

昨年の四月五日、それまでは、あまり目立ちはしないが、心配事もない、ごく普通の暮らしが続いていた。その生活が、一本の電話から急変してしまった。その直前まで、夢にも思わなかったことだ。

電話は警察からで、潔子が交通事故に巻き込まれて、死亡したというとんでもない報《し》らせだった。

その日の三時、東名《とうめい》高速道路、清水《しみず》ICを過ぎた下り車線で七台の玉突き事故が起こり、三人が死亡、十人の重傷者を出すという惨事になった。原因は反対車線で東京に向かっていた乗用車の運転手が、突然狭心症の発作を起こして意識不明となり、車は百二十キロの猛スピードのまま中央分離帯を飛び越して転覆、下り車線で大破した。この車を避けることができず、七台の車が次次と衝突、炎上していった。潔子は運悪く、その三台目の車を運転していたのだった。

「ところが、警察はその車に、もう一人の男が同乗していた、と言うのです」

讃味は沈痛な表情になっていた。

「その男は軽傷のようで、目撃者の話では、潔子の車に火が移る前に車から飛び出し、そのまま いなくなってしまったそうです。いえ、予感はしていました。妻は女学生時代の友達、四、五人と、上林《かんばやし》温泉の桜を見に行くと言って家を出たんです。上林は長野、静岡とは方向が違います」

いつの間にか、美保子と不動丸や守田も部屋に近付いて来ていてドアの外から、そっと讃味の話に聞き入っていた。

「これが、殺人事件などでしたら、警察は草の根を分けてでもその男の行方を捜すでしょうが、無言で事故現場から消えたからといって、これは不運な災禍でその男も被害者の一人。警察は目くじらを立ててその男を追い廻すようなことはしません」

「……どうしてその男は死亡するような状態の奥さんを見捨てて行ってしまったのでしょう」

と、八食が訊いた。

「多分、自分の名を表に出せなかったに違いありません。潔子も一時的な心の乱れ、安穏な生活から、つい、誘われるまま火遊びをする気になったのでしょうが、男の立場としても、思いも掛けなかったところでこれが表沙汰になれば立派なスキャンダル。自分の社会的な信用を落としたくなかったばかりに、そっと現場から逃げ出したに違いありません」

「しかし、それでは無責任すぎるでしょう。奥さんは亡くなってしまったんですからね」

「ええ。警察の発表では、潔子は胸を強打しての即死ということでしたが、身内としては、万が一ということを考えるのが人情です。もし、その男があの時点で、潔子を車から助け出してやったら、あるいは一命を取り止めていたかも知れない、手当てが早かったら助かった命だったかも知れない。そう思うと口惜しくて、何日も夜寝ることができませんでした」

「その男を見付ける手掛かりはなかったんですか」

「二つだけありました。一つは衝突のショックで潔子の車から飛び出し、火を免れた一冊の本で、警察から私の手に渡されたのですが、見るとフランス語の料理の専門書でした。潔子はフランス語は得意ですが、料理には興味がありませんでした。もう一つは目撃者の話で、潔子の車から出た男は、背が高く痩せていた、というのです」

「それで、どうやら判ってきました。あなたはその男を見付けるために、横浜中の料理店へ出入りするようになったのですね」

　と、八食が言った。讃味は大きくうなずいた。

「おっしゃる通りです。私はどうしてもその男を見出し、身勝手な行為を追及したかったのです。以来、私の料理店通いが始まりました。多くの料理店に出入りしますので、自然にそれが書くものに結び付いてきまして、一冊にまとまったのが、横浜ミシュランでした。皮肉なもので、これが評判になり、気付いたときには一端《いっぱし》の料理評論家として通用するようになっていました。それで、お気付きでしょうが、横浜ミシュランで辛い点数を付けたのは、どれも瘦せた料理人がいるフランス料理店ばかりでした」

「つまり、あなたはその料理店と接触を持ちたかったのですね」

「ええ。お蔭で色色な店から抗議やら挑戦を貰いました。その都度、私は喜んでその店を再訪し、疑わしい男と付き合いを深め、それが潔子の相手かどうか確かめるように心掛けてきたのです」

「で、いかがでした。目差す男を見付けることができましたか」

「ええ。その男は北海道にいました」

「……北海道に?」

「ええ、私は見当違いの方ばかり捜していたようです。その男は事故の直後、実家のある釧路《くしろ》に帰り、そこの料理店に勤めるようになったんです。潔子の一周忌の日、釧路から長い謝罪文が届きました。あの事故以来、その男は潔子のことを忘れたことはただの一日もなかったそうです。釧路に帰ったのも、とてもその近所の勤め先で働くことができなかったからだといいます」

「……気の小さな男だったんですね」

「おっしゃる通りです。向こうの言い分を聞くと無理からぬ点もあります。その男には妻子があり、とても豊かな生活とはいえないものの、それを崩壊させることはできなかったのです。そう告白されると、私はそれ以上咎《とが》め立てすることができなくなりました。無責任なようですが、私が同じ立場に立たされたら、きっと似たり寄ったりのことをしていたに違いない。不徳という点では潔子も同じ罪です。潔子はその男にフランス語を教えているうち、どちらからともなく馴れ合う気持が起きた。潔子はそれを死で償《つぐな》い、男は一年間の呵責《かしゃく》に堪えられず、私のところに謝罪文を送って来たのです。それ以上、何も言うことがなくなります」

「……その男が名乗って出た、とすると」

八食はほっとしたように言った。

「これからあなたの書くものは、変わってくるんじゃないかな」

讃味は額に手を当てた。難しい表情だった。

「最初のうちは、無我夢中でしたよ。恐いもの知らずで、他の目的もありましたから、ああしたものが書けたのでしょう。ところが、色色な料理人と付き合うようになると、段段と深いところが見えて来ます。特に、今日の体験はショックでした。臭いに欠陥を持つ男が、偉そうな批評などするなと、この店から叩き出されても文句が言えませんよ」

今迄、ぼんやり話を聞いていたガンジーが、ぼそりと言った。

「まず、一時的な風邪の症状の一つだ、と思いますよ」

讃味は不思議そうな顔をして、ガンジーの方を見た。

「今年はそんな風邪が流行《はや》っていると、テレビで言っていました。医者に診てもらってもよろしい。一両日であなたの鼻は元に戻ります。おかしいようだが、私が請け合います」

モンシロチョウのスープにツバメのタルトレット。皿に大盛りの仔鹿のタルタルステーキに、灘《なだ》の生《き》一本《いっぽん》の徳利《とっくり》が林立している。

ガンジー、不動丸、美保子の三人は、片端から料理を空にしていく。

「まるで、私までが吸い込まれてしまいそうな気がします」

と、八食は呆れたように言った。

讃味達が帰って行った後、気を良くした八食が、何でも馳走するから、好きなものを注文してくれと言った結果が、この光景となったのだ。

タルタルステーキの皿が空になると、守田は週刊誌ほどの大きさがあるハワイアンステーキを運んで来た。

「どうも、リュックサックみたいな胃袋でお羞しい」

と、ガンジーが恐縮する。八食は手を横に振って、

「いや、食べられるときには食べ、食べられなくなったら食べない。それがありのままの姿だ

と思いますよ。変に気取ったヌーベルキュイジーヌなんてのは、私は大嫌いなんです」

「そう言ってもらえると助かります。胃袋が喜んで伸び伸びしてきました」

「しかし、偉いものですね。それでいて、いざというと何日食べなくても平気なのでしょう」

「平気、ではないが、まあ普通の人より我慢ができるでしょう」

「それに、人の嗅覚を生かしたり殺したり自由自在。あれも、ヨーガの術なのですか」

「……いや、あれは悪賢い手をちょっと使っただけです。一種のぺてんですかな」

「すると……何か、種があるわけですか」

ガンジーはばつの悪そうな顔をした。

「先生、讃味さんは風邪を引いていたんじゃなかったんですか」

と、美保子が訊いた。

「左様。あれは嘘でした」

不動丸も食事の手を休めてガンジーを注目する。

「そう期待されると、またここで実演しないと済まなくなりましたかな」

「そうですよ、先生。今度は私の嗅覚を消してみて下さい」

と、八食が言った。

ガンジーはポケットをごそごそさせて、さっきの瓶を取り出した。

「これは、ここの調理場にあったカルダモンと、何やら判らん薬を混ぜて作ったものです。その薬は何かが発酵したか、化学変化したかで売物にならなくなったのを、大阪の行商の薬屋さんから只《ただ》で貰ったものでしてな」

言いながら瓶の栓を開け、八食の前に差し出した。

「そう、この臭い。鼻が腐ってしまいそうですよ」

と、八食が言った。

「じゃ、すぐ栓をして、私はもう瓶に手を触れませんさかい」

ガンジーはその商人を思い出したのか、怪しい大阪弁で言い、栓を八食に渡した。八食は急いで瓶に栓をした。

「そう、それまででおます。シェフはん、もうあんたはんの嗅覚はおまへんで」

八食は疑わしそうな顔で、再び瓶の栓を取った。中を覗き、鼻を寄せる——

「本当だ。先生、幽《かす》かにカルダモンの匂いがするだけです」

と、八食がびっくりした声を出した。

「先生、この薬は急に臭くなったり、無臭になったりするんですか?」

「いや。そんな薬は、まだ見たことも聞いたこともおまへん」

ガンジーはまたポケットに手を入れ、今度は十円硬貨を取り出して美保子の前に差し出した。

「あら、臭っているのは、このお金よ」

と、美保子が言った。

「とすると……先生はこのお金に臭いを付けて瓶の中に入れ、そっと出し入れしていたわけね」

「いや、私は奇術師じゃおめへんから、そない器用な真似はでけしません」

ガンジーは硬貨をテーブルの上に落とし、空の手を不動丸の顔に差し出した。

「あまりせこな手なので、どうぞ、怒らんといてや」

不動丸が見ると、ガンジーの親指の爪の間に黒い粒のようなものが挟まれていて、それが盛んに悪臭を放っていた。

未確認歩行原人

「おやじさん、もう、とても我慢ができないわ」

若子《わかこ》は小ぶりの顔を精一杯歪《ゆが》めていた。当人は意識していまいが、きりっと吊り上がった眉が美しい。

大園《おおぞの》はときどき若子が見せる少年ぽい魅力を鑑賞してから、拡げていた本を閉じて前のテーブルの上に置いた。本はハンブルクにあるハーゲンベック動物園を見学したとき記念に買って来た写真集だった。

「顔色を変えて、一体、どうしたんだね」

「羽男《はねお》さんです。わたしにとてもひどいことを言うの」

「そりゃ、いかんな」

大園は真面目《まじめ》な顔で言った。また、はじまったと思うが、こういう場合、若子の言い分を聞いてやるのが第一だ。

「羽男さんはわたしが頭でっかちだ、と言うんです」

「そりゃ、いかんな。若子の頭はいい形だ。少しも大きくはない」

「そうじゃないんです。頭の中身が重い、って」

「頭の中身が重いのは中身が充実している証拠だ。悪いわけはない」

「でも、頭が重いから、身体《からだ》のバランスが悪くて進歩が遅いと言われました」

「……そりゃ、いかんな。いや、そんなことを言う羽男の方が、だ」

この二人、いつもはそれほどでないのだが、稽古《けいこ》になるとお互いにむきになる癖がある。芸熱心ゆえの衝突だが、サーカスでは相手との息がぴったり合わないと、

「いかんな。悪くすると危険を呼ぶ元になる」

「それはよく知っています。ですからじっと我慢をしてきたんです。でも、頭が悪いとまで言われたら、もう、お仕舞いだわ」

「……まあ、わしと一緒に来なさい。羽男がどんなつもりでそんな悪口を言ったのか」

「もう、あの人の顔も見たくない」

そう言い残して、若子はプレハブの寝小屋の方へ駈け出して行った。

大園は椅子から立ち上がって木蔭を出た。陽差しは強いが北国の風は爽やかだ。

稽古場にしてある草地の中央で、羽男がゾウのマーリーの横でぼんやりと腕組をしていた。鍛えられた身体だが、笑うと白い前歯が屈託のない童顔を作る。

「笑っている場合か。若子が顔色を変えていたぞ」

と、大園が言った。

「トイレじゃないんですか」

「トイレなものか。ひどく怒っていた。女の顔を言うのが最もいかん」

「……顔なんか何も言いませんよ」

「頭でっかちだ、と言ったろう」

「それは形の意味じゃないんです。若子さんは身体を動かすとき、すぐ頭で考えようとする。そうじゃなくて、身体の勘を働かすように言ったんです」

それなら、羽男の主張も道理だ。

「だが、若子は大学の出だ。頭で考えるのは癖かも知れないが、無闇に焦ってはだめだ。段段と良い方に仕向けるようにしなくてはな」

「……そんなことで一一腹を立てていたらものになりませんよ。僕の親父を覚えているでしょう。子供でも容赦しませんでしたよ。何かというとすぐに拳骨が飛んで来た」

「それはそうだが、昔は昔だ。今、若子はせっかくやる気を起こしている。そこをよく考えろ」

「これからは気を付けます」

羽男は素直に頭を下げた。

羽男の父親は重松源治《しげまつげんじ》といい、調教の源さんといえばこの世界では誰一人知らない者のないほどの名人で、全盛期には高給で引き抜きに来る業者も多かったが、職人肌の源治はどの話にも乗らず、生涯大園イリュージョンを動かなかった。ただ、酒が好きでそのために早く世を去ってしまった。当人はそれを悟っていたようで、息子に対する訓練は相当に厳しく、それで羽男は若くして立派な調教師として成長した。

「おかあさんはどこだ」

と、大園は羽男に訊いた。

「町へ買物に出掛けました。節子《せつこ》さんと一緒です」

「そうか。帰って来たら知らせてくれ」

「……大丈夫ですよ。おかあさんが仲に入らなくても。僕がよく謝っておきます」

「いや……今度は若子のボルテージがかなり高かった」

「そんなですか」

「ああ。今日のところはこっちに任せておきなさい」

「そうですね。若子さんは週刊誌が取材に来たりする一座の花形ですから」

「いや……内の花形は、羽男に若子、それにマーリーのトリオだ」

大園はマーリーの鼻面を叩き、少し前までそれにゴンちゃんも一座の大切な花形だった、とつぶやいた。

大園が元の場所に戻ると、文三《ぶんぞう》がテーブルの上に置いてあった本を拡げていた。大園の姿を見て、文三は、

「おやじさん、偉いね。いつも勉強家だ」

と、言った。

「勉強なもんか。ただ、懐しがっているだけだ」

「なるほど、これは昔の写真集ですね。うは。いるいる……」

文三は写真集のページを繰りながら嘆声を発した。

「これはどれも名優だったんですね。クマ、トラ、サル、アシカにコウモリ……これは有名な珍獣キツネザルだ。九本足のタコ、双頭のヘビ、カッパの怪物……こうして見ると、矢張り内のゴンちゃんも大した花形だった」

「そう。今もゴンちゃんのことを考えていたところさ」

「ゴンちゃんの檻《おり》の前にはいつでも見物人が絶えなかった」

「まあ、芸はできなかったが」

「あれだけの驚異だと、芸なんかいりませんよ。ただ、リングを歩くだけでお客さんは大喜びだ」

ゴンちゃんというのは、正真正銘の五本足のヒツジだった。大園がインドのリシケシへ行ったとき手に入れた。インドは紛《まが》い物の多いところだから、このヒツジの発見は奇跡的だ。ゴンちゃんを産んだヒツジはもっと奇怪で、身体はヒツジだが頭はサルだったという。ただし、これはあまり当てにはならない。

ゴンちゃんはサーカスに来てから、団員のペットとなり、同時に大園イリュージョンの花形になった。わずか二十名ほどの小さなサーカス団が、割に良い成績を続けて来られたのは、このゴンちゃんに負うところが多かった。

だが、そういう生まれ付きのためか、ゴンちゃんの寿命は短く、この春に死んでしまった。ゴンちゃんは剝製《はくせい》にされ、近く完成する魔術城の珍獣記念室に保管されることになっている。

「まあ、ゴンちゃんは残念だったけど、その分、マーリーが頑張るでしょう」

と、文三が言った。

「それが、どうも頭痛の種だよ、文さん」

「マーリーが、工合《ぐあい》でも悪いんですか」

「いや、そうじゃない。マーリーは調子が良いが、どうも羽男と若子の二人が、ね」

「なんだ、マーリーじゃねえんですか。それなら大丈夫だ」

「……どう大丈夫なのかね」

「あの二人は芸熱心ですから」

「熱心なのはよく判る。だが、もう少し仲良くできないものかね。たった今も、羽男が毒口を言って、すっかり若子を怒らせてしまった」

文三はそれが癖で、空を見上げて大きな口を開けて笑った。顔の筋肉を酷使するためか、年を取ってから文三の笑顔は紙玉みたいにくちゃくちゃになった。

「そりゃ、おやじさんの取越し苦労ですよ」

「……若子は羽男の顔も見たくない、と言った」

「判りませんか。あの二人、実はお互いに好き合っているんです」

「とてもそうは見えない」

「おやじさん、源さんを思い出して下さい。源さん、自分が好きな女の前では、よく相手を怒らすようなことを言ったでしょう」

「……そうだったな」

「羽男は親父の悪いところをそっくり受け継いでいるんです」

「……あれは親譲りか」

「あたしゃ前から、羽男は若子に気があるな、と睨《にら》んでるんです」

「しかし……若子は羽男を嫌うだけじゃないか」

「若子の方は……ほら、劣等感という奴《やつ》かな。今、流行《はや》ってる横文字だと――」

「インフェリオリティコンプレックス」

「そう。その、コン。若子は大学に入ってからサーカスに夢中になって内へ飛び込んで来たでしょう。まあ、我我から見りゃ晩生《おくて》もいいとこだ。その年なら何でも一人前にこなせなきゃならねえ」

「なるほど。若子は学生だったことに劣等感を持っているんだな」

「羽男の方は逆でしょう。羽男はサーカスの寝小屋で生まれて育った子だから、マーリーとだって言葉が通じる。その代わり、どの学校も中途半端だったから、学歴には劣等感を持っている」

「それは、判るな」

「ですから、こりゃあ二人のコンのぶつかり合いです。ちょっとした言葉がコンを突っつくんでしょう。でも、その内、小難しいコンなんてのは消えちまいますよ。ですから、黙って二人を見守っていりゃいいんです。他人が口を挟むもんじゃねえと思いますがね」

「まあ、文さんはその道の大家《たいか》だったから、その通りなんだろうな」

「大家だった、はねえでしょう。あたしゃ、これでもまだ現役だ」

「こりゃ、済まなかった」

「見ていてご覧なさい。函館《はこだて》の啄木蟹祭《たくぼくかにまつり》の公演までにはぴったりいいトリオになりますよ」

「六月二十五日の蟹祭まで一週間もない」

「大丈夫。明日は週刊誌が取材に来るんでしょう。若子さんだってカメラの前でふくれっ面はできませんよ」

「それだと、苦労はしないがな」

文三は根が楽天家だった。楽天家で自分の芸に自信を持っているから、酒に酔っても平気で渡りものに出て、よく転落した。よく転落するにしては不思議と大怪我《おおけが》はなく、不死身の文さんという名が付いたほどだ。現在では舞台監督を務めながら、道化師《クラウン》でリングに出ている。

「まあ、マーリーのトリオはそれでいいとして、ゴンちゃんの後釜をなんとかしなきゃね、おやじさん」

文三は再び写真集のページを繰った。写真集には昔ヨーロッパを渡り歩いていた、さまざまな芸人や動物が集められている。

「なるほど、懐しいね。ミネソタの氷人、熊女に一寸法師ですか」

「どこの国にも似たような驚異があるものだな」

「……これなんか、どうです。本物のロクロ首でしょう。こんなのをどこかで生け獲りにできませんか」

「たとえいても、今は世間がうるさいから、人前には出せないな」

「そうでした。昔はいい——とは言わねえまでも、万事におおらかでしたね。今だと、ちょっと動物に芸をさせても、動物虐待《ぎゃくたい》だと騒ぎまくるおばさんがいる。本当は我我ぐらい動物を可愛がる人間はそうざらにはいませんよ」

「仕方がないから、いっそ作り物でもいいと思っているんだがな」

「ガセネタですか。この際だからガセだって結構じゃないですか。タヌキにキツネの面を被せたりしてね」

「……しかし、これまで、内がガセを使ったことは一度もなかった」

「ご先祖さまに申訳ないというんですか。いいじゃないですか。ご先祖さまなんかもう生きちゃいねえんだし——いや、ちょっと待って下さい。おやじさんに見せたいものがあったんだ」

文三はズボンのポケットから、よれよれになった紙を取り出した。新聞の折込みチラシのようだった。

「これ、さっき町に行ったとき貰《もら》って来たんです」

チラシには「ヨギ　ガンジー先生来たる」と、大きな赤い字が印刷されていた。

「ヨギ　ガンジー……一体、何者かね」

と、大園は文三に訊いた。

「そこに書いてあります。凄い超能力者だそうです」

「超能力者……ね」

「百発百中の予言をする能力を持ち、更に、念力でいろいろな品物を空中に舞い上げさせるそうです」

「……今、超能力が大流行みたいだな」

「勿論、それを当て込んだんでしょう。まあ、空中浮揚術なんてのは、多分ガセでしょうが、それよりもおやじさん、ガンジーの面構えをご覧なさい」

チラシに印刷されているガンジーの写真は、トーンの強い凸版だったが、パンチパーマを掛けたような頭、顔は骸骨《がいこつ》の上にナイロンストッキングを被せたかと思うほど筋肉質だった。

そのガンジーの横に、もう一人黒い顔が並んでいる。チラシを読むとガンジーの助手、参王《さんのう》不動丸《ふどうまる》という名らしい。不動丸の容貌はよく判らない。何しろ、顔中が髭《ひげ》で覆われているのだ。

「どうです、おやじさん」

と、文三が言った。

「ガンジーの方は生きているミイラ。不動丸は熊男、ないしは雪男、原人、ピテカントロプス、どんな名でも付けられます」

「その二人をサーカスに出そうというのかね」

「ええ。ゴンちゃんの後釜に」

「しかし……二人は超能力の公演という仕事をしている。サーカスでは、どうかな」

「大丈夫ですよ。寄呂《よろ》のような小さな町を流れているくらいですから、どうせ大した仕事をしているわけじゃねえでしょう」

「そうかな」

「それに、ガンジーの略歴をご覧なさい。ガンジー先生、インドのリシケシでヨーガの修行をした、とあります」

「……ゴンちゃんが産まれた郷里だ」

「これも何かの縁だと思いますねえ。まあ、二人がどういうかは別として、一度その公演を見に行きませんか。実はあっしも本物の超能力というのはテレビでしか見たことがねえんです」

「……場所は寄呂公会堂」

「なんでも、寄呂が市になってから十周年だそうで、いろいろな記念行事が企画されていて、公演もその一つなんです」

「公演は明日、二時から、としてある」

「寄呂まで車で一時間もありゃ、充分でしょう」

「……羽男たちも誘うか」

「止《よ》しなさいよ。あの二人は放って置くのが一番です」

文三は自信たっぷりにそう言った。

そのうち、町へ買物に行っていた連中が帰って来る。大園は文三に注意されたものの、妻の晴江《はるえ》を呼んで、そっと羽男と若子のことを話した。

「またなの？　じゃ、仕方がないからトリオを解散したら」

と、晴江は両手を拡げ頭の上にあげて見せた。

「そりゃ、気が早い」

「だって、そうでしょう。元元、気が合わないのよ」

「しかし……あれは仲良し喧嘩《けんか》だという人もいる」

「文さんね。そんなことを言うのは」

「お前にはそう見えないかね」

「絶対、見えないわ。大体、若子さんが我慢ということを知らないから悪いのよ」

「いや……羽男が気に障ることを言ったらしい」

「あなたは若子さんの肩を持つ気なんですか」

「そんなことはない。羽男にはよく注意をしておいた」

「じゃ、わたしが若子さんに謝れ、と言えばいいのね」

「謝れは過激だ。もっと柔かく――」

「じゃ、気の済むまで羽男さんをぶん撲《なぐ》れ、とか」

「どうしてお前はそう極端から極端へと頭が動くんだ」

「もう飽き飽きしているのよ。あの二人の取り持ちは」

「とにかく、一言でいい。一言、気分を直すようなことを言ってくれ」

「今度だけよ。次に何かあっても、もう、わたしは知らないわ」

夕食のとき、大園が二人にそれとなく注意したが、二人の態度が殊更険悪というのでも、親しげというのでもない。前には食事も別別という派手なこともあって、若子は口で言うほどではないらしいと、少しだけほっとする。

夜になって、大園は外のテーブルに写真集を置いて来たままだったのを思い出した。

中天に丸い月が出ている。

「ばか」

女性の声だった。見ると、マーリーの小屋の方に人影が見えた。湖面が月明りを照返している。人影は二人が組み合った形に見えた。一人の横顔は羽男だ。

——また、喧嘩か。

暴力的ならすぐ止めに入らなければならない。だが、

「あれ、北斗星じゃないわ。サソリ座よ」

という、極めて平和的な若子の声が聞こえてきたので、大園は二人に近寄るのを思い止《とど》まった。その代わり、身動きができない。二人が夜人の来ないところで落ち合ったような気がしたからだ。

「サソリ座の一番の星は?」

と、羽男が訊いている。

「アンタレス。火星のように赤い色でしょう」

不思議なことに、星を話題にしているはずだが、二人は全く空を見ていない。お互いに顔を向け合ったままだ。その横顔がどちらからともなく重なり合い、そのまま動かなくなった。

大園は最初だけどきりとし、次にやれやれと思った。

——いらない心配をしていた。文さんの言う通りだ。

「赤い星は好き?」

「好きよ」

「青い星は」

「青も好き」

「青い星の名は?」

「忘れたわ」

二人は全く会話に身を入れていない。

北海道の夏至《げし》の空が美しい。

超能力者と自ら言うヨギ　ガンジーは、実物で見ると写真などよりはるかに迫力を持った男だった。

ヨーガで鍛えたのは身体だけでなく、顔面の筋肉が鉄のようでしかも信じられないような動きをする。ガンジーはヨーガのポーズで、両腕を前に組み、その中に自分の頭を入れてぐるぐる動かして見せたが、実際に首を身体から外して手玉に取っているとしか見えなかった。

助手の不動丸も、写真では予想し切れないほどの大男だった。毛むくじゃらな顔の中で眼光が鋭く、この男の一睨みでどんな品物も空中に撥ね飛ばされてしまいそうな気がする。

もう一人、チラシには名がなかった若い女性がいて、超能力の実験に使う小道具などを舞台の上に出し入れしている。小柄で感じが若子によく似ている。大園は万一、マーリーのトリオが解散したら、この子をサーカスにスカウトしてもいい、などと考える。

だが、それも最初のうちだけで、一通りガンジーのヨーガが済み、超能力実験に移ると、どうもはっきりしなくなる。

「これからご覧に入れまする超能力には、三つの〈サイ〉が必要になります」

と、ガンジーが結婚式の挨拶《あいさつ》みたいな調子で喋《しゃべ》りはじめたのを聞いて、大園がおやおやと思っていると、

「三つのサイとは〈天才〉〈臭《くさ》い〉〈いかさま賽《ざい》〉であります。なぜなら、超能力は人間誰にでも出来るものではなく、神から授けられた天才がなければなりません。二番目のサイは臭いで、超能力にはどこかいかがわしさが付きまとうものでありまして、実際にこれからお見せする実験もかなりいんちき臭い。だからといって軽蔑《けいべつ》するのは大間違い。かのガリレオの地動説なども、最初は人人から怪しいと思われて迫害を受けた歴史をお忘れになりませぬよう。三番目のいかさま賽が必要な理由は、現在の世ではどんなに上手の超能力者でも、それだけでは飯が食えませんので、ときとしていかさま賽の助けを借りて賭博場で稼ぎ、糊口《ここう》を凌がなければなり

ません」

と、わけの判らない演説をして大園をがっかりさせた。

ガンジーが予防線を張った以上に、超能力の実験は臭いを通り越してひどく世古《せこ》くてガセな演技だった。

最初の予言というのは、ガンジーが観客に見えないように、ESPカードのうち一つの図形を黒板に描いておく。観客はその図形を知らないわけだが、ガンジーの手にあるトランプ大のESPカードを引くと、それが黒板に予言されている図形と一致する、というもの。

見ていると、ガンジーはそれが好みらしく中年で少し肥り気味の女性ばかりを相手にしてカードを引かせ、それが予言と的中すると頰にキスをする。ガンジーは予言の実験より、女性とのキスが目的のようで、その証拠には、予言の原理はごく初歩的なトランプ手品の応用、何人もの女性にキスをする演技が長長と続くので、助手の不動丸が恐い顔をして、

「先生、そろそろ次の実験に移ったらどうですか」

と、小声で叱るのが傍《そば》にいた大園の耳に届いたのでも判る。

不動丸に促されて、ガンジーは舞台の上に戻ると、女性の助手が大きな紫水晶の玉を持って来てテーブルの上に置いた。

「次なる実験はこの水晶球の中に未来がありありと映る、その不思議をお見せいたしましょう」

そう言ってガンジーが水晶球を凝視する。本物は目の光だけだった。

「はあ……はあ」

ガンジーの声でないことも次の瞬間に判った。

「はあ……はあっくしょい」

傍にいた不動丸が顔をくしゃくしゃにした。タワシの化け物に見えた。

ガンジーの目の前に置いてある水晶球がぐらりと動き、そのまま転がりはじめる。

「ま、待て——」

ガンジーが手を伸ばしたときはもう遅かった。水晶球は床に落ち、がしゃんと派手な音を立てて水を撥ね上げた。ただのガラス玉に、紫色の水を詰めた代物だったのだ。

「以上は水晶変じて水と化する術」

と、ガンジーが言い繕った。

不思議なもので、観客の誰もがガンジーの言葉を信じたようで、場内はしんと静まり返っていた。

「こうなっては破れかぶれ……いや、次なるは念力、サイコキネシスの出現でありまする」

そのころには大園も諦めていたから、照明を暗くした舞台の上で、玩具《おもちゃ》のアヒルがひとりでに歩き廻ったり、地球儀や掃除機が踊り廻っても、改めて落胆はしなかった。

「まあ、こんなものでしょう」

と、隣座席にいる文三が言った。文三も同じ気持なのだ。

「文さん、これじゃとても最後まで見ちゃいられないね」

「そうですね。場内が明るくなったら帰りましょう」

だが、そうはいかなかった。念力術が終って場内が明るくなり、文三が席から立とうとしたとき、ガンジーが舞台から呼び止めたのだ。これから、観客の皆さんにヨーガの基本を教えたい。観客の代表として舞台に上がって下さい、と言うのだ。文三は元元人の前に立つのが好きな男だから、大園との約束を忘れ、いそいそと舞台に上がっていく。


「先程はとんだ無礼をいたしました」

と、ガンジーは文三の前に頭を下げた。

「あなたにヨーガの心得があるとは露知らず、舞台に上げて数数の失礼。しかも、寛大なお方ですな。少しも迷惑な顔を見せず、私の言うままに振舞って下さった。お蔭で私の公演はずいぶん盛り上がりました」

「いや、そうおっしゃられるが、あたしにゃヨーガの心得は全くないのですよ」

「しかし……あの逆立ちの見事さは、どうしてもヨーガの達人とお見受けしましたが」

「それなら打ち明けますが、あたしたちは実はサーカスの人間です」

寄呂公会堂の楽屋。

観客の代表として舞台に上がり、場内を沸かせた文三は、連れの大園と楽屋に呼ばれ、ガンジーから礼を言われているのだ。

「サーカス、素敵だわ」

と、茶を運んで来た女性が言った。舞台ではガンジーの助手を務めていた子だ。サイコキネシスでは黒い服を着てアヒルでも歩かせていたに違いない。

「サーカス、どこで開いているんですか」

「いや、今、公演しているわけではありません。公演は六月二十五日、函館の啄木蟹祭を皮切りに、一月《ひとつき》ほど北海道を巡業します。それまでは中休みなのです」

と、文三が言った。

「大きなサーカスなの？」

と、女性が言うのへ、ガンジーが口を挟んだ。

「これこれ、美保子《みほこ》ちゃん。そういう不躾《ぶしつけ》な質問はいけません」

「なに、構やしませんよ」

文三は笑って、

「大園イリュージョンという、ちっぽけなサーカスなんですがね。それでも、休みだとのんびりしちゃいられない。この仕事は二日も休むと勘が鈍ってしまう。頭取や会計はもう函館の方に先乗りしてますが、あたしたちは湖畔の涼しいキャンプで稽古をしている最中なんです」

「矢張り只《ただ》の方ではないと思ったがサーカスの方でしたか」

と、ガンジーは感心する。大園もはじめて自己紹介した。

「サーカスには三つの〈キョウ〉がありますな」

と、ガンジーが言った。

「一に度胸、二に愛敬《あいきょう》、三に修行」

「それに、絶叫も加えたらどうです」

と、文三が言った。

「あっしは空中から落っこちて、何度も絶叫したことがあります」

「なるほど、それで死ねばお経で……いや。大変なものですな」

「先生方の超能力も大したものです」

と、大園は言った。

「たとえば、先生の念力術。大変に結構でしたが、あれにもう少し照明を明るくすると、サーカスのリングでも演じることができるでしょうな」

「照明を明るくすれば……」

ガンジーはちょっと考えて、

「それは無理です。助手が丸見えで——いや、念力は光を嫌うものなのです」

「それと私が感心したのは、腕の中で首が転げ廻るヨーガ」

「はあ、はあ」

「ああいう芸がお出来になるのでしたら、どうでしょう。ご自分の頭と他の頭とすげ替えてみたら」

「……他の頭？」

「ええ。昔、中国で火を吐いたり、自分の身体をばらばらにして牛や馬の頭とすげ替えた幻人がいた、と記録されているのですがね」

「ははあ……それは驚異的な芸ではありますが、私にはちと無理かと思います」

大園は不動丸に言った。

「あなたなども、もう二十センチ……いや十センチも背が高かったら、雪男として通用しますよ」

不動丸は不機嫌そうにもぞもぞ髭を動かした。

「なるほど、そうすればサーカスの檻の中で一生ぶらぶらして暮らしていけるわけですな。実に惜しい話だ」

「わたし、サーカスで働けそうかしら」

と、美保子が目をきらきらさせて言った。大園が最初会ったときの若子と同じ表情だった。

「あなたはどんな芸ができますか」

と、大園が訊いた。

「暗闇の中でアヒルの玩具を——いえ、本を使った読心術ができます」

「……多分、本に仕掛けのある手品なんでしょう」

「あら……口で言っただけで判ってしまったわ」

「その手のものは……どうもね」

そのとき、控室のドアが開いて、公会堂の職員が大園に電話が掛かっている、と言った。

行き先に電話が入るようでは、稽古場に何か異変があったとしか考えられない。大園が控室の受話器を取り上げると、晴江の大声が響いた。

「あんた、大変なことが起こったわ」

「どうした。喧嘩か、怪我人か」

「そうじゃない。湖から巨人が這い上がって来たの」

「……キョジン？」

「ええ。湖の砂地に、信じられないような大きな人間の足跡が出来ているの。今、週刊誌の記者が見付けて、大騒ぎになっているところよ。記者はあなたのコメントも欲しいんですって。すぐ、帰っていらっしゃい」

晴江はそれだけ言うと電話を切った。

「巨人、と聞こえたわ」

と、美保子がぞくぞくするような声で言った。

「そう、最近の機械は感度がいい。私にもそう聞こえました」

と、ガンジーが言った。

「地球にはまだいろいろな不思議がありますな。世界各地で確認されている巨人というと、背の高さが、三メートルから四メートルもある。日本では国引き伝説が巨人の存在を物語っているでしょう」

文三が立ち上がった。

「おやじさん、そんな巨人なら早く捕えて、サーカスで見せないと、損だ」

「ねえ、先生。わたしたちも見に行きましょうよ」

と、美保子が騒ぐ。ガンジーが付け加えるように言った。

「巨人には三つの〈カイ〉があります。第一はでっかい。第二は奇っ怪。そして第三はほんまかい？」


大園イリュージョンのキャンプは寄呂から車で北に一時間ほど、霧降湖《むこうこ》という小さな湖の畔《ほとり》にある。ここでサーカスの演目を編成し、啄木蟹祭を振り出しに、函館港祭、なべつる祭など、夏の間は北海道を巡り、涼しくなると南へ向かい、一年で国中を巡業する、というのが大園イリュージョンの恒例になっている。

霧降湖のあたりは名所がなく、湖自体も平凡だから、観光客が立ち寄ることもなく、静かで稽古には最適な場所だ。湖の北側が山で、南は原生林、ひょっとして未知の生物が棲息しているかも知れない、という雰囲気は確かに漂っている。

文三が運転するワゴン車に、大園とガンジーたち三人。

美保子がガンジーを質問攻めにしている。

「ねえ、先生。さっき、巨人は世界中で確認されていると言いましたけど、それは本当なんですか」

「そう。一つ一つは覚えていないが、各地で巨大原人の化石やミイラが発見されていることは確かです。最近ですと、アメリカの太平洋岸北西部の山岳地帯に棲息するサスカッチという巨人が撮影されています。ブリティッシュコロンビアではある一家が毛深い巨人に襲われ、怪物は四十センチの足跡を残していったといいます」

「日本では?」

「そう。昔はかなりいたらしい。代表的なのがダイダラボッチという巨人ですかな。この巨人は富士山《ふじさん》に腰を掛けたまま、琵琶湖《びわこ》で顔を洗った、というから凄い。まあ、これなどは伝説ですが、巨人が歩いた跡という巨大な足跡は日本にも各地に残っていますな」

「巨人がサーカスに出たことはないんですか」

そう言われて、大園はびっくりした。昨日その写真を見たばかりだ。

「不思議な偶然ですね。昨日、その巨人が載っている本を見ていたばかりです」

と、大園は言った。

「それも、全身が毛で覆われた巨人で、氷詰めにされミネソタの氷人といって見世物にされていたらしい。生物学者はこのミネソタの氷人を調査し、ホモ ポイゴンドと名付けて学会に報告していますよ」

「ひゃあ……そうすると、今、そうした巨人が生き残っている可能性はあるのね」

と、美保子が言った。

「勿論、ヒマラヤの雪男などは何人もの人に目撃されていますから、まだ棲息していることは確かでしょう」

車がキャンプに到着すると、待ち兼ねたように晴江たちが車を取り巻いた。晴江たちはガンジーが車から降りると怪訝《けげん》そうな顔をしたが、続く不動丸の姿を見て、叫び声を上げた。

「おやじさん、ど、どこにこの巨人がいたの」

「いや、この人は巨人じゃない」

説明が済まないうち、見知らぬ男が不動丸にカメラを向け、立て続けにフラッシュを浴せる。

不動丸はフラッシュを受けて、何度もくしゃみをした。

「おい、止せ。この人は違う」

大園はカメラの前で手を振った。

「あら、本当。この人、よく見ると足が小さいわ」

と、晴江が言った。不動丸の靴は週刊誌ぐらいの大きさがある。それでも、小さいと言う。

「背だって四メートルはないしね」

「……四メートルだって？」

「ええ。湖から出て来た巨人は、身長が四メートルはあるんですって」

「そ、その足跡は、どこだ」

キャンプから東に百メートルほどの場所。

汀《みぎわ》は砂の入り混った湿地で、湖に向かって半円形に拡がっている。

晴江は湿地と草地の境に立ち止まって、湿地の中央を指差した。

「ほら、見えるでしょう。大きな足跡が四つも」

大園が視線を移すと、晴江の言う通り、湖から歩いて来た形に、地面の上に四つの窪みが見えた。その歩幅は直立の二本足の歩行によって印されたことが一目で判る。足跡の大きさは四十センチほど、歩幅は二メートル近くあった。巨人は湖から出て来て汀を歩き、そのまま森に入って山の方に進んで行ったらしい。押し潰されている草も見える。

「誰か見たのかね。その四メートルもある巨人を」

大園は団員を見廻した。実際に見た者はいないようだった。

「最初に、亀沢《かめざわ》さんが足跡を見付けたのよ」

と、晴江が言った。

カメラを持った男が大園の前に出て来た。

「団長さんですね。申し遅れました。クローズアップの者です」

差し出された名刺には「人間社《にんげんしゃ》　クローズアップ編集部　亀沢均《ひとし》」と刷られている。

「花井《はない》若子さんの取材が済んで、ちょっと湖を撮影したくなり、ここまで来たんです。そして、偶然にこれを発見しました」

若子を見ると、銀色のレオタードで、白い羽根の帽子を被っている。亀沢が舞台衣装を注文したらしい。羽男の方は黒のTシャツにジーンズのままだった。

亀沢が言った。

「つまり、この直立人の足の大きさ、歩幅の距離から考えて、その巨人の身長は四メートルはあるだろうと推測したんです」

確かに、亀沢の推測はそう外れていないように思われる。

「足跡は新しいのかね」

と、大園は亀沢に訊いた。

「新しいようです。少なくとも、化石なんかじゃありません。近寄ってご覧なさい。この地面は、我我の体重ぐらいじゃ足跡は付きませんから、傍へ寄ってもあの足跡を損ねる心配はありません」

大園は湿地に立ってみた。地表は柔かい感じだったが、亀沢の言う通り、靴の跡は残ってもごく浅い。それに較べると、巨人の足跡は深深として、底の方には地面からしみ出したような水も残っている。ただし、地面は粗い砂混りで、形ははっきりとしていない。

「なるほど、生きている旧人らしい。未進化の足ですな」

と、ガンジーが言った。赤ん坊のように丸く、土踏まずがない特徴を言っているようだ。亀沢が言った。

「さっき、識《し》り合いの田岡《たおか》博士に電話をしたところ、話だけでは確かなことは言えないが、どうやらギガントピテクスに似ているそうです。ギガントピテクスはドイツの人類学者、グスタフ・ケーニヒスヴァルト博士の命名で、ギリシャ神話に出て来る巨人神族、ギガンテスから取った名だそうです」

「すると、その先生はここに来るのかね」

と、大園が訊いた。

「ええ。早速、調査隊を組んで飛んで行くから、その足跡を保存しておくようにと言っていました」

「その調査隊がギガントピテクスを捕えると、その人のものになってしまうの」

と、美保子が言った。

「まず、そうなるでしょうな」

と、ガンジーが答える。

「じゃ、わたしが捕えると?」

「まあ、お上《かみ》に取り上げられるかも知れないが、当座は美保子ちゃんのものでしょう」

「素敵、巨人のペットなんて。不動丸さん、早く探して来て」

「……巨人のペットですか」

と、不動丸は目をぱちぱちさせる。

「巨人を連れて歩けば、ガンジー先生の公演はきっと大入り満員だわ」

「いや、巨人は大園イリュージョンで捕えなければならん」

と、文三が叫んだ。

「巨人を捕えたら、すぐギガントピテクス発見記念のテレホンカードを作って売り出すのだ」

「僕は町へ行って、第一報の原稿と写真を本社に送らなければならない」

と、亀沢が駈け出して行く。

ガンジーは肩の高さに腕を組み、その中に自分の頭を転がす恰好をした。

大園が煙草《たばこ》に火を付けようとしたとき、ライターを持った指が明るくなった。今まで気付かなかったのだが、雲が厚くあたりを暗くしているのだ。

「先生、一降り来そうですよ」

大園はいつまでも足跡を眺めているガンジーに声を掛けた。

「取り散らしていますが、私の小屋で一休みなさいませんか」


大園がキャンプに戻ると、雨が落ちはじめ、女性たちが洗濯物を取り込むのに大童《おおわらわ》だった。ほどなく、雨は滝みたいな豪雨になった。

「いや、偉いものですな」

と、ガンジーはしきりに感心している。

「巨人の出現が、ですか」

と、大園が訊いた。

「いや、サーカスの女性の方方。夢みたいな巨人よりも、洗濯物の方が大事。空模様を見てさっさとキャンプに戻って来たというのは偉いものです」

「まあ、こういう生活をしていますから、空には敏感なのです」

「それに較べると、私のばか弟子たち二人は、今ごろどこをほっつき歩いているものやら」

「いや、好奇心旺盛で結構じゃありませんか」

「好奇心というと……そう。さっき団長さんはミネソタの氷人が載っている本を見ていたとか」

「ああ、あの写真集ね。これですよ」

大園は衣装箱の上に置いてある本を取り上げ、ページを繰った。

顔と掌《てのひら》と爪先の他は全て剛毛に覆われた動物の写真だ。類人猿よりもやや人間に近い身体だが、大きすぎる手足や太い首などのバランスがグロテスクだ。

ガンジーは外国語も読めるようで、解説文にも目を通していたが、

「ふむ、ふむ。この怪物はミネソタ州の森の中で、若い女性を暴行したそうですな。ううむ……とすると、この怪物は牡《おす》でしょう」

と、当たり前なことを言った。

しばらくすると、不動丸と美保子と文三が、湖から這い上がったような姿で帰って来た。

「美保子ちゃん、大丈夫でしたか。巨人に暴行されませんでしたか」

と、ガンジーが言った。

「わたしが、巨人に？　先生……ずっとそんなことを考えていたんですか」

「いや……ただ、心配で」

「襲われるどころか、影も形も見なかったわ」

不動丸はワカメの塊《かたま》りみたいな姿になっていて、なに、このまま自然に乾くなどと言うのを、晴江が無理矢理に着換えを押し付けた。

三人が着換えると、不動丸が大園に訊いた。

「霧降湖の水深はどれほどあるものでしょうか」

「はて……今まで水深など全く気にしませんでしたが」

「なに、湖が浅ければ巨人は歩いて湖を渡る。もし深ければ、泳がなければならない。つまり深ければ、巨人は泳げる、ということが判るのです」

「なるほど」

と、大園は言ったが、内心ではガンジーの弟子らしく、師と同じように下らないことを考えている、と思った。だが、ガンジーは不動丸の言葉がなぜか気に入ったようで、

「ははあ。巨人が歩いていれば、未確認歩行原人、泳いでいれば未確認遊泳原人ということになりますか」

と、言った。

不動丸は師の言葉に感銘したように、なにか芝居がかった動作でうなずいてから、

「いずれにせよ、巨人の足跡はただの一本、巨人が湖に棲んでいるはずはありませんから、湖の対岸に現れ、湖の中を歩くか泳ぐかして湖を渡り、陸に出てどこかに歩き去ったものと思われますが、先生、巨人はなぜ湖を渡ったのでしょうか」

「なぜか――なるほど。私もさっきからそれを考えあぐねていたのです。なぜかが問題ですな。なぜか。たとえば……」

大園が空《から》になった煙草の箱を捨て、新しい煙草の封を開けたところだった。ガンジーはその大園の手元を見ていた。

「団長が煙草の銘柄を変えたのは、なぜか」

「その答は簡単です。私も今、そう思っていたところですから。おかあさんがなぜいつも私が喫《す》っているリベルテではなく、今日に限って違う煙草を買って来たのか、と。でも、よくご覧なさい」

大園は煙草の箱をガンジーに示した。箱には赤い蟹の絵が印刷されている。

「これも、リベルテなのです。どうして、今までのパッケージでなく、蟹の絵になったかというと、近く函館で啄木蟹祭が開催されるのです。その祭の記念に売り出されたのがこのリベルテで、ほら、いつもよりかは小さいけれど、ちゃんとリベルテの文字が入っているでしょう」

「なるほど、記念煙草でしたか。それで、どうやらそのわけが判りました。すると、団長、最近、このサーカス団で、なにか大きな出来事がありましたね」

「あまり思い出したくはないのですが、大きな出来事というと、ゴンちゃんの死亡でしたね」

「……ゴンちゃんというと、団員の一人ですか」

「ええ。掛け替えのない団員でした。ゴンちゃんは大園イリュージョンの花形、五本足のヒツジでした」

「ひゃあ——」

と、美保子が嘆声をあげる。

「そんなの、見たことないわ。それ、本物なんでしょうね」

「本物なんでしょうね、とは何だ」

と、文三が言った。文三は隅に立て掛けてあったポスターを取り上げて開いて見せた。その中央にゴンちゃんの写真が印刷されている。

美保子は再び嘆声をあげ、文三が得意そうにゴンちゃんの説明をはじめる。だが、ガンジーの関心は別のところにあるらしく、一渡りポスターに目をやって、再び大園の方を向いた。

「それは残念なことでした。そのゴンちゃんが死亡したのは、いつごろでしたか」

「今年の春でしたがね」

それを聞くと、ガンジーはなにか不満そうな顔で、

「そのゴンちゃんの他にはどうでしょう。最近の何か大きな出来事は？」

と、重ねて訊いた。

「いや……大きな出来事といえばそれだけで、後は思い当たりませんよ」

「ははあ……そうですか」

「強《し》いて言えば、先生の公演を見に行ったぐらい」

「それは、恐縮で」

美保子は真剣な顔で文三の話を聞いている。それを見ていた晴江が大園に言った。

「あの子、内へ来たときの若子さんによく似ていますねえ」

「おかあさんもそう思うかい。私もさっきから若子にそっくりだと見ていた」

「若子さんというと、さっき週刊誌の記者のインタビューを受けていた子ですか」

と、ガンジーが訊いた。

「そう。若子とは年ごろも同じようですしね」

と、晴江が答えた。

「内へ来てかれこれ一年になりますけど、サーカスが好きなくらいだから、覚えも早いんですよ。ただ、芸熱心なくらいだから、気が強くて、相棒とよく喧嘩するのが玉に瑕《きず》でしてね」

「それなら、もう大丈夫だ」

と、大園が言った。

「若子と羽男は仲直りしたよ」

「まあ……昨日は大変だったんでしょう」

「いや、文さんの言う通りだった。あの二人はお互いに惚れていたんだ」

文三が振り返った。

「そりゃ、いい。本当ですか」

「そう、昨夜、たまたま外に出てね、見てしまった。あの二人が映画みたいに綺麗に抱き合ったラブシーンだった」

ガンジーはぽんと膝《ひざ》を叩いた。

「それです。惚れた腫《は》れたは別に珍しくはありませんが、当人にとっては人生の中で大きな出来事でしょうな」

また、一しきり雨足が強くなる。

「これで、巨人の足跡が流れてしまわなければいいが」

と、大園が言った。それを聞いたガンジーは、また寝言みたいにわけの判らないことを言った。

「いや、あの足跡なら消えはしないでしょう。今ごろ、増えているはずです」

ガンジーの言う通りだった。

俄雨《にわかあめ》が上がり、白い雲の間から青空も顔を覗かせて、ついさっきの大雨が嘘のよう。

大園とガンジーたちが連れ立って、足跡があった湖畔に行って見ると、足跡は強い雨のために丸く暈《ぼ》けた水溜りになっていて、その代わり足跡の数が増えていたのだ。

「美保子ちゃん、さっき見たときには、足跡はいくつありましたかな」

と、ガンジーが訊いた。

「四つだったわ」

「今は？」

「……七つもあるわ。ねえ、先生、これは一体どういうことなの」

ガンジーは答える前に、一つの足跡の前にかがんで、水溜りに浮いている小さな白い物を拾い上げた。

「煙草の吸殻だわ」

「そう。これはリベルテの吸殻です」

「さっき見たとき、足跡の上にはそんなものは落ちていなかったでしょう」

「……あれから、誰が落としたのかしら」

「これは、落としたのではありませんな。土の中から出て来たのです」

「……出て来た？」

「左様。足跡の上に土を被せたとき、この吸殻が土に混っていたと思われます。それが、さっきの大雨で被せた土が流れ、吸殻が再び外に現れたのです」

「……足跡の上に、土を被せた、ですって？」

「はあ。今、見えている七つの足跡のうち、一つ置きに三つの足跡の上に別の土を持って来て埋めてしまうと、さっきここで見た四つの足跡になります」

「なぜ、そんなことをしたのかしら」

「七つも足跡があったのでは、その足跡を残した主が大きく見えないからです。その間の足跡を消してしまえば、歩幅は倍になり、四メートルもの巨人が想像されるでしょうな」

「じゃ、これは四メートルもの巨人じゃなかったの」

美保子の言葉が荒くなった。ガンジーはそれを避けるように大園の方を向いた。

「団長さんなら、最初からご存知だったんでしょう」

「いや……」

大園はそれまで何も疑わなかった人の良さに、恥しくなっているところだった。

「今、先生に言われて、やっと気付いたばかりです」

「文三さんは？」

文三は苦笑いしながら言った。

「面目ねえが、あっしも欺《だま》された方だね。なにも大雨の中を駈け廻ることはなかったんだ」

「まあ、あなた方はゴンちゃんを亡くしたばかり。怪物に気を取られるお気持はよく判ります」

「こうして見ると、間違いねえ。こりゃ、ゾウのマーリーの足跡だね」

美保子が口を尖らせる。

「でも、この足跡だって、四つ足の動物じゃないわ。ちゃんと、二本の足で歩いているわ」

「ゾウはゾウでもサーカスのゾウだというのをお忘れなく」

と、ガンジーが言った。

「いつか見たサーカスのゾウは、逆立ちをしましたよ。多分、前足を上げて、後足二本で歩くのは基本的な芸でしょう」

「その通りです」

と、大園が言った。

「足跡がゾウのものであれば、その重量は四メートルの巨人をも凌ぐでありましょう。ただし、後足二本の歩幅では四メートルもの巨人というわけにはいきません。それで、一つ置きに、三つの足跡を別の土を被せて消さなければなりませんでした」

「すると、マーリーを連れて来て、足跡の付かないような場所から湖の中を歩かせ、この汀に足跡を付けたのは、羽男と若子しか考えられない。しかし、あの二人がどういうわけでこんな細工をしたんでしょう」

「そう、私もその謎だけが解けませんでした。私がしきりに首を捻《ひね》っていたとき、団長さんがいいヒントを与えてくれました」

「私が……」

「はい。啄木蟹祭の記念煙草を見せてくれたでしょう。それで、この騒ぎは記念のための不思議な行動ではないか、と思い付いたのです」

「記念のための不思議な行動？」

「どういうものか、人は特別な経験をしたとき、記念のためにいろいろなことをしたくなるようですな。珍しい所へ旅をすれば、その記念写真を撮り、思い出になるような品物を買い込む」

「今、先生に見せた本は、私がハーゲンベック動物園を見学したとき、記念に買って来た写真集です」

「なるほど、買物ならまず普通でしょう。中には有名な建物を見学した記念に、いたずら描きを残して来たりする者もいる。井成蝶《いなりちよう》という閨秀《けいしゆう》歌人は恋人に糠《ぬか》漬けの味を誉められて、その日を糠味噌記念日にした、という歌を作っています。大きな団体も負けていませんで、郵政省や大蔵省は何かというと記念切手や記念コインを発行する。私が公演していた寄呂も市制十周年とかで、私が呼ばれたのもその記念行事の一つでした。死後有名になった歌人が、無名時代にそこで蟹を食べたことが判ると蟹祭が行なわれるようになる。大園イリュージョンももう少しでギガントピテクス発見記念のテレホンカードを作って売り出すところだったでしょう」

「……すると、さっき先生が私のサーカスに大きな出来事がなかったか、盛んに尋ねていたのは？」

「そう。その出来事に対する記念というようなことを考えていたのです。ところが、ゴンちゃんの死は団長も思い出したくはない、と言う。そういう気持があるのでは記念にはふさわしくないし、改めて記念とするにはその日はかなり遠くなっています。私が迂闊《うかつ》だったのは、個人の記念に思い至らず、つい、その方の質問ができなかったことです」

「つまり、羽男と若子は、お互いの恋心を確かめあった記念として、こんないたずらをした、と言うのですか」

「そう。それが余程嬉しかったのでしょう。たまたま、週刊誌の記者が取材に来る。それも考えに入れてです。未確認歩行原人の足跡発見が大きく報道されれば、その日が二人の愛の記念日、忘れ難い想い出になるではありませんか」

「そう言われると……可愛いですね。欺されても憎めませんな」

「可愛いですとも」

文三が言った。

「どうも、最初から変だったね。あの好奇心の強い若子さんが、あの足跡を見て少しも騒がなかったもんね。巨人なんかいないのを、ちゃんと知っていたからなんだ。それにしても、ガンジー先生のところのお弟子さんはすばしこいね」

不動丸と美保子が顔を見合わせる。

大園がキャンプに戻ると、マーリーの背に羽男と若子が乗っていた。

若子が前で、羽男に後から抱かれている形だった。羽男は両腕で若子の胸に触れていたが、大園を見ると右手を挙げた。

「おやじさん——」

「おお、仲直りしたか」

「はい。僕たち、結婚します」

若子が首を廻し、羽男と唇《くちびる》を合わせる。

そのとき、どうしたわけか、マーリーが前足を曲げて立ち上がり、鼻を天に向けた。二人はマーリーの背からそのままの姿で転がり落ちた。

ガンジーのいくつかの術は、文三が受け継ぐことになるらしい。

ヨギ　ガンジー、最後の妖術

「親父さん、たいへんです。裏に人が死んでいます」

啓一郎《けいいちろう》が仕事場に駆け込んで来た。息をぜいぜいさせている上に、その言葉も穏やかではない。

佐々本圭吾《ささもとけいご》は神棚に向かって朝の礼拝をしているところだったが、いつものとおりゆっくりと柏手《かしわで》を打って後ろを振り返った。

「今、なんと言った?」

「人が死んでいるんです。ここの仕事場の裏で」

佐々本は再び神棚に向かい、棚の上に置いてある暦《こよみ》を手に取り、ページを開いた。

「うん、今日の運勢は悪くはない。だが――」

読み終えた佐々本は、暦を神棚に戻し、再び柏手を打った。

「死んでいるというのは、男か女か」

啓一郎は両手を胸のあたりに上げ、掌《てのひら》を動かして指をひらひらさせた。あるコメディアンがびっくりしたときの動作で、それを真似ているうち、すっかりその癖が感染《うつ》ってしまったのだ。

「男の人です。色が黒くて痩《や》せて背は――寝ているので判りません」

「じゃ、行ってみよう」

佐々本の仕事場は母屋《おもや》に隣接する小屋で、中には焼き物を成形するロクロや窯《かま》などが設置されている。その窯場の裏手が少しばかりの空き地、その向こうに雑木林が続いている。

佐々本は母屋を出ると、すぐ窯場には向かわず、反対の方向に歩きはじめた。

「親父さん、そっちじゃありません」

啓一郎が声をかけたが、そんなことは構わない。暦によると今日は窯場の方向が悪いのだ。そんなときには、はじめに目的とは反対の方向に行き、ぐるりと迂回して行かなければならない。

佐々本がそうして仕事場の裏に廻って見ると、確かに一人の男が地面の上にあおむけに転がっていた。黒のカッターシャツによれよれの黒のスーツを着ている。

佐々本は男のそばにしゃがみこんで、手首の脈を取ってみた。脈は打っているし、体温もある。

「この人は死んじゃいない」

佐々本は啓一郎をにらんだ。

「お前はどうしていつもそうおっちょこちょいなんだ」

啓一郎は掌を上に向けて、指をひらひら動かした。

「いや、死んでいると思ってくれた人がいて、嬉しいかぎりです」

と、寝ていた男が喋《しゃべ》った。

改めて見ると、男はぎょろりとした目を大きく開き、高い鷲鼻で一度見たら忘れられそうにもない面構えだった。

「死んだと思われて嬉しいとは、ふしぎな人だ」

と、佐々本が言うと、男はのっそりと上体を起こして、

「わたしは今、屍《しかばね》のポーズをしていたところですから」

と、言った。

「シカバネの？」

「さよう。屍、ムクロ、死骸とも言いますな」

「――なんだって、そんな縁起でもない真似をしているんです」

「ヨーガのポーズなのです」

そう言われてみると、佐々本の識《し》り合いにはない顔だった。

「ヨーガというと、たしかインドの行者《ぎょうじゃ》が修行をする――」

「よくご存知ですな。わたしはインドのリシケシでヨーガを修めた、ヨギ　ガンジーという者です」

「しかし、屍のポーズというのは、ただ寝ているだけじゃありませんか」

「ところが違うのです。屍のポーズはヨーガのうちでも最も難しいものとされています。なん

となら、このポーズは屍と同じ気持になっていなければなりませんからね。声をかけられて、すぐ目を開くようでは、まだまだわたしの修行は未熟でした」

　ガンジーはそう言って、悲しそうな顔をした。

「屍と同じ気持――わたしなどは想像もできませんね」

「人が死ねばその人の霊魂は身体《からだ》から離れていくでしょう。そうした心境にまで達しなければならないのです」

「なるほど。その霊魂は人の災難などを救ってくれるわけなのですね」

「いや――わたしの場合、そんな高級なことはできません」

「では菅原道真公《すがわらのみちざね》のように、怨念が雷となって、都を脅《おび》やかしたりしますか」

「とても、とても。わたしにはそんな力はありません。せいぜい、アヒルの玩具《おもちゃ》を動かして見せるぐらいです」

「日本の行者は、よく火の上を素足で歩いたり、熱湯のたぎっている釜の中に入ったりしますが」

「そんな恐ろしいことは、考えるだけでぞっとします」

「じゃ、ガンジーさんの術は屍のポーズだけですか」

「あといくつかあります。たとえばツリキのポーズ、とか」

「それはどんな術なのですか」

「早い話が逆立ちをして見せるだけです」

「――地味ですねえ。逆立ちなら子供にもできますよ」

「あとは腕組みをした中に、首を転がす投げ首のポーズで、これは頼まれて人に教えたことがあります」

「すると、ガンジーさんはヨーガを教えている先生なのですか」

「なに、そういう仕事が沢山あれば結構なのですがね。あまりそういう口はかかって来ません。今日は、大終寺《おおしゆうじ》のお祭で商売をしようと思って来ました」

大終寺は近くにある浄土宗《じょうどしゅう》の寺で、正しくは芭蕉《ばしょう》山大終寺と呼ぶ。毎年六月七日が大終寺の芭蕉祭で、佐々本もその祭に焼き物の店を出す予定だ。

「しかし、ガンジーさんはなんの商売をするつもりですか」

と、佐々本はガンジーに訊いた。見たところガンジーは手ぶらで、売るような品はなに一つ持っていなかった。

「なに、今、わたしの仲間が商品を取りに行っているところです」

そこへ、ガンジーの仲間だという男女の二人連れがやって来た。

一人は大きな鞄を持っているびっくりするほどの大男で、顔中がぼさぼさの髭《ひげ》でおおわれている。もう一人はすばしっこそうな若い女性だった。

若い女性が手にぶら下げているポリ袋をガンジーに示した。

「先生、こんなものでいいかしら」

見ると、ポリ袋の中には大小の蛙がうごめいている。

「や、それなら結構です」

と、ガンジーが言った。

芭蕉祭に蛙――佐々本は呆れてガンジーに訊いた。

「この蛙を売るつもりなんですか」

ガンジーは首を横に振って、

「いや、蛙は売りません。この蛙からガマの油を取って、外用薬として売るのです」

と、言った。


芭蕉祭の当日。

佐々本はいつものとおり、朝の礼拝をしてから、神棚に置いてある暦を手にしてページを開いた。大安の吉日だった。

「うん、今日の運勢も悪くはない」

（未完）

幕間

酔《すい》象《ぞう》秘曲

封筒は白く宛名はカナタイプのシートが貼られていて差出人の名はなかった。中岡《なかおか》がその手紙をまず開けてみたくなったのは中に固い物が入っている手触りがあったからだった。封を切って逆さにすると、それは澄んだ音を立てて卓袱台《ちゃぶだい》の上に転がった。音で妻の沙折《さおり》が目で追った。

「……あら、将棋の駒ね」

中岡もそんなものが出て来るとは思っていなかった。宛名をもう一度見る。誤配ではないか。なぜ自分のところにこんなものが送られて来たのか、その理由が判らなかったからだ。老眼鏡をかけなおす。だが封筒にははっきりと「ナカオカ　フジャクサマ」としてある。

「……でも、変ね」沙折は駒をつまみ上げて言った。

「これ、酔象《すいぞう》と書いてあるわ。将棋に酔象なんて駒はないでしょう」

「……いや、ある」

酔象と聞いたとたん、三十年の年月が急に後戻りした感じだった。中岡はあわてて中の手紙を取り出した。

中の手紙はワードプロセッサーで作られた文面だということが判った。

「諸兄にはいかがお過ごしですか。久し振りに名人戦をたたかわせたく思います。こぞって参加して下さい。人生五十の大台を迎え、お互いよくがんばったと思います。子供達もそれぞれ独立した時期、そろそろ私達の余生を充実したものにする時期ではないか。仕事は仕事、これから若者に負けず人生を楽しむ時期ではないか」

場所は御殿《ごてん》温泉、柿根館《かきねかん》という聞いたことのない宿の名、送られた酔象の駒が入場券。中岡はしげしげと酔象を手に取った。彫り埋め盛り上り駒である。駒の裏には太子という字が彫られている。駒は磨き込まれた黄楊《つげ》の木、水無瀬《みなせ》流の書体である。駒を通していろいろの古友達の顔がうかんで来る。中岡は人差指と中指とで駒をつまみ上げ、ぴしりとテーブルの上に打ち付けた。

「今の将棋は昔、小将棋といってね、昔は中将棋、大将棋というのがあって、駒数も今のよりずっと多かった。酔象はその滅びた駒の一つ、王将の上に置く。一枡ずつ動けるが、直後に後退できない。敵陣に入って成ると太子となり、王将と同じように左右八方へ進むことができる」

「将棋のお友達のあることなんか知りませんでしたわ」と沙折が言った。

「言わなかったかな。大昔のことさ。丸一年くらい、ただ夢中で将棋だけを指していた時期があった」

「あ、それで落第したのね」

思えば、中岡の人生で一番夢中に打ち込んだ一年であった。

「それにしても、差出人の名がなくて、カナタイプ、まるで脅迫状ね」

酔象将棋の旧友が集まり、御殿温泉で名人戦を開催しましょうという案内状が届いた日の夕方、血崎猛司《ちざきたけし》から電話が掛かって来た。血崎とは二十年も会っていないが、高い調子の声ですぐ判った。

「変な手紙が届いたぞ。楽しみにしている。あと、誰が出席するんだ?」

血崎は中岡が世話役だというような調子で言った。

「ちょっと待てよ。あの手紙は俺が出したんじゃない」

「……お前じゃないって? ああいうことをするのはお前ぐらいしかいないじゃないか」

中岡は器用で趣向の好きな男だった。市販されていない酔象の駒も木をけずってそれらしく作ったのも中岡だった。詰将棋も趣向のあるものが好きだった。

「お前じゃないとすると、誰だろう?」

「判らないな。皆目見当が付かない」

「ま、いずれにしろ俺は出席するよ。不弱はどうだい?」

「うん、ちょうどその日はあいている。出席することにする」

「そりゃありがたい。お前が来ないと勝てる相手がいない」

血崎猛司の将棋は攻め将棋というより突貫将棋だった。最初から手負いの猪《いのしし》みたいに酔象と飛車をくり出して攻撃して来る。中岡が趣向を立て、陣形を組み立てる余裕もない。そのため血崎との対戦は歩が悪かった。自信を持って中岡が勝てる相手は熊市睦平《くまいち》だった。当時七人いた将棋部員のうち、熊市だけがストップウオッチを持たされ、三十分の持ち時間があたえられていた。部員の全部は早指しで、長考などしない。熊市だけがどう考えるのか、指し手がのろいからである。そのため、気の短い血崎などはじりじりしてしまい、つい乱暴な手を指して、受けつぶされてしまう。中岡だけが歩がいいのは、熊市は中岡のかけた罠にすらりとはまってしまうからである。

その熊市は待っていても電話がかかって来るような男ではない。同窓会名簿をくってみる。中岡の学年は他に較べ電話が空白になっている人間が多い。このクラスは総体にずぼらな者が多く、まとめ役に事欠いていた証拠だ。熊市の電話番号はすぐ判った。公証人役場に勤めている。

「あれ以来、将棋を指したことがあるかね?」

「ないね。一度あったが、酔象がないので何だか物足らなくてそれ以来やったことがない」

熊市はのろのろとした口調で言う。熊市の名は睦平だが六つ平と言っている。

「いや、僕も同じだ」

熊市も参加すると言った。稽古《けいこ》をする必要があるが、当然六つ平は稽古をするはずだろう。手紙を出したのは誰か判らないが、とにかく三人の参加者は決まった。それぞれ行くのはつまらないので、一度に行くことにする。

酔象将棋名人戦に招待された三人は上野《うえの》駅で落ち合った。熊市とは五年ぶり、血崎とは実に二十年ぶりの再会である。旧知とは不思議なもので、それでも一目で相手が判り握手を交わす。血崎は白髪《しらが》になっていて顔のシワが深く、目がぎょろりとしている。熊市は頭が後退し、腹が突き出て、茫洋とした表情は一きわ強調されている。会うと一度に昔に返った。

中岡はビールを買って来る。

「まずは、青春のために乾杯」

電車が動き出す。

「不弱が発起人でないとすると、イトウさんがかんでいるとは思わないか?」と、血崎が言った。

「……うん、イトウさん、それは考えられる」

イトウさんとは伊藤先生のことである。数学の教師で、将棋部の火付役となった人物である。数学の時間だったが、ふと数理的な詰将棋のことになり、昔は酔象という駒があったのだと教えた。もともと中岡たちは将棋が好きだったこともあって、早速酔象将棋の研究にとりかかったのである。その瞬間、何人かが酔象将棋にとりつかれてしまった。教師たちも最初のうちこれが中毒だとは思わなかったようだ。部の創立を認め、放課後、部活のために小部屋の使用を許可してくれた。だが、中岡達は部屋に入り浸りになってしまった。学校へ行くとまず部室へ行く。授業が始まると指し掛け、封じ手を書き、授業が終わると休み時間には部室へ駆け込んで指しつぐ。将棋の合間に授業を受けているような状態であった。西日のさす部室は夏には暑いので屋上に出て対局する。頭の中には将棋しかなかった。それは多分、さまざまな偶然によるものだったろうが、部員は七人にしぼられ、指すごとに強くなり、腕はメキメキと上達した。そのため全員が落第、それをあらためて知った伊藤先生は部室を閉鎖してしまった。

「しかし、あのときはよかった」

実際、熱中しているときには教師の顔も五角形に見えたのである。

「ま、きのう思い出してみたんだ、昔話をするよりも、何よりもまず対局しよう」

中岡は携帯用のマグネット将棋盤を取り出した。

「しかし、例のものがあるかね？」

「あるある」

中岡は手製の駒を示した。

まず、中岡と血崎が盤に向かった。血崎は相手の駒を置くのも待ちきれない程早指しである。例によって酔象と飛車のガリ攻めで、中岡は早くも一敗した。

「何だ、昔と変わっていないじゃないか」と血崎。

「なに、多少勘が鈍くなってはいるが、すぐに取り戻すさ」

続いて血崎と熊市が対戦する。熊市は例によってストップウオッチを取り出す。

たまたま通りかかったのはびっくりするような美人、貝のようにきれいな⊖型の目でしばらく盤上を見ていたが、

「失礼ながら、××高校のＯＢのお方ですか？」

「？」

「わたくし、伊藤雪男《ゆきお》の娘でございます」酔象を取り出す。

「え」

中岡はあわてて腰をよけた。

「その酔象が目に留まりましたわ」と娘は言った。

「すると、伊藤先生もこの会へ？」

「いえ、父は一昨年《おととし》亡くなりました。急性の肝炎でした」

「それは……」

「実はあなたがたの会に父が招待されていたのです」

「いえ、主催者はまだ判っていません」

「父はよくあなたがたのことを話題にしていました。父は将棋指しになるのが夢でしたわ」

「そうですか。たしか伊藤先生は伊藤宗看《そうかん》の末孫であるといっていました」

「まあ、多少の血筋があることはたしかでしょうが。実は父が病床にあったとき、退屈しのぎにわたしに将棋の相手をさせるのが何よりの楽しみになっていました」

「お嬢様に？」

「もう、お嬢様と呼ばれるほど若くはありませんわ。わたし、伊藤肖子《しょうこ》と申します」

「しょうこさんですか」

「ええ、それも、父があなたがたに教えたという、酔象将棋でした」

「それはすばらしい」

「それで、多少わたしも指せるのです。ちょうど父の三回忌、そのため父との思い出にと思い、あつかましいと思いましたが参戦するつもりで参りました」

「いや、あつかましいなどととんでもない。大歓迎ですよ」

「父は棋士になりたかったらしいのですが、駄目だったのです」

「先生はお強かった」

「しかし、本職の勝負師となると話は別です。父はやはり酔象将棋に凝った時期がありましてね。それが災いして、本当の将棋に打ち込むことができなかったのです」

「その気持、よく判りますね」と熊市が言った。

「私も、というと何ですが、先生と別に較べているわけではありませんが、実際、酔象将棋をやっていると、普通の将棋が何か物足りなくていけません」

「父もそう申しておりました」

「じゃあ早速、一手合いきましょう」中岡が相手になる。あっという間に敗北。

「――いや、お強い」

「わたしが強いわけではありません。父の定跡に従っただけです。そのうち手の内が読まれてしまうに違いありませんわ」

中岡はちょっと上気している肖子がまぶしかった。

「一体、先生はどうして酔象将棋を知っていらっしゃったんですか?」

「家は××の出身でしょう。あの地方では不思議なことにずっと酔象を入れた将棋を指しているんです」

「現在も?」

「いえ、祖父の代までだったようです。その時代も戦争を境にして酔象は使わなくなったようですけれど、祖父はまだ若かったころのことを覚えていて、父に教えたそうなのです」

「なるほど」

「父は元元将棋の好きな質《たち》だったと見えて、すぐそれを覚え、祖父と指しましたが、すぐ祖父より強くなったといいます」

「そう、酔象をやる人は不思議と将棋の強い人が多いものですね。江戸時代、久留島喜内《くるしまきない》という人が有名で、この人は独学で算法をきわめ、江戸で算法指南をしていたといいます。詰将棋が得意で数百もの詰物を作ったということです」

「そう言えば、父も独《ひと》りで盤に向かっていることが多かったわ」

「先生は冗談がうまく、面白い方でした」

「ええ、一度考えはじめると全然わたしたちの言うことが判らなくなるんです」

「お父さんの詰将棋は残っていませんか?」

「残っていません。当時『飛角桂《ひかくけい》』というアマチュアの将棋雑誌があったのを覚えていらっしゃいますか」

「ええ」

「父はときどき投稿しましたが、採用されたことは一度もありません。判らない奴《やつ》は判らないと苦い顔をしていましたが、しまいには投稿しないようになりました。ただ、一つだけ棋譜がありました。これは酔象将棋です」

「？　誰と指したのでしょう」

「柿根という名がありますわ。箱井《はこい》大造《たいぞう》という人を知っていますか？」

「ええ、大金持ちでしょう」

「一時、父は大造のところへ将棋を教えに行っていたことがあります。そこで指したもので、何でも大変な品がかかっていたということです」

「大変な品？」

「大名の持ち物という高価な将棋盤と駒です」

「すると賭け将棋をやっていたのですか」

「ええ、大造はそういうことの好きな人でした。何でも糸偏景気で大金持ちになったとかで、その人がオーナーで柿根と対局したのです。父は賭けは嫌いな人でしたが、何でもその盤がほしかったそうです。しかし、その勝負は父の負け。父は大変口惜しかったそうで、棋譜を覚えていて書き留め、検討していたと思います」

「ほう、珍らしい駒を使っていますな」

　突然声をかけられ中岡が見ると、白髪、無精ひげを生やした六十ぐらいの男。ほとんど歯が抜けている。

「ちょっと、拝見してもいいですかな」

「どうぞ」

中岡の前の座席に腰を下ろす。膝《ひざ》の上に籐製のビクのようなものを持っている。中がごそごそいう。

「ちょっと静かにせんかい」

「何者です？」

「なに可愛い奴ですぜ」

男は目をギラギラさせていたが、口をモゾモゾさせて、

「そ、そこは、酔象が成り込んでしまった方が？」

血崎はびくっとして男を見、

「見るだけだと言ったではないですか」

男は口をふさぎ、

「これはいかん。将棋の盤の脚は口なし、裏に彫り込んであるのは助言者の首をのせる血だまりぐらいのことはよく承知していますが……」

血崎は小考して酔象を成り込んだ。

「そ、それはない」と熊市。

熊市の長考が始まる。

「あなたも珍らしい。酔象将棋を知っているのですね」

「いや、わしらの若い頃には、将棋は全部酔象でした」

「だいぶ好きなようですね」

「好き、なんかというものではない。凝りすぎましてな。家が傾きました」

「商売は？」

「魚屋でした。家が駄目になるのを見届け、もう一生、将棋は指すまいと心に誓ったものの、こうして見ているだけで心が騒ぎますな。なに、王手山《おうてやま》の東を流れる水無瀬川をはさんで御殿温泉には二つの温泉がありましてな、駅のある西に金湯《きんゆ》と東に銀湯《ぎんゆ》。その名のせいか、昔から将棋の盛んなところでした。犬坂《いぬさか》藩三万五千石の伝統じゃよ、生駒玄武《いこまげんぶ》という武士がおったのじゃ。しかし、わしは湯治に来た本職に引っかかりましてな、苦い思いをしたことがあります」

「一番、どうです？」

「いや、止めておきます」

「おじさんはどこに住んでいるのですか」

「御殿温泉です」

「おや、奇遇ですな」

「私達もこれから御殿温泉の金湯に行くことになっています。柿根館というところ」

「ほう、柿根館ですか」

「知っているの？」

「知っていますとも、柿根光則《みつのり》の親父とはよく指したものです。現在はせがれが後を継いでいますが、この男も将棋きちがいです。きちがいじゃが、わたしと同じでヘボでしてな」

「そうだったのですか」

「柿根光則はヘボですが、商才はたけている。最近は柿根館を新聞のタイトル戦に使わせるようにしたり、将棋クラブの恰好のたまり場としているようです。さよう、多少の作り物もするようです」

「詰将棋ですな」

「何でも、宗看賞というのをとった、久留島賞をとったということですが、なに、あの腕では金でもまいたのでしょう」

男は名刺を取り出す。「倉巻貫造《くらまきかんぞう》　漢方医　捨駒」としてある。

「なに、マムシの黒焼きを作って売っているものです」


四人はそれぞれ盤に向かっているうち御殿温泉駅に着いた。外はほの暗くなっていて秋の日は早いが、いつ暗くなったのかもよく判らなかった。駅に降りたのは数人。中岡が公衆電話で旅館の番号を廻そうとすると、背の高い男が傍《そば》に寄って来た。

「お待ちしていました」

立派な車がある。将棋クラブ名人戦の宿の車は柿根館としてある。

「あとお一方お見えになりませんね」

「もう一人来る？　誰だいそれは？」

「獅子尾《ししお》様とおっしゃいます。昨日、お問合せがあって、ぜひ参加したいとのことです」

「獅子尾が来るとは、うれしいじゃないか」

「はて、するともう一列車後になりますかな」

「まあ、かまわんがね」

「しかし、何分にも車の便が悪く」

「どのぐらいかかるんだね」

「車で、約三十分でございますが」

「獅子尾はバスに乗せりゃいい」

到着した中岡たちの様子を見て、背の高い男は宿に電話を入れる。

「じゃ、ご案内しましょう」

橋を渡ると山道になる。

「ここらあたりは水無瀬といって将棋の字体のことなんですよ」とハンドルを握る背の高い男が言う。

「一体、酔象名人戦を企画した男は誰なんだね」と中岡。

「それが……よく判りませんです」

「秘密かい？」

「いえ、秘密ではありません。お電話で男の方でご予約がありましただけです。なるべく広く、静かな部屋だということで、離れをご予約されました。徹夜で将棋をお指しになるそうですね」

「そう、今も列車の中で指してみたのですがね、昔の血が騒ぎ出していますよ。勿論、徹夜になるでしょう」

　肖子を見て、

「女性の方がお見えだとは知りませんでした。本日は満室ですが」

「なに、寝ないよ」

「わたしは大丈夫。徹夜に付き合うのは父で慣れています」

「いや、明日はゆっくりなさって、といって、別に見るものはありません。神社と滝ぐらいでしょうか」

「いや、一晩ぐらいでは血がおさまらないかも知れない」

「しかし、肖子さんが連れでは――」

「いえ、わたしでしたらおかまいなく」

「では、こうしたらいかがでしょう。やはり車で三十分ぐらいのところに、王手山というのがあります。そこで対局なさっては。何でもお大名が時の名人の本因坊算砂《ほんいんぼうさんさ》と大橋宗桂《おおはしそうけい》を招いて対局させたそうです。本当かどうかは判りませんが」

「山上の対局ね。――昔、屋上で対局したことがあったなあ。こりゃあますます血が騒ぐ」

「いいですね、山上の対決ですか。そこで名人を決めようじゃありませんか」と血崎。

「このあたりは昔の湯治場でしたから、かなり将棋を指す方がいらっしゃいました」

「所沢《ところざわ》の東吉《とうきち》さんの出でしたね」

「今は昔ほどではありませんが、街並みがめずらしいといってよく来ます」

車は少し町に入ったと思うと、すぐに裏手に向かった。

「裏の方が離れに近《ちこ》うございます」

車が止まる。

「いらっしゃいませ。お支度《したく》は出来ております」

「支度?」

「はい、電話で」

「そりゃ早く見たいな」


柿根館の離れの座敷に入った。一昔前の離れである。玄関に入るとお決まりの小座敷があり奥に続くが、かなり大きな座敷の中央に二脚の欅《けやき》盤がデンと置いてある。中岡は床の間の宗桂の軸の前に置かれている豪華な将棋盤を見てびっくりした。肌色の盤目は枡目がきっちり強目に引かれ、厚さは十センチばかりだが、四面には紅葉《もみじ》に流水の地模様に紅葉と丸に橘の紋を散らした贅沢《ぜいたく》な蒔絵がほどこされている。盤の上に並べられている駒も見物であった。王の上にそれぞれ酔象が置かれているのは、中岡たちにはすでに珍らしくないが、その一つ一つが極彩《ごくさい》色《しき》とでも言いたいような色どりで、四面の贅沢さによくマッチしているのである。王将は白玉、玉将は水晶細工のようである。金将は金色に輝き銀将は銀色にさざめいている。

「こ、これは?」

「はい、家に伝わっている、ま、お大名直見でございましょうな。親が骨董に凝っていたとき手に入れたものでございましょう」

「それにしても見事だ」

「ま、幸阿《こうあ》弥長重《みちようじゆう》作と伝えられていますが、どうですか。梨子地流水紋に、紅葉丸に橘紋薄絵蒔盤といいまして、駒はそれぞれ材質が違います。お気付きでもございましょうが、駒の名にちなんで選ばれてあります。王将は玉石、玉将は水晶でございます。玻璃《はり》と申していたようですが。金将は金、銀将は銀、銀の裏は金箔が貼り合わされていて、もちろん、銀が成れば金になるということでございましょう。桂馬はかつらの木、香車は白檀《びやくだん》かと思われます。歩兵は瑇瑁《たいまい》で、これは亀の歩みに似せたのでしょう。それら小駒の全部が裏は金になっています。飛車は飛石、龍王は龍胸、龍の水にちなんで珊瑚《さんご》。角は鹿の角、裏は瑪瑙《めのう》がそれぞれ合わされています。酔象は象牙、酔象が成って太子は紅玉、ルビーかと思われます」

中岡はしげしげと駒を見る。実は水無瀬流の文字が、手の込んだ彫り方をされている。

「盤は紅葉でございます。盤の裏にその由来が書いてあるので判りましたので、はい。城主が若いとき、庭を散策していらっしゃると一人の美女が目に留まった。寝屋に忍んで妻としようとしたとき、女は悲しそうに首を振って、自分は千年をへている紅葉の化け物なのだが、植物にも寿命というものがあって、今、それに直面している。それで以前より親しく思っていたあなたと一緒になった。植物界が人界と契りをむすんだゆえ、長くはない、もし枯れたら盤に作られて長くお傍にいたいと言って消えてしまった。翌日、庭に行ってみるとなるほど大きな紅葉があるが葉はすでに落ちている。そこで娘の言うとおり盤を作ったのである――こうです」

「――そりゃ不思議な話ですな」

「この会の主催者はどういうわけかこの盤のことを知っていて、名人決勝戦にはぜひこの盤が使いたいとおっしゃったのです」

「なるほど」

「すでに前金をいただいておりますが、盤をお使いいただいても大丈夫な方だと思いましたので、先ほど電話をし、この盤を出して並べたのです」

「なるほど、この盤を使いたいと言いそうな人は誰だろう？」

「ふうん、贅沢なことの好きな男というと、獅子尾かな？」

柿根館の主人は将棋が好きというだけあって、きちんとしつらえるから中岡は恐縮した。

「わたしたちは名人戦といってもヘボですからな。感想戦や調べも大嫌い、ただ指すのだけが好きとはいうものの、こうした気分もまた格別」

主人はチェスウオッチまでそろえている。

「お食事は六時半になりますが、ご注文は対局しながらでも食べられるよう、弁当ということで、お飲物は充分そろえてあります」

「いや、そこまで手が行き届いているとは感心しますな」

「では早速」ということで、

「こうそろっては浴衣であぐらなどというのはまずい」

「勿論、女性もいますからな」

早速対局にとりかかる。対局になるともう夢中で、いつ弁当を食べたのか判らないぐらい。煙草《たばこ》が抹茶灰皿からこぼれて畳に焼け焦げをつくってしまったが、いつ煙草を落としたのかさえ中岡は思いだせなかった。局を越すと、柿根が部屋をのぞきに来る。

肖子のしなやかな細い指が角をつまみ、王手飛車取りをかけたところだった。中岡はためらわずに飛車を逃がした。肖子はさっと王を取る。

「王を取らしてもいいんですか?」

柿根があきれたように言った。中岡は四段目にいる酔象を指差した。

「この酔象が敵陣に成りかえって太子となります。王がいなくとも太子が健全であればまだ大丈夫なのです。この王はもう逃げられません。相手が王を奪う隙を見て、酔象が太子になります。そうすればまだ将棋は終わりません」

「ほう、そりゃ面白いですな。わたしも指したくなりましたよ。仕事は全部済んでいますので」

時間を見るともう十二時である。

「よろしいです。ルールさえ知れば定跡なんぞありません。最初から乱戦です」

といってのけて柿根も名人戦に参加する。柿根は指してみて、

「こりゃ、なかなかのものですね。やめられなくなりました」

かくして名人戦は夜を徹して続けられたのだが、その間に魔手が着着として進められているのを中岡は知る由もなかった。


名人戦はリーグ戦で行なわれた。十二時になっても獅子尾が現れぬので、すっかりその気になった柿根を加え、酔象クラブの中岡、血崎、熊市、肖子の五人。何でもこなす中岡、突貫将棋の血崎、長考型の熊市、女性ながら父譲りの切れ味の良い将棋をこなす肖子。柿根は癖なのか落ち着きなく盤の側面を触りながら、持ち時間は各三十分、ヨーイドンだ。

その夜、中岡はできが悪かった。第一局（初対局）酔象将棋に不慣れな柿根にも負け、熊市はどうやら負かしたものの、血崎の突貫に敗れ、肖子に切って落とされて一勝三敗と、柿根と勝ちを並べた。血崎は熊市にだけ押し切られて三勝一敗と好調、血崎にだけ敗れた肖子の三勝一敗と肩を並べて決勝戦へ。決戦は約束の通り山へと持ち越される。ほっと息をついたのが四時を回っていた。

「おや?」

床の間を見た柿根が首を傾げる。

「どなたか、この盤をいじりましたか?」

「どうしたんです?」と中岡が言った。

「盤の上の、酔象が消えているんです」

見ると象牙色をした酔象がいない。普通の将棋の配置になっているのだ。

昨夜まで、床の間の梨子地紅葉橘紋散らし蒔絵盤の上に並べられていた酔象の駒がなくなっている。互いに顔を見合わせるが、誰も自分が取ったと言う者はいない。部屋は酔象クラブの四人と飛び入りの柿根の五人だけ、誰も入った者はいない。

部屋には二面の将棋盤があって、いつも四人が対局している。対局している四人は盤面これ世界に没入しているから、残った一人が床の間に近寄って酔象の二つの駒を取り去ることはたやすいが、誰が何のためにそういうことをしたかが判らない。値段的には象牙の酔象は値打ちには違いないが、なぜもっと高値そうな白玉や瑪瑙の駒を手にしなかったのか。むろん、価値を狙ってのことではなさそうだ。白けた沈黙を破って柿根が、

「ま、酔象はこの盤の駒を使いましょう。それでよろしいですね」とさらさらと駒を集めて紫《し》檀《たん》の駒箱の中に入れる。

「では、お茶なりと持って来ましょう。山上のお支度を」

四人が顔を見合わせる。

「酔象が酔ってどこかへ行ったに違いない」と血崎が言う。

柿根は茶と甘味を用意して来て、賑やかに感想戦を述べ、

「さて、肖子さんと血崎さんが決戦となりますか。わたしと中岡さんが四位決定戦」と言い、盤を大切そうに運び出した。外はまだ暗く、わずかに東の空が赤味をさしている。

「ちょうどいい、山の上に着くころにはご来光です」

柿根が裏から駐車場に案内する。外はひいやりとするが、興奮は冷めていず、山麓《さんろく》の冷気が快《こころよ》いぐらいである。車に乗り込むど、柿根はすぐ車を出す。

「それにしても肖子さんは強い」と熊市が言った。

「リーグ戦になるまで指していて一度も負けなかったでしょう」

「あなたがたはしばらく指さなかったので無理はありませんわ。わたしは二年前まで父によく教えてもらいました」

「お父さんはたしか、プロを目指していらっしゃった?」

「ええ、世が戦争でなかったら今ごろは名人というのが口ぐせでした」

「久留島喜内という人が江戸時代にいました。この人も数学者だったようです」と柿根。

「柿根さん、父と対局したことがあるそうですね」

「あります。一度だけでしたが。妙な工合《ぐあい》で勝たせていただきましたよ。運が幸いしたのです。私の実力は今日の将棋で一目瞭然《いちもくりようぜん》でしょう」

「父はその将棋が何か心残りだったようです。父の遺品を整理していたら、そのときの棋譜が残っていました」

「棋譜を作っていらっしゃったんですか?」

柿根はちょっとびっくりしたように言った。

「ええ、父は几帳面な人でしたから、どこが敗因かを調べていたのでしょうね」

「それをあなたは読みましたか?」

「ええ、実際に並べてみましたわ」

「だったら……」

「やはり強い人は違うね」と熊市は言った。

「感想戦なんて、負けたときにはまた負けるわけだから嫌だね」

「そう、そんなことをやる前に、まず雪辱戦をというのが人情でしょう」

車は橋を渡り、山へ登る。山上に着くと、今しも太陽が現れるところ。東の空は紫に変わり、紅を注いだような空は次第に白味をおび、月も消えかかる。しばらくはその風景。

柿根は東屋の椅子を並べかえて、毛氈《もうせん》を敷いて盤をすえ、即席の対局場が作られる。

「これはいい気持だ」と紅葉の山山を眺め、血崎。

五時ちょうどに肖子と血崎が対局、振り駒で肖子が先手番となる。

対局は飛車の先陣に酔象が勢いよくくり出して行くという、棒象ともいうべき急戦となる。

肖子も負けずに早や佳境になるとき、観戦していた柿根のポケットベルが鳴った。

「ちょっと待って下さい」

柿根は車に乗ったがすぐ戻って来て、蒼い顔になっている。

「獅子尾という人が殺されました」


しかし、それを聞いたとき中岡は「ああ、そう」という感じだった。何しろ自分の王将が詰まされそうになっていて、酔象は太子に成り返っていないので、他人の人殺しにかまってはいられなかったのだ。血崎と熊市も同じような局面だったに違いない。その言葉は風のように耳元を通り過ぎるだけだった。中岡が酔象と相手の飛車と指し違えたとき、

「それまで、将棋は指し掛けにします」という大声が聞こえた。熊市だった。

「とにかく、獅子尾治郎《じろう》が殺された。その話を聞こうじゃないか」

血崎がやっと顔をあげ、口でぶつぶつ言い、メモを手に書き、

「何っ！　獅子尾が殺されただと?」とびっくりしてみせた。

「そうです。獅子尾治郎というと、酔象クラブのメンバーとお聞きしました」

「そうだ。ヘボだったがクラブのメンバーだった。――すると、獅子尾の奴、御殿温泉へやって来たんですか」と中岡が言った。

「いいえ、獅子尾氏の屍体が発見されたというのは金湯ではありません。となりの銀湯です。銀湯には柿根館の本館があります」

「すると獅子尾の奴、本館と別館を間違えて行ったのかな?」

「それが変なのですよ。本館は建物が古くなってしまったので、近く建てかえるために一月《ひとつき》前から泊れなくなっているのです」

「――すると、殺されて運ばれたのかな?」

「いいえ、殺されたのは二階の香の間でして。首を絞められてぐったりしたところを刃物で刺されたようです」

「それは、本当に獅子尾治郎なのかね」

「はあ、通勤定期や会社の身分証明書を持っていたそうですが、念のためと、あなた方に確認をしてもらいたいと言っています」

「――しかし、名人戦が指し掛けだ」と血崎が言った。

中岡が制して、

「いや、これは遊びだ、いや、遊びと軽く言うつもりはないのだが、人一人が殺されたという。とにかく、一時山を下り、警察と会ってみよう。名人戦はそれからだ」

「そうして下さい。助かります」

柿根は棋譜をポケットにして、盤をよく見て駒を箱に収め、盤をトランクに入れた。朝日は紅葉に照り映え、これはきっと美しい景色なんだなと思ったが、感激は起こらなくなっている。柿根の車は山を下り、橋を渡って温泉街に入って行く。

「一体、獅子尾治郎は何をしていたんだ?」

「さあ、親父は骨董屋だということだったがね――」

酔象クラブが御殿温泉金湯で名人戦を指し掛けているとき、来るはずの獅子尾が殺されているという。それも金湯の柿根別館から車で三十分もある銀湯の本館でだ。

酔象クラブの中岡たちが柿根の車で柿根館の本館に着くと、柿根は「どうも済みません」と自分の罪のように言うが、顔色は蒼くなっている。本館の前には人だかりができていて、駐車場には黒い車、寒い中で忙しそうに立ち働く人が見える。本館の感じは中岡が記憶している別館の雰囲気に似ていた。昨夜見たのと同じ桔梗《ききょう》の額が掛けられている。

すぐ刑事らしい男がやってくる。「や、ご苦労さん」

車から出た柿根はすぐにトランクを開け盤を出した。

「大切なものを運びます。話はそれから」

女中を呼び、柱の間に運ばせる。自分も離れに行く。中岡たちはロビーで一服。

「恐れ入ります」と刑事。

「わたしはこういう者です」名刺には「××警察　関《せき》」としてある。

「ちょっとおうかがいします。いや、ご迷惑は掛けません。今朝、この本館に来た従業員が、屍体を発見したのですよ。すぐ私達が来て見ると、獅子尾という名刺を発見しました。それで、一応屍体を確認、遺族に電話すると、どうやら該当の者らしい。念のため、あなた方にも見てもらいたいのですが」

中岡が言った。「よし、僕が代表で見て来よう」

現場は二階にあった。忙しそうに働く係員たち。二階の香の間のドアが開いている。入ると三畳と便所に浴室、その奥に十畳の間、屍体は撮影が終わったようで白布に覆われている。血の匂い。関警部は入って、ひざまずいて白布をめくる。獅子尾はあおのけで、口から血を吹いていた。びっくりしたような表情である。

「獅子尾に違いありません」

「や、ご苦労さん」

「しかし、一体これは？」

「どうやら一気に首を絞められているのです。そして、とどめに心臓を一突き。いやはや」

ロビーに帰ると血崎たちが心配そうな顔をしている。中岡は首を振った。

「一体酔象クラブというのは、どういうクラブなのですか？」

「将棋のクラブです。酔象駒を加えたものを使うのです」

中岡はメンバーを紹介しながら答えた。関の顔がほころんだ。

「いや、わたしも将棋には目のない方でしてね。最近やりませんが、柿根さんくらいには負けません。すると、柿根さんのご招待ですか？」

関警部は酔象クラブメンバーを見渡した。

「すると、どなたが幹事さんなのですか？」

「それが……判らないのですよ」

「判らない？」

「ええ。私達はめいめい酔象戦の招待を受けていますが、われわれ四人ではないのです」

「すると、残るのは被害者獅子尾さんということになるが――」

関警部はポケットから茶封筒を取り出した。中を開けると招待状がある。

「おかしいですね。獅子尾さんもこれを持っていました。自分で企画したのに自分に送ることはないでしょう」

「それはそうです。すると？」

「あなた方はいつもこうして集まりますか？」

「いえ、旅館で集まったのはこれが最初です。私達は二十年間集まりませんでした。高校時代のメンバーなのです」

「なるほど、獅子尾さんとは？」

「一度も」

「今、彼が何をやっているかは？」

「さあ」

「名刺を見ますと、どうやら出版関係の仕事をしているようですな。さっき問い合わせましたところ、あまり大きな出版社ではない。まあ四人の皆さんを一泊で招待するには荷が重いと考えざるを得ません」

関は肖子に目を留める。

「失礼ですが、あなたも酔象のメンバーで？」

「いえ、わたしの父が酔象クラブの火付役でしたの。わたしは父に代わって来ました」

「――それはなかなか興味深い。つまり招待者はあなたのお父様が亡くなったのをご存じない」

「それは僕たちも同じでした。僕は海外勤務をしていました」と血崎。

関はじろりと血崎を見る。

「ほかに先生の死を知らない方は？」

「ぼくもです」と熊市がそっと手をあげる。

そこへ柿根が帰って来る。

「とりあえず、桂の間を開けておきました。これから別館へ帰るのもなんですから」

「幸い荷物は全部車の中です」と中岡。

「わたしは対局の方が心残りなのですよ。指し掛けになっているのが」

「でも、獅子尾さんが殺されたというのに、不謹慎のような気がしますわ」と肖子。

「でも、故人も将棋のファンでしょう。獅子尾だって悪くは思うまい」

「わたしもそれに賛成ですな」と関警部が言った。

「対局なさい、指し掛けというのはよろしくありません。わたしも見物させていただきましょう。できれば対局がしたいですな」と関は心うきうきといった調子になる。


二階の桂の間に入って酔象戦が指しつがれた。中岡と肖子の対局である。中盤の展開は中岡が指し易くなっていると思った。酔象が成り、飛車、角の動きもよく玉陣も固い。ところがどうしたことか、またたく間に太子と龍王が取られてしまった。まるで手品でも見ているようだった。途中まで見ていた熊市と血崎は「こりゃ駄目だ」とあきれ返って自分達の盤を囲み始める。熊市と血崎の言うように、これは本当に駄目な場面なのである。無駄とは知りながら勝負手に出るしかない。王手王手と掛けるうち、たちまち角金銀が手元になくなってしまった。

「中岡さんて、気前の良い将棋を指しますわね」

る。

「好きで気前よくしているのではない」

中岡は桂をタダ取らせた代わりにと金を作って相手の王に食らいつくが、切れ筋は判ってい
そこへ「失礼します」と関警部がやって来る。

「ほう、やってますな」

関はかわるがわる盤面を覗き込む。

「や、怪盤ですな。こっちのが面白そうだ」と中岡と肖子の盤へ。

「助言はいけませんよ」と中岡は中っ腹。

「いや、助言はしません。これが例の酔象将棋ですな」

「ええ」中岡を指し切らせる自信をつけた肖子が答えた。

「酔象が成って太子になる。おや、中岡さんの酔象は？」

「もう捕獲されてしまいました」

「ほう……肖子さん、じゃその酔象を打てば詰みでしょう」

「助言は言わない約束でしょう」

「しかし……」肖子が言った。

「一度取った太子は使えませんの」

「なるほど……子が親を詰ませることはできませんな」

中岡はもう少し粘ることができそうだったが、関が来てからは調子が狂い、数手で投了とな

った。

「……しかし、お強い。やはり先生の仕込みが違うのですね」と中岡は言った。

関は「これを見ると、大分手合いが違うようです」

「助言はしない約束でしょう。それに仕事は済んだのですか。のん気に将棋見物などしていていいのですか」

「いいのです」関はしゃあしゃあとして答えた。

「もうホトケは病院へ運ばれました」

「もう？」

「あれからどの位たっていると思いますか？」

「……？」

「三十分？」関はくすりと笑い、

「もう、二時間たっています。それにわたしは酔象将棋を勉強しなければいけません。被害者は酔象を持って死んでいました」

酔象クラブのメンバーの一人、殺害された獅子尾は酔象駒を握っていたという。

今度は血崎の突貫作戦が成功したらしい。

「うーむ、駄目です」と熊市が言う。

こうしたときには決まって短い手数で勝負が決まる。関警部はちょうどよいという風に二人に向かい、手に持っていたハンカチを開いた。

「この駒に覚えはありませんか」

それは象牙の駒。

「この盤についていた駒だわ」と肖子が叫んだ。

「すると、この酔象は？」

「ええ、もともとこの駒はそれぞれの宝で作られているんです。ところが昨日急に二枚の酔象が消えてしまったんです」

「消えた？　すると、酔象クラブのメンバーの誰かが？」

「いいえ、それは何とも言えません。ご覧の通り、われわれは盤に向かうと他のことは目に入らなくなります」

「それです」と関が言った。

「それだからこそ将棋はすばらしい。私などはちょいちょいそれをやります。すると、対局中に何者かが現われ、この駒を奪って行っても、あなた方は気付かない？」

「そうですね、でも、それは何秒かでしょう。四人が四人とも気が付かないというのは、あり得ることですが、よほどの偶然が重ならないことには現実としてできないでしょうね」

「なるほど、それではたとえば獅子尾さんがやって来て、皆が気付かないのでそっと酔象を持って行ったとは？」

中岡は顔を見合わせた。

「対局中です。普通ではないので、あり得るかも知れません」

「でも何で酔象を持って行かなければならないんですか」

「あとで笑うためですよ。離れに入った証拠にその駒を持ち出すのです」関は皆を見渡す。

「ところで、駒のなくなった時間は――と聞くのは無駄のようですな」

「無駄ですな」と中岡も自信たっぷりに言う。

「しかし、柿根さんに聞けば判るんじゃないかな」と血崎。

「そう、そう言えば柿根さんも夜っぴてあなたたちと将棋を指していたようです」

関はフロントに電話をする。すぐ柿根がやって来る。

「酔象がなくなったのは十二時であることは確かです。わたくしは一通り仕事を終えたので時計を見てやって来たのですから」

「すると、そのときには獅子尾がやって来た可能性がある」

「獅子尾の足取りは一体どうなっているのですか」

関は腕をこまねいて、

「それがどうもよく判らないのですがね。この小さな駅、どうやってここに来たのか、まるで判っていません。判っているのは死亡時刻、夜中の十二時です」

「しかし、お強い」と中岡は言った。

肖子は熟考のためぽっと頰を染めていて色っぽい。

「ぜひわたしもお手合わせしたい」と関警部。

「お父さんの仕込みがよかったのでしょう」

「そういえば、棋譜が出て来たと言いましたね」

「ええ」

「それを拝見したいな」

「わたしも同感です」と熊市も言う。

「では並べてみましょう」肖子は手早く駒を並べる。

「いや、僕が読みましょう」と中岡が言った。

大学ノートに書き付けた手だった。中岡は伊藤雪男の手蹟を思い出し懐かしかった。

「初手、5六歩です」

「なるほど、飛車道や角道をあけず、酔象を使おうというのですか」関が言った。

「とにかく、酔象が成れば大きな戦力になりますからね」

「それが定跡ですか？」

「いえ、酔象には定跡はないようなものです。酔象が加わるだけで将棋はひどく複雑になります。勿論、普通のように飛車先を通し、角道をあけたりするのも有力な序盤になりますが。酔象を外されたのは、あまり複雑で定跡化が困難だったからか、と父は申しておりました。しかし、わたし達へボは戦力、闘力が加わりますからね。それで面白いのです。乱戦になりますから」と譜を並べる。

両者とも居玉で、戦いは中飛車と酔象の先手の伊藤先生と、これを受けるに後手はまっしぐらに飛車を成り込む。中盤までは先手が駒得をして優勢かと思われたが、後手も太子を捨てる奇手があってまた盛り返す。そして終盤には先手が酔象をとり、龍と成り込んで、と金と挟撃態勢、後手は玉頭に歩を散らしたところで指し手が止まった。（一三七頁図の局面である）

「どうでしょう？」と肖子が言った。

「これでは絶対に先手が優勢ですわね。一手スキで守ればいいのでしょうが、父は詰めに行きました。６一飛です」

肖子は飛車を取り上げぴしりと下ろした。

「どうです？」

「そのくらいなら僕にも読めます」と中岡が言った。

「玉が５二へ逃げれば６二と、５三玉、６三と、５四玉、６四と、同角、同飛成ですから５一合いでなければならない」

「合いをすれば自陣が安全になるので、２四酔象と駒を補充してやれば負けない形になります」

「ところが、本譜を読みますと、５一歩、歩を合いしているのです」

「歩？　歩だとこりゃ大変だ、金銀を手放させなければ、詰んでしまう」

「父はそう指されて、読みが違っていることに気付いたのです。同飛では完全に詰まなくなってしまいました」

「しかし……肖子さん、後手は歩切れのはずでしょう、歩を持っていませんよ」

「でも、この棋譜にはちゃんと5一歩としてありますわ」

「そりゃ変じゃないかな」

雪男の棋譜を調べていると、最後、寄せ合いの場でないはずの歩が書き込まれている。

「ちょっと待って下さい、間違いじゃないのかな」と中岡が歩の数を調べた。しかし盤上の歩は十一枚、手持ちの歩が七枚、どうしても一枚の歩が合わないのである。

「酔象将棋は特別なルールでしょう。歩も余分にあるのではないですか」と関。

「いや、そんなことはないのですよ。他のルールは全て普通の将棋です」

「とすると、後手は歩をどうしたのでしょう」

「これは、いかさま将棋としか考えられませんわ。後手は余分な駒を使ったのです」と肖子は静かに言った。

「父の読みは正しかったのです。飛車を下ろせば相手は金銀の合い駒をするよりない。そうすれば勝ちとしてその手を打ったのですが、相手は歩を持っていた」

「つまり、普通歩は余分に入っている、それを使ったのかな？」

「いいえ、そんなことをすれば父が判らないはずはありません」

「とすると、別に余分な駒があったということになる」

「ええ」

「しかし、これは特別な盤でしょう。そんな駒があるとは思えないが——」

「いいえ、わたしは反対に、特別な盤だから可能だったと思います。歩のほかに、金銀桂香など

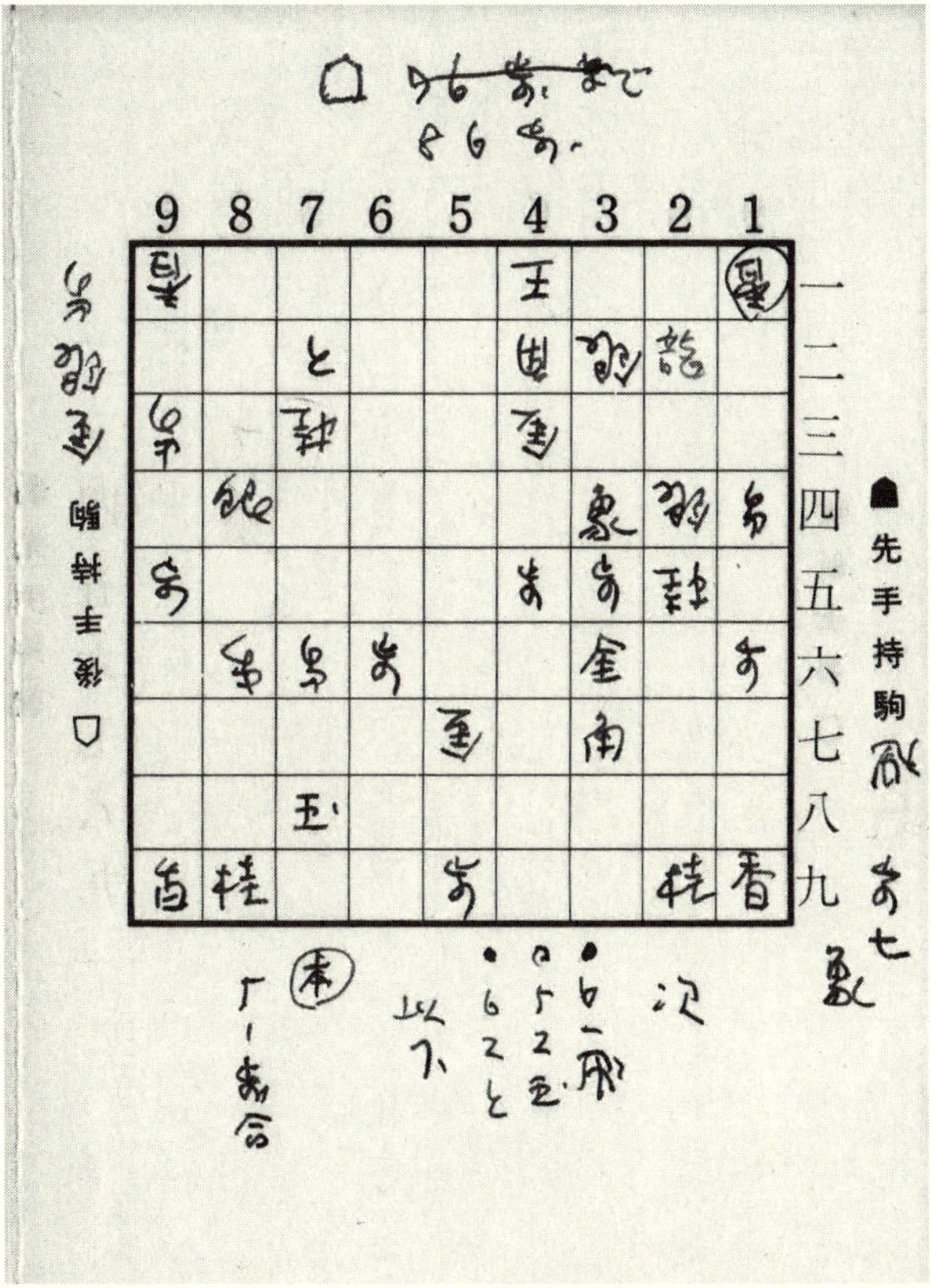

（構想ノートより）

の駒も余分だったと思います」

「それは？」

「ええ、どうしても負けられないときに、使ったのですよ。昔の賭け将棋専門の賭博師は、あらかじめいつも帯の間などに金銀桂香の余駒を持っていたというでしょう」

「しかし、こんな高価な盤で？」

「これを使ったのがお大名だとすると、お遊びのために使ったのでしょうね」

「太閤将棋というのを聞いたことがあります」と関が言った。

「負けず嫌いの太閤さんが智慧者《ちえ》の曾呂利新左衛門《そろりしんざえもん》の入れ智慧で名人大橋宗桂を騙したという話です。太閤さんは先手で予の方の駒を落とすと宣言し、飛車先の歩を取り除いたという。これですと、先手は一手で飛車を陣に成り込ませることができるのですな」

「多分、持ち駒の数が読めなかったのは、それだけ自分の棋力が下がったと思ったのでしょう。棋譜を書いたのは負けを確認する、そして納得するためだったと思います」

「そう、先生はそういう方でしたね」

「なるほど――それで先生は読み違えたと思った。カッカとしているときですから、まあ仕方がないでしょう」

「しかし」と中岡は思った。

「その盤は初めて対局するのではありませんか」

「そこにお大名らしい子供っぽいところがありました」

肖子は盤の側面に手をふれた。どうやら、端の定紋が動くようだ。

「あっ！」

音もなく側面の一部分が前に倒れ、傾いた中にはらくに手に取れるような位置に金銀桂香の駒と一緒になくなったはずの酔象の駒がひとつ並んでいた。

「お父様は棋譜を書いていた、ということは？」と中岡が聞いた。

「そうです。父もいかさまに引っ掛かったことはすっかり知っていたでしょうね」

「でも、それを抗議しなかったのですか」

「そして、一体この対局というのは？」


犬坂藩城主吉川友成《よしかわともなり》は三万五千石の大名であったが、大の将棋好きであった。この時代、十代将軍徳川家治《とくがわいえはる》は有名な将棋狂、棋力七段と称せられ晩年には詰将棋百番「象棋攻格《しょうぎこうかく》」を著したほどである。看寿《かんじゅ》、宗看の影響で大作が多く、曲詰や趣向詰も何題かありおおらかな作風とされている。詰将棋百番の作品が現存している。

江戸時代の文化が一斉にわき立つ時代、犬坂藩には幕府のような将棋所はなかったが、城主は将棋の上手を探し出して来ては取りあげた。その中の一人、寺社奉行配下の同心で二十石五人扶持の生駒玄武という武士がとり分けて棋力にまさり、城主友成の寵愛《ちょうあい》を受けていた。犬坂藩は当時から古い酔象将棋を守っている土地であり、当然、友成も酔象将棋である。ときに伊藤雪歩《せっほ》という強家が江戸から下ってきた。伊藤姓を名乗るから、当時の名人伊藤看寿の血族と思われるが確かなところは判らない。城主の「平手では負けるが、酔象将棋では負けまい」ということで、玄武と雪歩とは相まみえることになるのだが、一説によると友成の姫を賭けての一戦だったというが、小藩でも大名の娘を下級武士にくれることはない。が、実際それを小説にした作者がいたそうである。また、玄武は勝ちたい一心のあまり雪歩にしびれ薬を飲ませたということも伝わっているが、これも真偽のほどは判らない。いずれにせよ玄武と雪歩との七番勝負は四勝三敗で玄武が勝ったのである。

「その棋譜を伊藤家では持っているのですよ。雪歩に同情した真相を知る家来の誰かが、形見として届けてくれたものかも知れません」と肖子は言った。

「父がよく見ていたことがあります。将棋に並べて検討していたのを覚えていますわ」

将棋はいかさまが発覚、雪歩は5一歩を見るなり血相を変えて言葉を荒げる。近習の武士は御前であると戒めるが逆上、殿の命を受けて雪歩は切って捨てられる。このことが判ってお家廃絶に処せられる。そのときの血が将棋盤を染め、恨みは消えないという。しかし、生地の素材の油のせいかも知れない。紅葉が使われている。

関警部は肖子が差し出した酔象の駒と、獅子尾が死んでいるとき握っていたという駒とを較べた。

「……同じ品ですな。こういう珍らしい品は普段売ってはいないでしょう。特別誂《あつら》えでしょうか」

「いえ、家《うち》の宿でも売っています」と柿根。

「お宅で?」

「そう、わたくしどもの旅館が将棋が売り物ということで、駒を並べております。数年前、私のアイデアで昔の将棋を並べましたところ、珍しいというのでぽつぽつ売れることがあります」

「最近、まとめて買った人は?」

「そう、タイトル戦のときはかなりのものが出ました。摩訶《まか》大大《だいだい》象棋という百九十二枚の駒のものは、まあめったに出ませんが、小将棋の方はぽつぽつ売れております」

「小将棋ね」

「酔象のほかに猛豹《もうひょう》というのがあります。むろん、酔象と猛豹を外せば普通の将棋として使用できるのです。猛豹は銀の上に置きますから、普通の将棋より六枚多い勘定になります」

「その駒はまだ別館にあるのだね」

「ございます」

「それを拝見しましょう」

「ではご一緒に行きますが、酔象クラブの方方も別館にお帰ししてよろしいでしょうね」

「――身元は確認されたのだし、まあ、お引き取り願おうか」

「そうしていただけるとありがたいですよ。何しろ、クラブの方方は昨夜《ゆうべ》から一睡もなさらず対局していらっしゃったのですから」

「ううむ……うらやましい限りです」

盤をしまって、柿根は帰りの支度をする。関警部は、

「いや、聞けば聞くほど腕が鳴りますな。わたしも署では負けるもののない腕なのですよ」と腕をさすって見せる。

柿根の支度がととのい、柿根を先にクラブの面面は裏口から車で改装休業中の本館をあとにする。


王手山の対局中、酔象クラブの獅子尾が殺されたというので、改装休業中の殺人現場に連れて行かれたクラブの面面は、警察の話が済むと柿根の車で別館へ戻ることになった。すぐ車は温泉街を出る。似たような景色である。現場を離れるにつれ、何となくほっとした気分である。

「いや、とんでもないことになりまして」と柿根は弁解する。

夜来た時には気付かなかったが、なかなか賑やかな通りである。

「ところで、本館を改造することになっているのですが、こんな工合になります」と絵を渡す。

「こりゃ、なかなか凝っていますね」と中岡。

まず、建物全体が巨大な駒の形をしているのである。

「はい、各室に対局室を作りまして、名人戦の雰囲気を作り出そうというわけです。昨日のように弁当など随時サービスにこれつとめますが、お気付きのところがありましたらアイデアを出していただきましょう」

「ううむ」中岡は感心した。将棋所を抱え、贅沢な盤で囲むのは江戸時代の大名であったが、現在はこうして普通の愛好家も増えているのである。

「全国のクラブに紹介するため、いま名簿を作っているところです。開店にはぜひ歴史ある酔象将棋大会をやって、酔象将棋を広めていただきたいわけです」

「なるほど、しかしわれわれはヘボ同士、しかも誰も指さない酔象将棋などでないといかんという、とんと離れ小島で育ったガラパゴス動物みたような古いものですからな」

「そこに値打ちがあります」

「しかし、その矢先にあの事件ではお困りでしょう」

「そうです。もう部屋も空きました。団体さんは早いお発ちですから、伊藤様には昨夜は窮屈な思いをさせましたが、となり同士の部屋を案内させましょう」

「今夜、どうする?」と中岡は言った。

血崎は腕を組んで、

「そうさな。遺体はどっち道、今夜東京へは帰れないだろう。すぐ病院に回されるといっていた。奥さんも来るだろうし。今夜はここに泊ろうと思っている」

「俺も同じだ。よかったよ」

熊市は、「俺も泊りたいのだが、仕事があるんだ。だから、最終の夜行で帰ろうと思っているところだ」

肖子は言う。

「わたしも泊りますわ。疲れると思い、もう一日余分に休暇をとってあるんです」

中岡は困ったことだがうきうきした気分になった。肖子ともう一晩いられるというのは最高の気分だ。

「獅子尾、悪く思うな」

「え？　何とおっしゃった？」


昨夜は裏からだったが、柿根は正面玄関に車を着けてロビーに入る。フロントはチェックアウトの客で混乱している。女中が飛び出して来る。

「旦那様、離れの宗桂の軸が盗まれてしまいました」

「何だと？」

「先程おそうじに行きましたら床の間の軸がございません」

「そんな軽軽しいことを言ってはいけない」

「でも、本当なんでございますよ。確かに旦那様がお出しになった後、鍵を掛けてありましたが、軸だけがございません。ちょうど警察の方がいらっしゃいましたが」

「とり騒ぐな。とりあえず盤を運べ」

トランクから盤を運ばせる。

「いや、重ね重ねお騒がせをしますな」

ロビーで珈琲《コーヒー》を飲んでいると、柿根が封筒を持って来る。

「それではご案内させます」

柿根は中年の女に言う。三階の部屋、古いが格調のある部屋だった。冷暖房機がそぐわない感じである。

「お風呂は地階に大浴場がございます」と女が言った。

なるほどロビーにはガラスショウケースの中に様様な将棋の展示がある。一番大きく目に付くのが十九×十九の盤上に並べられた駒数百九十二枚の摩訶大大象棋、中将棋、小将棋、占い駒、チェス、中国将棋、ビルマ将棋なども並べられ、古い図式と呼ばれる詰将棋の書物、ちょっとした将棋博物館の体《てい》。中空になっているのが梨子地紅葉橘紋散らし蒔絵盤のあるところだろう。

「ふーむ、しかし、よくこの盤を貸す気になったね」と関警部。

「なにごともサービス第一でございますよ」と柿根。

「特に酔象将棋のお好きな方は他人とは思えません。お会いしてみると皆さま紳士の方ばかりで」

「しかし、万が一ということがあるだろう。それで一晩中盤のそばにいたのではないかね」

「……」

柿根は苦笑する。それがないとも言えないという表情だった。売り物の酔象将棋も置いてある。柿根の言った通り、酔象クラブのメンバーに送り届けられたと同じ書体の駒である。

部屋には将棋盤も移されている。

「これを見ると仕方がなくなるな、今日が過ぎるといつ指せるか判らない。やりましょう」と血崎は駒箱に手を掛ける。

「肖子さんはお部屋に落ち着いて下さい」

「はい」

気のせいか顔色が冴えない。

熊市が血崎に対局を申し込む。昨日からの不成績が非常に不本意だったようで、血崎を目の敵にするのだ。中岡は肖子の顔を見た。

「あなたは？」

肖子は笑った。

「女の子のすることじゃないわね、徹夜将棋だなんて。つい好きなものだから夢中になって。わたしお風呂に入って来ますわ。まだ顔も洗っていないんですもの」

「そう、ゆっくりした方がいい」

肖子はバッグを持って母屋の方へ。一服すって熊市と血崎を見る。今度は熊市のペースになりそうだった。こうなると将棋は長引く。

そこへ柿根が来る。

「たびたび申し訳ありません。警察がちょっと話がしたい、と」

「誰でもいいのかね」

「ええ、対局中の方はけっこうです」

「じゃ、僕が行こう」

「肖子さんは？」

「湯に入りに行った」

関はロビーの一隅にいる。中岡を見ると、

「や、今、本部の方から連絡がありましてね、被害者獅子尾さんの勤め先と連絡がついたそうです。彼は××社という出版社に勤めているといいます」

「××社ね」

「何かご存じありませんか」

「さあー」

「もっとも、彼の場合、小さな出版社を転転としているようです。××社に勤めるようになったのも一年足らず前だそうです」

「家族は？」

「奥さんと子供がひとり。奥さんの方も獅子尾さんが将棋が好きだとは思わなかった。対局者もいなかったようです。出版社の方も将棋とは無関係のようです」

「でも、その前の出版社もそうだとは言えないでしょう」

関警部との話が終わると、中岡は湯に行くことにした。離れでは血崎と熊市が泥仕合となっている。双方の酔象が太子になり、王将と組んで大乱戦である。双方ともに入玉もよう。こうなっては見ていても面白くもない。中岡は浴衣と手拭を持った。

一しきり温泉客は出て行ったようで、湯室はがらんとしている。かなりゆったりとした岩風呂で、丸い温泉の左側は岩となっていて、植物が植わっている。中央の岩を挟んで男湯と女湯があるらしい。服を脱いでガラス戸を開ける。湯はコンコンとわいて、湯気の中に岩が黒黒と濡れている。湯に入って獅子尾のことを思い出す。

獅子尾は作家志望であった。出版業についたのはそういうところからであろう。彼も名人戦に誘われた。しかし、この招待そのものが胡散《うさん》臭い。最初沙折から「まるで脅迫状ね」と言われたのを思い出す。署名も何もない。ただ酔象将棋だというので無防備になったのだ。だから、そんな企てがひそんでいるとは思いもしなかったのだ。と思っているとき、湯が静かに波立った。

ふと、肖子のことを思い出した。肖子も湯に行くと言っていた。とすれば、今入っているだろうか。小さな叫び声が起こった。続けて湯波がさらに高くなる。

しわぶきが聞こえたらしい。

「中岡さんね」

肖子の声だったが、四方にこだましてどこから聞こえて来るのか判らなかった。

「ええ、中岡です」中岡は天井に向かって言った。

「よかったわ、誰もいなくて広いので、少しこわかった」

肖子の声は湯気を通して甘く耳に届いた。

「肖子さんは臆病なんだな。将棋はめっぽう強いけれど」

答えはなかった。

「中岡さん、そっちに誰もいない？」

「いない、僕ひとりだ」

「……中岡さん、そっちへ行ってもいい？」

「いいけれど、どうしたんだい？」

「誰かいるの。こっちを見ているわ」

湯の奥は左に曲っていて、女湯との境に小さなしおり戸で仕切りが付いていたが、その仕切り戸が大きく開くと、白く丸いものが転がり込んで来た。肖子は飛び跳ねるように湯に飛び込み、中岡にすがり付いた。やわやわと重みのかかるものが胸に重くのしかかった。

「ど、どうしたんだね一体」

「へ、蛇がいるのよ」

「蛇」

「こわい」

「大丈夫だ、僕がいる」

肖子はわれに返って、湯の中で胸を押えた。

「見て来てみる」中岡は手拭を持った。

「気を付けて、毒蛇かも知れないわ」

しおり戸を開ける。湯は男湯よりやや狭い感じだが、光線のせいか暗く感じる。ガランとした感じの中に立って耳を澄ますと、サラサラという音。

「肖子さん……」

「もういいわ、早くこっちへ来て」

中岡はシュロの木の根にいる長いものを見付けた。尾を引きずり出してタイルに打ちつける。さらに濡れ手拭で頭へ。蛇はなかなかしぶとかったが、息絶えた。蛇は暗灰色で銭形の斑紋《はんもん》があった。

「もう大丈夫だ」

「殺したの」

「ああ」

「見せないで」

「判っている」

中岡は桶に入れもう一つの桶で蓋をし、重しをした。

「早く来てよ」肖子は湯の中で小さくなっていた。

「もういない。大丈夫だ」

「傍にいて下さらない？」

中岡は戸惑った。

「髪を洗いかけてしまったの。そしたら足元にいるの。悪いけれど、待っていて」

「わかった。後ろを向いている」

「それでは困るの、わたしを見ていて」

中岡はまぶしかった。裸の肖子は肉付きがよかった。湯に染まった血の色はなまめかしい。

肖子は手早く髪のシャンプーを流し、シャワーを浴びた。

「中岡さんも一緒に出て」泣くように哀願する。

中岡は先に立って肖子を脱衣場に連れて行った。肖子の裸身を大鏡が否応なく映し出す。肖子は下着を着て浴衣をまとった。

「ありがとう、中岡さん」

「さっき見た摩訶大大象棋では銀の上に蟠蛇があった――」


「あなたは大したことをしましたなあ」と関警部が言った。

「こいつはマムシですよ。この斑紋と頭の形で判ります。嚙まれませんでしたでしょうね」

「大丈夫です。嚙まれませんでした。ここにはマムシがよく出るんですか」

「昔はね。しかし最近は全く聞きません。湯の中に忍び込むなんて、聞いたこともありませんよ」

中岡はゾッとした。柿根はマムシを見て、

「もしかして、貫造のところのマムシじゃないかな」

「捨駒の？」

「ええ」

「彼のところには蛇の湯室があるから、ま、考えるとしたらそれですな」

「捨駒の貫造はここいら辺に来ているんですか」

「昨日会いましたよ」

浴場に這い込んだ蛇がただの蛇ではなく、毒を持ったマムシであることを聞かされて、肖子はすっかり恐怖に落ちたようだ。中岡は女中にブランデーを届けさせて飲ませたが、一向に効き目がない。

「あのとき、たしかに浴場の内をうかがう人の気配を感じました」

「それは男ですか女ですか」と関警部。

「天井の窓から、誰かが蛇を放り込んだに違いありません」

「なぜ、君が狙われなければならない？」

「一向に判りません」

「肖子さんは独身ですか」

「はい」

「どこにお勤めですか」

「学校の教師です」

「人に恨みを買うようなことは？」

「全くありません」

「肖子さんが今日、ここに来ることを知っているのは？」

「母だけです」

関警部は唸《うな》り返る。

中岡が言った。「もうここにいることはないでしょう。早くに帰してもらいたい」


そのとき電話が鳴り、フロントの係が出る。

「ちょっとお待ち下さい」やや当惑気味に、

「本館からです。獅子尾さんをたずねる電話があったそうです」

「どんな？」

「女の方だそうです」

関警部はあわてて電話に出る。

「……どうやら獅子尾氏は女性と一緒だったらしい」

そのうちに来たのは、和服を着た、目に憂《うれ》いのあるなかなかの美女である。

関警部は一室に閉じこもって長いこと出て来ない。

「全く、あの男にも困ったもんだ」と桂川《かつらがわ》巡査長がいう。

「女好きで、ああいうのが特に好みだからね」

言っているうちに、目を真っ赤にした女性を従えて部屋から出てくると、

「おい、タクシーを呼べ」

「何者だったんですか」

獅子尾の愛人だ。そのうち奥さんがやって来るだろう。顔を合わせないように粋を通した」

「いいのですか？」

「あの女性は被害者だよ。いいなあ、東京に一人、大阪に一人か……」

「大阪の人だったんですか」

「そうだ、ああいうのが特によろしい」

「怪しくはないんですか」

「怪しくなんかあるものか」

「酔象クラブを知って来ましたか」

「いや、獅子尾の今度の旅行は仕事だということで、どんな仕事かは一切知らしていない」

「じゃ？」

「この傍の西木屋《にしきや》という旅館で十二時に落ち合う約束だったそうだが、その時刻になっても来なかった。そこで朝から金湯と銀湯の旅館に片端から電話して、獅子尾の泊りを確かめていたようだね」

「東京から一緒でしたか」

「そのようだ」

「しかし、獅子尾の仕事から、ちょっと分不相応とは思いませんか」

「怪しくはないですか」

「まあ、彼女は無関係のようだね」

「何者でしょう」

「雑誌の女編集者のようだ。何でも『雪歩集』という私家本を出すとき獅子尾と一緒に仕事をし、深くなったものとみえる。奥さんには言うなよ」

「警部はいつも二号さんには甘いんですね」

「なんの」

「しかし、何だってこんなところに来たのでしょう」

「判らんね。会う人がいることはいたのだと思う」

「彼女のアリバイは？」

「一晩中西木屋にいたという」

「抜け出すことは」

「そんな女じゃない」


中岡は肖子と二人だけになると話し出した。

「犯人が判ったかも知れない。柿根さんじゃないかと……。柿根氏はごたぶんにもれず将棋の大ファン。それも父譲り、捨駒のおじさんに言わせると、犬坂藩三万五千石、吉川友成時代の血でもあるのでしょうが、詰将棋に凝り、宗看賞を毎年出している将棋誌『飛角桂』の投稿の常連でした。ところが、実力いまだしということで落選を続けるところ、ふとしたことから古式図を手に入れたのです」

「つまり、梨子地紅葉橘紋散らし蒔絵盤の秘密の引出しの奥に、それがあったのですね」

「ええ、自分ではその作物は、自分の母方の先祖、生駒玄武の作であろうと思った。それは大変時代に凝った酔象図式でした。その発見がつまり、ガンの初期であったのです。多分、最初は深く考えなかったのかも知れない。自分の祖先の作物ということで罪の意識が薄れていたこともあったのでしょう。彼はその古式図の一つを丸写しして『飛角桂』に投稿した。それが入賞ということになったのです」

「酔象が、ですか?」

「酔象入りが面白くて、酔象入りの煙詰めが特別大賞となったのです。そう、詰将棋というのは考えれば考えるほど深い。実際、柿根さんはその図式の本当の価値を知らなかったのではないかと思われる点もある。専門家が見れば、びっくりするたぐいのものだったのでしょう」

「捨駒のおじさんは柿根はヘボだと言っていましたわ」肖子が言った。

「そう。しかしそうも言えない。江戸時代にはお大名抱えで頂点を極めた詰将棋は、戦後アマチュアの手で再び花を咲かせましたが、これを作った人はプロより腕が立つとは限らない。一種特別の才能だと思うのですが、これがかえって盗作者には幸いした。一度入賞した柿根さんは『飛角桂』から注文が来るが、自分の作物はやはり駄目、ずるずると引出しの奥の作物を拾い出しては発表するうち、極めて奇跡的な作物に宗看賞が与えられたのです。これがきっかけとなって、将棋連盟にも出入りし、大勢の顔見知りが出来るようになった」

「柿根館を将棋ファンのための宿にしたのはそれからなのですね」

「そうです。柿根はなかなかマメで人当りもいい。宗看賞を受賞しているところから信用もある。しまいにはトーナメント戦を彼の宿でするようになるというところまで漕ぎ着けたのです。ここで獅子尾が登場するのですよ。獅子尾は宗看賞を受賞した作品が柿根のオリジナルでないことを突き止めたのです」

「しかし、生駒玄武の作物は柿根さんが見せやしなかったのでしょう」

「玄武ならそうです。しかし、あの作物は古い図に似せてはあるが、本当の作者は別だったのです」

「？」

「それは伊藤雪男、伊藤肖子さんのお父さんですよ。こう白状しました」

「父が？」肖子はびっくりしたようだった。

「そうです。伊藤先生はいろいろ酔象図式を作っていたというではありませんか」

「でも、どこへ出しても駄目だと言っていましたわ」

「編集者の頭が固かったのでしょうね。伊藤先生の図式は世に出ることがなかった。では、どうしてそれが古式図となってしまったのか。それが、あの生駒玄武と伊藤雪歩との一戦だったのですよ。伊藤先生はあの棋譜から、卑怯にも玄武がスペアの歩を用い、いんちきで伊藤雪歩を負かしてしまったことを知ったのです。といって、報復するにはあまりに遠い昔の話。伊藤先生は自分の作物を作るうち、先祖と幻想をいだくようになって、つい古く作り、それを盤の中に入れてしまったのです」

「では、どうして獅子尾さんがそれを？」

「獅子尾は一時将棋誌の編集をしていて、『雪歩集』を出したことがありました」

「『雪歩集』というのは詰将棋の本だったのですね」

「それで特に酔象図式には興味を持っていた。それで一、二の図式を覚えていたのです。ところが賞を取った作物を見ると伊藤先生の落選によく似ている。ああした傑作となると一度見れば忘れることができません。獅子尾はそれを見付けたのです」

「それをタネに脅迫を？」

「ええ、原作が古式図であればともかくも、全く他人が作ったということがショックだったのです。さらに一介の将棋ファンではない。将棋連盟ともかかわりが出来、オーナーとしての地位も作られている。本館を改築して本格的な将棋道場にしたい考えもあった。そんなとき受賞作の盗作が問題になれば、その全てがぱあとなる。将棋マニアとしてこんな恐ろしいことが考えられますか。柿根さんは対局中に抜け出し獅子尾に会いに行った。そのとき酔象の駒を持って行ったのでしょう。酔象将棋に詳しかった獅子尾との密会の目印に使ったのか、獅子尾からの指示があったのかは判りませんが。柿根さんが獅子尾を殺したあと持って帰るつもりだったが、獅子尾は手のひらに握りしめていたから、どうしてもひとつだけ見つからなかった。柿根さんは部屋に戻っても酔象の駒をふたつ元通りにしておくことができずに仕方なくひとつだけを盤の隠し引出しに隠したのではないか」

「獅子尾さんの脅迫はそんなに強いものでしたか」

「殺されるほどだから多分ね。動機は判ったのですが、私にはまだ柿根さんが殺したとは思えない。何しろ、あの日は一晩中ここで将棋を指していたのですからね」

「それならわたしには判ると思いますわ」と肖子が言った。

「あなたが?」

「ええ」

「それじゃ、何かの機械仕掛け?」

「でもありません」

「すると、本館までは車で三十分。二人は傍に居合わせていなければならないとすると、別館で殺し、当人が歩いて行って本館で意識を失った?」

「いいえ、首を絞められて心臓を刺されたという医者の見立ては正しいでしょう。獅子尾さんは本館で殺されたのです」

「すると、誰か運んだ人がいる?」

「いいえ、そんな人は必要ないと思います。さて、昨日のことを思い出しましょう。わたしたちは御殿温泉駅の北口に待っていました。爛柯《らんか》という言葉がありますわ。晋《しん》の時代、木こりの王《おう》質《しつ》という人が四人の童子らが碁を打っているのを貰《もら》ったナツメを食べながら観戦していると飢えを覚えなかった。気が付いてみると斧の柯《え》が爛《くさ》り、帰ってみたら当時の人は誰もいなかった。つまり、遊びに夢中になっていると時のたつのを忘れる。全くそうじゃありませんか。柿根さんはそういう性格を持っている将棋ファンを利用して、鉄壁のアリバイを作り出すことに成功したのですよ。酔象クラブの大会は、父からあなたがたのことを聞いてよく知っている柿根さんが計画したのですよ」

「それで?」

「逆に考えるよりありません。わたしたちが屍体の傍にいたのです。わたし、こう考えるのです。この土地の地図の問題だと思います」

肖子は紙をとりあげて広げる。

「最初にわたしたちが降りた御殿温泉駅の先に水無瀬川の鉄橋があったのを覚えているでしょう」

肖子は十の字を書いた。

「車内で捨駒のおじさんから温泉は水無瀬川によって、金湯と銀湯に分かれていると聞かされましたね。つまり温泉地をABで表すとこうなります。そして、王手山はその向こうにあって、水無瀬川は王手山の東を流れている。(一六三頁図参照)

柿根さんが来て、車に乗せて土手沿いに走り、橋を越したのを覚えていますか?」

「あまり大きくない橋だったがすぐに判った。水無瀬というのは将棋の字体だと教えてくれたじゃないかね」

「そう、すると、わたしたちが案内された温泉はAでしたかBでしたか？」

「そりゃBだ」

「そうですわね。では早朝、わたしたちは王手山に案内されましたが、このときも川を越しました。それで、山に着いたのです」

「そうだ」

「問題は、それから金湯に行くときなのです。いいですか、よくご覧ください。わたしたちの車は川を越しましたが、川を越したとするとAでしょうか？」

「おかしいな」

「父が数学者なのに、そのときこんな簡単なことに気付かないなんて、全くどうかしていると思います。A温泉とB温泉が川を挟んでいる、しかも山はA側にある。とすると、川を渡って山からA地点に行くことはできないのですよ」

「あっ！」

「すると、昨日わたしたちが泊ったのは？　別館のこの離れではありません。実はB、すなわち、殺人現場のあった館でした」

「すると……屍体が動いたのではなく、原理的には僕達の方が屍体に近付いていたのか！」

「そうです。ここに爛柯の妨があるのですよ。わたしたちが集まれば外には出ない。部屋に閉じこもって将棋に夢中です。わたしたちが没頭している間に少し離れたところで殺人が起こり、そして夜が明けたのです。

柿根さんの構想は実に単純なものでした。わたしたちに別館だと偽って本館に連れて行く。日は暗くなっている。おそらく、印象的な街並みは避けて通り、いきなり裏の駐車場から離れに案内する。こうすれば一晩中外に出ることもない。あっても平凡な温泉地、そのため、柿根さんはいろいろなサービスをしなければならなかったのです」

「サービスをしたくとも女中がいなかったのだな」

「その通り、それで、夜食とか酒、いろいろ出してわたしたちをクギ付けにしなければなりませんでした。むろん、別館の方の部屋には準備がしてあって、その方は本当に団体が入っていたわけで、案内するとすぐ帰り、女中などには宿帳を見せたりして、わたしたち四人はすでに離れにいる、将棋ファンの方方だから近付いて気を散らさせるなと言い置いたのでしょう。こうした段取りは多分、本物のタイトル戦で心得たものと思います」

「考えてみれば――あそこが別館だという証拠は何もない。裏から入ったのですからな。抹茶灰皿――」

「そんな小道具は別館から運び出せます。おそらく宗桂の軸と一緒にですね」

「あの軸は?」

「盗まれたのではありません。もともと柿根さんが別館の離れから持ち出し、本館に運び入れておいたのです。その軸がただ一つ、本館を証明するものだったのです」

「あっ」中岡は畳を見渡した。煙草の焼け焦げがなかった。

暦 4/4 — 4/24

酔象図式
図工ろ
秒曲

酔象のある将棋　　　　　酔象の将棋は大えのお遊び
酔象がいるナイトの頂点
酔象が亡んでいる　敵をれた　血塗りの将棋盤
酔象クラブ
酔象が通をる
酔象な象牙
酔象の棋譜
酔象の戦い
酔象、獅子王に敗れる
酔象の持ますれた

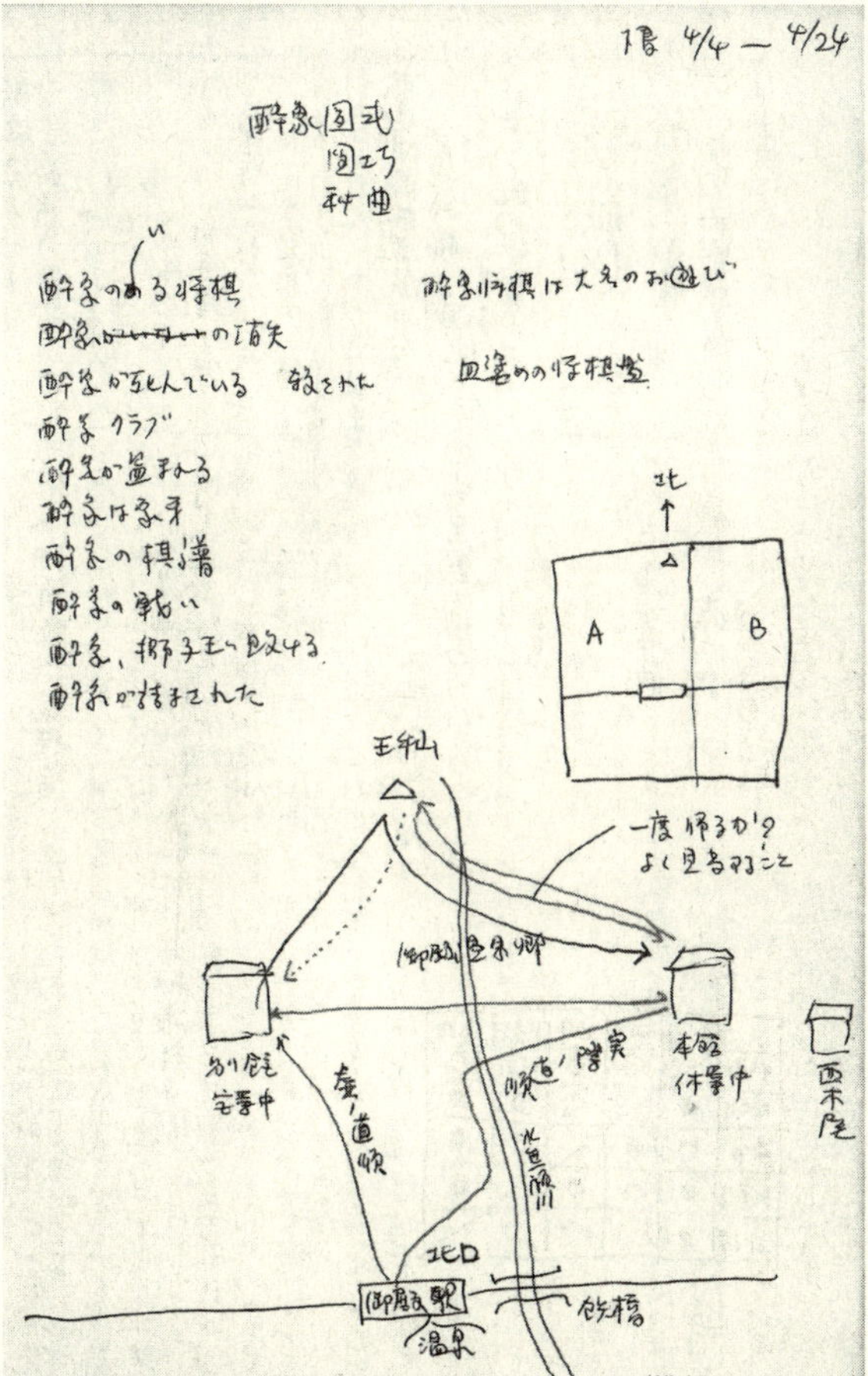

(構想ノートより)

「そうだ――ここはきのう泊ったところじゃない。煙草の焼け焦げがないのだ」

「獅子尾さんは、最初から、柿根さんに本館に呼び出されていたのです。秘密の取引ですからね。最後のお金を受け取る約束だったのでしょう。獅子尾さんはわたしたちのいる傍で殺害されました。多分、二十分もあったら充分だったでしょう。そのくらいはいなくても判りませんわね」

「そうそう、二十分いなくても、とにかく対局中なんだからな」

「そして翌日、わたしたちは柿根さんの言う通り、山頂へドライブしました。早朝のことで誰も気付きません。あたりはまだ暗く、街の風景などもよく記憶しません」

「つまり柿根さんがいろいろなものを見せたというのは、そういう意味があったのですな」

「山頂へ行き、それから、そのまま帰れば万万ＯＫというところでしたが、屍体は早く見付かってしまったのです。そのため本館に行かねばならず、そのとき、わたしたちは戻ったのです」

「肖子さんが狙われたのは？」

「わたしが盤の秘密を知ってしまったからです。わたしは酔象を隠し引出しの中から見つけた。それで、中の古作物も見られたと思ったのです。マムシは捨駒のおじさんのところから盗んだのでしょう」


帰りの電車の中で肖子がいった。

「チェスには王様《キング》がいてクイーンがいる。でも将棋には王将がいても王妃がいないわ。なぜかしら」

「酔象には太子がいるのにね。逃げたのかな。まだ結婚していないいんでしょう。僕みたいにね。肖子さんが成って、王妃になれば幸せですよ」

月の絵

あかねは、

「月の中には女の人がいて、いつも泣いている」

と、言う。そして、

「ほら、あれが丸くなっている背中、あれが顔を押えている手」

と、一生懸命に教えるのだが、正一《しょういち》にはどうしてもそうは見えない。しまいにあかねはいらいらして、赤い頰をふくらませる。あかねを怒らせたくはないのだが、見えないものは仕方がない。

反対に、あかねは月の中のウサギが判らない。正一はおじいさんから教えてもらった通り、

「ほら、あれがウサギの耳。手に持っているのが、お餅をつく杵」

と、教えるのだが、あかねは絶対にそう見えないと、最後まで譲らない。

だから、絵の時間になると、あかねは家を描き、電気のついた窓を描き、木を描き、寝ている鳥を描き、大きな月を描いて、その中に泣いている女の人を描いた。

正一は家を描き、ガレージを描き、寝ているワーゲンを描き、大きな月を描いて、その中に

餅をついているウサギを描いた。

先生は二人の絵を見較べて、

「二人とも、自分の考えていることをそのまま描いたところがよろしい」

と、誉めた。

二人の絵は選ばれて、上野美術館《うえの》に展示されることになった。

先生からそう教えてもらったとき、正一は選ばれたのがどんな絵だったか、すっかり忘れていた。

「泣いている女の人がいるお月さんの絵だったわ」

と、あかねは思い出した。

「餅をついているウサギがいるお月さんの絵だった」

と、正一も思い出した。

正一は家に帰って、自分の絵が美術館に展示されていることを母に言った。母は夕食のとき、そのことを会社から帰って来た父とおじいさんに報告した。

「それじゃあ、きっと見に行こう」

おじいさんは、上野の美術館という会場に感動したようだった。

おじいさんは上野の黒門町《くろもんちょう》に産まれ、そこで育った。だから、小さい頃、上野の山は自分の家の庭みたいだったと言う。けれども、すぐ戦争になって、おじいさんは田舎《いなか》に疎開してしまった。田舎にいる間、上野が恋しくてならなかった。

戦争が終り、おじいさんが上野に戻って見ると、上野はすっかり焼け野原で、産まれた家も、友達の家も、何も残っていなかった。

それから、おじいさんは世田谷《せたがや》に住むようになって、そこで父が産まれ、正一が産まれた。だから、おじいさんは上野と聞くと、どんなときでも懐かしい顔になる。当時の子供はちりぢりになって、仲の良かった友達は一人もいなくなった。上野の山もずいぶん変わってしまったが、それでも上野が好きだった。

おじいさんはまだ五十にはならない。けれども、若いとき苦労したせいか、年よりずっとふけて見える。最近、もう年だという台詞《せりふ》が多くなり、昔のことを言うことが多くなった。

次の週、正一はおじいさんと美術館に行った。父は出張で母は留守番だった。秋の日曜日。上野はどこでも人で一杯だった。

美術館も満員だった。作品の数が多くて、正一の小学校の展示場を捜すのが大変だった。やっとその一角にたどり着いたとき、おじいさんの額に汗が出ていた。

それでもおじいさんは、正一の絵の前に立つと、とても嬉しそうな顔になった。眼鏡《めがね》をハンカチで丁寧《ていねい》にふいて、よく見なおしたりした。そして、

「うーん、よく描けてる」

と言った。

「これは秘密だけど、お父さんよりはよほどうまい」

とも言った。

そのうち、おじいさんが何も言わなくなってしまった。

正一は飽きてしまい、おじいさんの袖を引いたが、動こうともしなかった。見ると、泣きそうな顔になっている。

正一の絵を見ているのではなかった。傍《そば》にある、あかねの絵に夢中なのだ。おじいさんはそれから口数が少なくなった。

おじいさんに似て、正一はうなぎが好きだった。おじいさんは美術館を出ると、さっさと上野の山を降り、池の端のうなぎ屋に入った。正一は食事の相談をされなかったことが、ちょっと不満だった。

「ねえ、ぼくの絵、本当に上手だった?」

と、正一は訊いた。正一はちょっと心配になっていた。

「ああ、一番上手だったよ」

と、おじいさんは答えた。

「でも、おじいちゃんはあかねちゃんの絵をよく見ていたよ」

「ああ、あの子の絵ね……」

おじいさんは、あかねの名前まで、ちゃんと覚えていた。

「あの子なんかより、正一の方がよっぽどうまいさ」

正一は本当にそうなのかなと思った。おじいさんはあかねのことを、しきりに訊きたがった。正一はあかねが可愛い子だとは言わなかった。ちょっと変わっているところだけを教えてやった。

「だって、あかねちゃんは、お月さんには女の人がいて、いつも泣いていると言うんだもん」

それを聞いたとき、おじいさんはあっと言った。口の中にまだお酒があったので、おじいさんはひどくむせてしまった。

家に帰ると、おじいさんはすぐ正一に同級生の名簿を持って来させ、すぐあかねのところに電話を掛けた。

「床屋のみどりちゃんだろ？　どうして判ったと言って、君んところの孫の絵が、おばあちゃん譲りなので、すぐに判っちゃったよ」

おじいさんは長いこと受話器を放さなかった。

電話が終ると、すっかり陽気になって、

「みどりちゃん、すっかり幸せになったようだ。よかった、よかった」

と、しつっこいほど繰り返した。

あまりうるさかったので、正一は夕食で皆のいるとき、

「昔のガールフレンドに会えるのは、そんなに嬉しいのかなあ」

と、言ってやった。

聖なる河

この国の火葬場は、通常、河原に集まっている。死体を焼いて、その灰を聖なる河に流すのである。また、火葬費を払えないときは、そのまま死者を河に流すためにも河原が選ばれる。

人人はその同じ聖なる河で沐浴《もくよく》し、口をすすぐ。聖なる祭には、何万人もの巡礼者が集まり、無数のテントが張られる。

対岸に立昇る火葬場の煙を見ながら、バラッドは清子《きよこ》たち四人にそう説明した。乾季のため、河の水量は少なく、濁った水は得体の知れないゴミを浮き沈みさせながら、重く淀んでいる。

バラッドは三十五、六。褐色の肌をした背の高い男で、この土地の人たちと同じように、目が大きく鼻が高い。何年か東京で働いていたそうで、言葉に不自由はしない。清子たちがここに到着してから識《し》り合いになった車の運転手で、こせこせした都会の生活が性に合わないのが判って、故郷に戻って来たのだという。

実際、この土地に来てから、時間の感覚が変わってしまった。ダリが描く、ぐにゃりと曲がった絵の中に迷い込んだようだった。同じツアーの何人かは淀んだ時間にいらいらし、何人かはそれが気に入って、永住してもいいと言う。前者はおおむね土地の食物に音《ね》をあげ、外の暑さと異臭に閉口する。後者は大体がいろいろな食物を楽しみ、好奇心が旺盛で、怪し気な場所ほど面白がっていた。

バラッドに案内してもらっている清子たち四人は後者の方で、揃って主人と別行動をしている夫人たちばかりだった。

清子はこの土地に永住する気はないが、大地を直接踏みしめ、自然の流れに逆らわないような人人の生活を見て、郷愁めいたものを感じていた。

柿色の衣を頭からすっぽりと被った僧の一団が通り過ぎていく。

そばにいる由希子《ゆきこ》が言った。

「ここでは、生と死とが一緒に混っているのね」

黙黙と歩を進める僧の中には、すぐにでも枯れてしまいそうな老人も加わっていた。

由希子は馴れない手付きでカメラをいじっていたが、そのうち、かしゃっと軽い音を立てて、裏蓋が開いてしまった。それを見ていたバラッドが驚いた声で、

「マダム、それはいけません。まだ、フイルムが残っていますよ」

「あら……じゃ、これはもうだめね」

「そのカメラは、昨日、旦那様がカテドラルに持って行ったものでしょう」

「……そうだったかしら」

「間違いありません。小さいけれども、旦那様のカメラのうちでは、一番高級なものです」

「でも、光が入ってしまったんじゃ、仕方がないわね」

由希子は中のフイルムを取り出すと、バッグから新しいフイルムを手にしてバラッドに渡し、入れて頂戴《ちょうだい》と言った。

由希子の主人、木口《こぐち》は古代史の研究家で、ツアーは清子たちと一緒だが、見学するところが多く、帰りは別行動で帰国が明日になっている清子たちより遅くなる予定だった。その木口がカテドラルで撮影したフイルムだから貴重なものが多いはずで、清子は心配になったが、由希子は平気な顔でバラッドからカメラを受取ると、あちこちにレンズを向けはじめた。

河原をあとにしてバザールへ。

バザールの中は一段と暑かった。魚屋、果物屋、古着屋、薬草屋……。さまざまな店がひしめき合う間に、土地の人たちが集まっている、その熱気に違いない。

バラッドの案内で、狭い食物屋へ入る。肉と野菜のごった煮で、中に団子のようなものが入っている。香辛料が強く、着いて間もなく、清子の夫が一度食べただけで腹痛を起こした類いのものだった。勿論、清子たち四人はなにを口にしても快適で、好んで土地の人が集まる食堂を案内してもらったのだ。

食後、由希子がねだったので、バラッドは三人に煙草《たばこ》を渡した。ハシシ入りの煙草である。肥った朋子《ともこ》だけが煙草を手にしなかった。煙草が体質に合わず、気持が悪くなるからだ。

ハシシをふかすと、身体《からだ》がしゃきっとする。酒のように感覚は鈍くならず、反対に鮮明になっていくような気分のうち、視界が歪《ゆが》んでくる。清子の目にはバザールを往《ゆ》き交う人の流れが、複雑で美しいアラベスク模様のように映った。

バラッドの運転する車は、バザールをあとにして山道に向かった。道がひどく、清子たちは何度も座席から転がり落ちそうになった。行き先は古い寺院で、ヨガの行者《ぎょうじゃ》が修行を重ねている、という。その道場での行は過激なもので腹などの不随意筋を自由に動かす。三十分も息をしない。あるいは心臓を止める。ただし、見世物ではないから観光者は出入禁止。だが、バラッドには行者の識り合いがいるので、四、五人ぐらいなら垣間見ることができる。

その話を聞いて、由希子たちはツアーの予定よりも面白そうだと思ったのだ。

ツアーはその日、十六世紀に建てられたという砦《とりで》などを見学、夜は伝統舞踊を観賞することになっていた。

何度もこの国に来たことのある由希子は、砦などどれも同じようだし、舞踊は眠くなるだけのものだと言った。

清子が夫にその話をすると、

「どうせお前たちのことだから、どこかの怪しい店で食事をするのだろう」

と、おぞけをふるい、ホテルで用意する弁当を持って行くという砦見物の方について行ってしまった。

「木口さんのご主人も、砦見物にいらっしゃったんですか」

と、清子は横にいる由希子に訊いた。

「いいえ。他のところでしょうね」

由希子は当然のように答えた。

「どこへ行っているのか判らない。あの人と来ると、いつもそうなの。自分勝手に面白くもないところばかり行く。わたしが嫌だというとほったらかし。もっとも、その方がわたしも面倒臭くなくていいんだけれど」

「木口さんは朝からいらっしゃいませんでしたね」

「朝市へ行ったんでしょう。朝市で古い物を探すのが好きだから」

そういえば、前の土地では、朝市の骨董屋で手に入れた奇妙な笛を買って来て、木口はそれを一日中、大切そうに持っていたことがある。由希子に言わせると、家の中は手垢《てあか》の固まりのようなもので埋まっているそうである。

ヨガ道場のある寺は山腹にあった。車は門前に通じる石段の下に停まり、清子たちはかなり長い石段を登らなければならなかった。観光客が来ないのは、ぼろぼろになった石の門や、境内の木が伸び放題になっているのを見ても判る。

寺の入口に男か女か判らない老人が、黙然と皿を持って立っていた。

バラッドは小銭をやって下さい、と言った。清子が二、三枚の銭を皿の中に入れたが、老人は表情一つ変えるわけではない。

由希子も続いて銭を入れると、見ていたバラッドが、素早くその小さな一枚を取り戻した。

「これじゃ、少ないの」

と、由希子が言った。

「いや……別の小銭がいくらもあるでしょう」

由希子は財布の中を掻き廻して、清子が渡した銭と同じ形をした硬貨を探し出した。

バラッドは老人のそばを離れると、取り戻した硬貨をしげしげと見て、

「マダム、これは黒くなっているけど、よく見ると銀貨ですよ」

「そうすると……高いわけ？」

「いえ、価格は高くはありませんが、年号は千年も昔のものです。古銭の方は精《くわ》しくないんではっきりは言えないんですけど、骨董的な値はかなりすると思いますよ」

「……小さくて汚なかったからいいと思った。古銭だったのね」

「きっと、ご主人がどこかの朝市で手に入れたのでしょう」

バラッドは銀貨を由希子に返した。由希子はそれをちょっと見ただけで、財布の中に戻したのだが、清子はそんな骨董品がなぜ由希子の財布の中に紛れ込んだのか、不思議な気がした。

バラッドは寺に入ると石柱の陰から中を見るように言った。中は暗かったが目が馴れると、二十人ほどの行者が思い思いの姿をしているのが見えた。

衣をまとった者、裸の者、身体になにやら泥のようなものを塗った者。あるいは座禅を組み、あるいは床に伏し、あるいは逆立ちをし、バザールとは違う異臭をただよわせている。

しばらくして外に出ると、神神の像が彫られている塔のあたりに、髭《ひげ》ぼうぼうの男が右手を

空に上げたまま、身じろぎもせずに立っていた。

「あれも、荒行の一つです」

と、バラッドが説明した。

「昔、デハラハ・ババという有名な行者がいました。この方は十二年間も、右手を上げたままという行を成し遂げました。あの行者はそれに挑戦しているのです」

由希子が小さな声で清子に言った。

「十二年間なんか、なにさ。わたしはあのカビの生えたような木口と、二十年も一緒だったんですからね」

清子は「一緒だった」と過去形で言ったのを聞いて、ふと、由希子が木口を聖なる河に流してしまったのではないか、と疑った。

絶滅

アンドロメダ座の天体、KJ67－407星の第三惑星、通称「ハッチャン星」の大きさは私たちの地球とほぼ同じで、岩石圏、水圏、気圏の三層から成っています。この地球とよく似た星に生物が存在することは、前世紀に確認されていますが、今回、国際宇宙科学研究所によるトレミー計画で送り出された、無人ハッチャン星探査機「第二かぐや号」が、計画どおり無事ハッチャン星への軟着陸に成功したことは、すでに発表されて記憶に新しいと思います。

それ以降、第二かぐや号は、探査車などによる地表の撮影、岩石や海中の成分分析をはじめ、さまざまなデータを採集して、国際宇宙科学研究所に送り届けてきました。それらを更に研究所のコンピューターによって解析し、一応の成果が得られましたので、その中間報告をいたします。

ハッチャン星の環境が、非常に地球と似ている状態にあることから、高等なハッチャン星人の存在が、以前より期待されておりました。今回の探査ではその期待にたがわず、ハッチャン星の歴史は、気候帯の形成、草木植物の繁栄からみると、すでに新生代に入ってから六千五百万年がたっている。奇蹟的なことでありますが、これは全く現在の地球と等しい。高等星人が出現していておかしくない状態にあります。

　実際、第二かぐや号は星人が作り出した都市や文化を発見しました。ところが、その全ては遺跡でありました。つまり、星人はすでに絶滅していたのであります。

　しかも、不思議なことに、星から消え去ったのは星人だけであり、他の大小の動物、草木、水中の魚介、微生物などは青い星で、ごく自然に暮らしていました。

　従って、星人の絶滅は、天変地異が原因とは考えられず、また伝染性疫病の流行が原因とも思えません。とすると、星人同士の戦争が繰り返され、その結果、自滅してしまったとしか言いようがないのであります。

　その裏付けとして、星人は夥《おびただ》しい宗教的建造物や施設を作っておりました。その正確な数はこれからの調査で判るはずですが、まず、地球上の比でないことは確かです。

　これは、星人の信仰心の篤さだけとは解釈しかねます。星人が星人を殺し合う罪の恐ろしさを知りながら、なおその行為を繰り返さなければならないという、その救いの手を宗教に求めたものと思われます。

　星人たちの戦争の原因を、地球での場合と照らし合わせて、いろいろ考えてみました。宗教、人種的な対立、相手国への侵略、独裁者の狂気や面子《メンツ》や憎悪。しかし、星人同士の戦争は、そのどれにも当て嵌まらない。地球での常識外にあると結論せざるを得ませんでした。

　たとえば、ハッチャン星で破壊された都市や建造物は今のところ発見されていません。これは、地球の常識で考えると、極めて奇妙なことで、戦いというとまず都市を焼きはらう地球での戦争とは大いに異なっていることが判るでしょう。

考えを進めて、星人が高度な科学技術によって、特異な核兵器、中性子弾の如きものを作って、実際に使用していたとする。この放射線強化弾は、軍艦、戦車、建造物を破壊せず、また星人以外の動植物にも危害を与えないものだったとします。それが、ハッチャン星をくまなくおおったとすると、第二かぐや号が報じたような星人の廃墟が出現するでしょう。

しかし、ここで問題となるのは、星人の遺体がこれまでに一体も発見されていないという点であります。今、この地球上で、突然、一人の人間もいなくなったとする。ハッチャン星ではそうした不可解な世界が現出しているのです。もし、今述べた爆弾が使われたとすると、いたるところに星人の遺体が転がっていなければなりません。

とすると、星人たちはどこへ行ってしまったのでしょうか。

それについて、興味深い報告が届いています。それによると、ハッチャン星は多くの豊饒《ほうじょう》な土地があるにかかわらず、その大部分は観賞用の庭園であり、星人はあまり農業に熱心でなかった。または、牧畜のような施設も見当たらない。同じように、広大な海には魚類が群れをなしておりますが、水産に対しても執着が感じられません。

と言うと、信仰心の篤かった星人は、食物にも恬淡《てんたん》としていて、殺生禁断を固く守り、仙人のように落ちている木の実や水しか口にしなかったと思われるでしょう。

ところが、事実は正反対で、ハッチャン星人ほどのグルメはそう思いつきません。

星人の悲劇は、穀物や食肉、野菜や魚類など較べものにならないほど、星人自身の肉体が美味だったことです。なにしろ、星人のことごとくを食べ尽すほどでしたから。

流行

「今日のあなたのそれ、マーブルプリントなのね」

「ええ。ちょっと高かったけど」

「意外とクラシックなのね。よく似合う」

「あなたのモアレも、玉虫色でとてもセクシーだわ」

「ねえ。テレビでコレクションを見たんだけれど、来年は黒が流行らしいわよ」

「ほんとう……困っちゃったな。わたし、黒が似合わないんだ」

「わたしも。だから、サイドに派手なリングや石でも入れようと思っている」

「でも、バロックが流行《はや》ったときより、いいんじゃない。あのころは笑えたわね。皆、ドラキュラスタイルだったもん」

「そうそう。でも彼ったら、意外にクラシックで、普通の白じゃないとだめなの。だから、会うたびに入れ替えたりして面倒だった」

人類が尾や体毛と同じように、歯を失ってしまってから久しいときがたっていた。

奇術

魔法文字

やくた
えすみ
かしこ

　奈良本《ならもと》さんは素焼きの湯呑み茶碗に、黒い染料で三文字三行の仮名を丁寧《ていねい》に書いて、満足そうに眺めていた。

「なんですか、その文句は」

　そばで見ていた渡里《わたり》先生が、奈良本さんに訊いた。

「これは、お呪《まじな》い。この茶碗を使うと、魔除けになります」

「ほう――しかし妙な文句ですね」

「だいたい、お呪いの文句なんてのはちんぷんかんぷんです。開け胡麻《ごま》、ちちんぷいぷい、アブラカダブラ、てけれっつのぱあ――」

　渡里先生は呆れたような顔をして絵筆を持ちなおした。渡里先生は自分の茶碗に、目の前にひろがる松島《まつしま》の風景を写生しているところだった。

その隣りで、渡里先生の妻の知子《ともこ》さんも同じ風景を描いているが、小学校の先生をしている知子さんの方が、はるかに絵は上手だった。

渡里先生はいつも自宅の診察室で聴診器を扱うようには、絵筆が自由にならないようだ。

若い根本《ねもと》君は茶碗にミッキーマウスを描いている。

キティとステラが描いているのは、申し合わせたようにキティちゃんだった。

機巧堂《きこうどう》の社家《しゃけ》さんは、シルクハットからウサギが顔を出しているところ。社家さんは機巧堂で発刊している『秘術戯術《ひじゅつぎじゅつ》』のイラストを一手に描いているので、絵はプロ級なので筆の運びによどみがない。

奈良本さんが茶碗に書いた奇妙な文句はお呪いだと聞いた渡里先生はなにか納得できないという顔をして、今度はわたしの手元に目を移した。

「なになに——目には眼鏡《めがね》歯は総入歯バイアグラ」

そして、ぷっと吹き出した。


渡里先生夫妻と機巧堂の社家さんと店員の柿本京子《かきもときようこ》さん。東京の区役所に勤めている根本君とプロマジシャンのキティとステラ。そしてわたしと妻の九人ほどが、仙台《せんだい》市青葉城《あおばじょう》マジック・クラブの奈良本さんの案内で、松島に着いたところだった。

瑞巌寺《ずいがんじ》を参拝し、島めぐりの遊覧船を待つ間、奈良本さんはわたしたちに楽焼《らくや》きを楽しんだらどうですか、と言った。

素焼きの茶碗や皿に、筆で文字や絵を描く。出来上がった品は窯場《かまば》で上薬《うわぐすり》をかけて焼き、後日各自の家に郵送してくれる、という。

奈良本さんの言葉に反対する人は誰もいなかった。だいたい、マジシャンは好奇心が強く、こういう遊びが大好きなのだ。

渡里先生がわたしの書いた茶碗の句を読んで吹き出したのを見て、妻もわたしの手元を覗き込んだ。

「――なんですか、これは」

妻は呆れたように言った。

「あなたはこんないい景色を目の前にして、こんな下らない句しか浮かばなかったんですか」

「仕方がない。松島の句なら、昔の人がいい句を詠みつくしている。松島やああ松島や松島や――これ以上の句はできそうにもないから、からめ手から攻めてみたんだ」

「マジックの世界も同じですね」

と、渡里先生が言った。

「たとえば、カップ・エンド・ボウル。これは有名な古典マジックの一つで、基本的には仕掛けのない不透明な三つのカップといくつかのボウルを使う。ところが、昔ながらのカップ・エンド・ボウルに新しいトリックを組み込もうと、いろいろな改案が考え出されていますね。中にはカップに特殊な仕掛けを加えたり、ボウルに細工を加えたりする。けれども、どうしても古典的なカップ・エンド・ボウルに勝るものは現れませんでしたね」

わたしたちのクラブは「シルバーカップ・クラブ」という、会員が二十人ほどのマジック・マニアの会である。

シルバーカップはカップ・エンド・ボウルに使う、銀製のカップのことだ。

このカップ・エンド・ボウルや、コイン、トランプのカードなどの小さな品を扱うマジックをクロースアップ・マジックという。

反対に広い舞台で、大道具を持ち出し、美女を空中に浮揚させたり、美女をライオンに変えたりするマジックを、イリュージョンと呼ぶ。

アマチュアは自宅に大道具を置いたり、ライオンを飼ったりできないから、当然クロースアップ・マジック専門にマジックを楽しむことになる。

そのクロースアップの中でも、カップ・エンド・ボウルは昔から世界中で愛されているマジックの大関クラスなのである。

このカップ・エンド・ボウルの歴史は古く、古代エジプトの壁画に、それらしいものを演じている人物が描かれている、という。

古代ローマ時代になると、きちんとした文献も残されていて、マジシャンは「カップと小石の使い手」と呼ばれていた。そのころボウルは小石が使われていたらしい。中世の木版画や油絵には、盛んにマジシャンが登場するが、そのどれもが申し合わせたように街頭にテーブルを置き、その上に三つのカップを並べている。

マジシャンは他のマジックを演じたくてもできなかったのだ。

中世は魔女狩りの時代で、ふしぎな術を使えば、それだけで悪魔や魔女として火刑に処せられていた。妖しい術を使った人たちばかりではなく、常人にはないような瘤《こぶ》や痣《あざ》を持っている人は、それだけで悪魔と断定された。

十五世紀から十八世紀の三百年間、宗教裁判にかけられた人たちは数百万を数えたというからただごとではない。

従って、マジシャンは他のマジックには手を出すことができず、ただひたすらカップ・エンド・ボウルを演じていた。カップ・エンド・ボウルだけは古くから長い歴史があり、決して悪魔の妖術ではないことが判っていたからだ。

そのため、カップ・エンド・ボウルは多くのマジシャンによって、多彩な技法が編み出された。

もともとカップには特別な仕掛けがないので、ふしぎを演出するには手の技術によるしかない。

この手の技術をスライハンドと言い、この技術がカップ・エンド・ボウルに芸術性を与えた。

日本へは中国経由で、放下僧《ほうかそう》により奈良《なら》時代に散楽雑戯《さんがくざつぎ》の一つとして渡って来た。日本ではカップにお椀、玉は小さなお手玉に作り、独自の発展をとげ現在に至っている。

インドではヒンズーカップと言い、底の光った独得のお椀を使っている。

西洋流のカップ・エンド・ボウルに使うカップにはいくつかの条件がある。三つのカップを重ねたときがたつかないこと。伏せたカップの上に三つのボウルを載せることができること、などである。

普通、マジック材料店で売っているカップはプラスチック製、上等のものでクロームメッキをした品などがある。

戦前、夜店で香具師《やし》が特製のカップを売っていた。

わたしはその一組を買い、家に戻ってから、カップの底に秘密の穴があるのではないかと思ってよく見たのだが、カップは普通の紙製でがっかりしたことがあった。

何年か前、マジック・マニアの一人が、純銀製のカップを作ろうと言い出した。

どの趣味でも、道具に凝るのはアマチュアの特権である。ゴルフ・マニアは高価なクラブを手に入れて得意になり、釣師は名人の作った竿《さお》を持って川や海に出かける。

純銀製のカップの話が持ち上がると、すぐ二十人ほどの希望者が集まった。

出来上がったカップは、カップの口のまわりに、手彫りの唐草模様と持ち主のイニシアルが彫られているといった、贅沢《ぜいたく》な品だった。

希望者の一人はこれまでに発表された代表的な、カップ・エンド・ボウルのレクチャア・ノートを集めてコピーし、一組のカップに添えてくれた。

限定二十組のカップを手に入れた仲間は、それ以来、ときどき集まるようになった。その会の名がシルバーカップ・クラブ。

現在のクラブの世話役は、機巧堂の社家さんだった。

その社家さんのところに、仙台にある「青葉城マジック・クラブ」から、マジック発表会の招待状が届いた。

仙台のマジック・クラブは今年で創立五十年を迎える、という。秋にその記念公演を盛大に開きたいので、シルバーカップ・クラブの皆さんをご招待したい。

青葉城マジック・クラブの会長、奈良本さんと社家さんはクラブの創立当時から親交があった。

奈良本さんは青葉城図書館の館長で、その図書館には膨大な奇術書のコレクションが収められていることで、東京のマジック・マニアに有名だった。

現在、ほとんど手に入らなくなった稀覯本《きこうぼん》も豊富で、それを目的に仙台を訪れる人も多い。わたしもその一人で、青葉城図書館に行って、江戸時代の奇術伝授本を何冊かコピーしてもらったことがあった。

「青葉城マジック・クラブ創立五十周年記念公演」は二千人を収容するホールが満員の盛況だった。

出演者の中では、最年少の五歳と六歳の兄妹が、空《から》の箱の中から次次と花を取り出すマジックを演じて大喝采を浴びていた。

この二人は奈良本さんのお孫さんだそうで、舞台を見ながら相好を崩している奈良本さんの顔が見えるようだった。

奈良本さんはお孫さんの多いのも自慢の一つだが、

「マジックの好きな子はそう多くはおりませんな」

と、言う。

「孫が小さいころから、しょっちゅうマジックを見せているでしょう。それでマジック・アレルギーになってしまった子が多いんです」

記念公演に出演した二人は、テレビゲームや人形を買ってやる約束で、やっと承知させたのだ。

「今、子供の玩具《おもちゃ》と言っても、ばかになりませんね」

奈良本さんはあとになってそうぼやいていた。

公演には人気のプロマジシャン、キティとステラが客演し、色とりどりの花を扱うマジックで、このコンビも大評判だった。

会の終演後はホテルのレストランで打ち上げパーティ。シルバーカップ・クラブの一行はそのホテルで一泊した。

翌日、奈良本さんが松島の遊覧船めぐりに案内してくれたのだった。


秋晴れ。

暑くなく寒くもない。海は静かで遊覧船は滑るように小さな島島を巡って行く。

美人のガイドがマイクを持って、一つずつ島の名前を説明する。

俎島《まないたじま》、竜頭島《りゆうずじま》、兎島《うさぎじま》、猿島《さるじま》、烏帽子島《えぼしじま》——

「日本人は見立てが好きですね」

と、渡里先生が言った。

「先生は茶の湯をなさるんですか」

と、キティが訊いた。

「——茶の湯?」

「今、野点《のだて》とおっしゃったでしょう」

「いや、野点じゃあない。見立てと言ったんだよ。たとえば雪花《せっか》という言葉があるけれど、これは雪片を花に見立てた言葉なんだ」

「まあ、風流ですね」

「日本の手品には見立て遊びが多いね。有名な胡蝶の舞には『源氏物語《げんじものがたり》』の見立てが組みこまれている」

「胡蝶の舞——紙で作った蝶を扇で飛ばす芸ですね」

「その飛ばせかたに五十四帖の趣向がある。〈手許を舞い立つ花散る里〉〈要《かなめ》を覗く夢の浮橋〉〈梢に登る空蟬《うつせみ》〉〈低く地を舞う末摘花《すえつむはな》〉といった工合《ぐあい》だ」

「——昔の人はみんな源氏を読んでいたんですか」

「まあ、読まないまでも、登場人物の女性の名や巻名ぐらいは知っていただろうね」

「偉いものですね。わたしたちももっと教養を身につけなければいけませんね」

「そう。本を読んでいる人といない人とでは舞台に立っても深みが違う」

「源氏はコミックになっているかしら」

と、ステラが訊いた。渡里先生は苦笑いして、

「まあ、有名な古典だから、探せばコミック源氏があるかも知れないね」

「マジックだと〈南京玉《なんきん》すだれ〉も見立て芸ですね」

と、キティが言った。

南京玉すだれは、特殊な編み方をしたすだれで、一本一本の竹を伸ばして棒状にすることができる。

南京玉すだれの演者は陣羽織に裁付袴《たつつけばかま》、芝居の傀儡師《かいらいし》や外郎売《ういろううり》と同じ、大道芸人の衣装で、すだれを両手に持って、シャンシャンと音をさせて歌いながら芸を見せる。

〽あ、さて。あ、さて。さては南京玉すだれ。ちょいと伸ばせば、浦島太郎《うらしまたろう》さんの魚釣竿《うおつりざお》にちょいと似たり——

この釣竿が基本的な形になり、これから「瀬田《せた》の大橋、唐金擬宝珠《からかねぎぼし》」や「阿弥陀如来《あみだにょらい》か釈迦牟尼《しゃかむに》の後光の形」、あるいはすだれを中央で左右に分けて「炭焼き小舎」や「日米国旗」になったりし、最後には左右を一杯に伸ばして「しだれ柳」。派手にしめくくるのである。

「見立てというと、リンキング・リングですよね」

と、ステラが言った。渡里先生はうなずいて、

「リンキング・リングは江戸時代の伝授本『放下筌《ほうかせん》』に〈金輪《かなわ》の曲〉として紹介されている。

「これも古典芸術だね」

数本の切れ目のない金輪を使い、これをつなげたり外したりする、またの名を〈チャイニーズ・リング〉とも呼ぶ。これもカップ・エンド・ボウルと同じで、中国から放下僧により日本に伝えられた芸である。

リンキング・リングはリングをつなげたり外したりするふしぎに、リングの見立てが見せどころになっている。

数本のリングを組み立て、毬《まり》、手提げ、三輪車、風鈴などの形を次次と作っていくのである。折紙、紐の綾取り、清少納言智慧《せいしょうなごんちえ》の板など、形作り遊びの伝統を持つ日本人は、リンキング・リングにも形作りの面白さを取り込んだのだ。

面白いことに西欧ではあまりリングで形作りをしない。

「西欧の人たちに、リングで形を作って見せたりしても、あまりぴんと来ないみたいだね」

と、渡里先生が言った。

「つまり抽象的な形への馴染《なじ》みが薄いと言える」

「それで、江戸時代の浮世絵を見た西欧の人たちはびっくりしたんですね」

「そう。それまでの西洋絵画は、対象を忠実に再現する。ところが、浮世絵は自由に対象を誇張したり省略したり、デフォルメを加えたりしている」

「それが西欧の美術史を変えたんですね。印象主義がはじまります」

「印象主義はモネの作品名に由来します」

「ところで、今、一句浮かびました」

と、わたしが言った。

「また、バイアグラじゃないでしょうね」

と、妻が心配する。

「大丈夫。抽象的なものに馴染みの薄い、西欧人が松島を見た感想の句です」

「うかがいましょう」

「松島で無理矢理の名も中にあり」

「じゃ、わたしも一つ」

と、渡里先生が言った。

「松島を股から覗く面白さ」

聞いていたキティが言った。

「なんだか、エッチな句みたい」

「――なにを考えているんだね、キティは」

「だって、女の子の股を覗くんでしょう」

「変なことを言っちゃいけない。股から覗くというのは、あべこべに見る、という意味なんだよ。見馴れた景色でも、逆さまに見ると、また新鮮に感じるものなんだ」

島巡りを終えた遊覧船が、元の瑞巌寺に戻ると、船から降りたキティとステラは、早速松島に尻を向けて、大股を開き頭を股の間に入れた。

「まあ、本当、逆さまの松島がある。面白いわ」

と、キティが言った。

「まるで、魔法みたい」

と、ステラが言った。

わたしはそれを聞いて、豁然《かつぜん》と悟ったのである。


わたしは奈良本さんのそばに行った。

「さっき、楽焼きで書いていた字の意味が判りましたよ」

「ほう——」

奈良本さんは子供がいたずらを見付かったときのような顔をした。

「あれ、魔方陣《まほうじん》ですよね」

「——恐れ入りました。そのとおりです」

n×nの桝目《ますめ》に数を入れ、縦、横、斜め、どの列の和も一定になるようにしたものが魔方陣。わたしが小学生のとき習ったのは、最も単純な3×3方陣だったが、そのふしぎさに感動したものだった。

はじめて魔方陣を知った人は、昔も同じだったようで、これに特別な魔力があると考え、天地万象を占う秘伝の中に書かれたり、銀板に彫刻して護符にしたりした。あるいは魔方陣を書いた紙を焼いた灰を薬用として使った。

奈良本さんの魔方陣は数字を仮名に置き換えたものだということは、縦の行を逆さまに読んだとき判った。

3	2	1	
か	え	や	一
し	す	く	二
こ	み	た	三

1行目は「やくた（薬田）」逆さに読むと「たくや（卓也）」
2行目は「えすみ（江澄）」逆さに読むと「みすえ（美津江）」
3行目は「かしこ（梶子）」逆さに読むと「こしか（小鹿）」
一列目は「やえか（八重香）」逆さに読むと「かえや（替屋）」
二列目は「くすし（薬師）」逆さに読むと「しずく（雫）」
三列目は「たみこ（民子）」逆さに読むと「ごみた（五味田）」
右上から斜めの左下は「やすこ（安子）」逆さに読むと「こすや（越家）」
左上から斜の右下は「かすだ（春田）」逆さに読むと「たすか（多須香）」

いずれも人の名として読むことができるのだ。

わたしは奈良本さんに言った。

「ふしぎな趣向ですね。魔方陣は昔から各国で魔力を持っていると言われてきました。奈良本さんはお孫さんにこの方陣の名を片端から付けているんじゃないですか」

「そうなんです。でも方陣の名は十六。実際にわたしの孫はまだ半分にもなっていません」

それでも奈良本さんは楽しそうだった。

「でも、魔法文字のお蔭か、全員丈夫ですくすく育っています」

ジャンピング　ダイヤ

ロープの中央に結び目を作り、息を吹きかけただけで結び目が消えてしまう。

よくあるロープ　マジックだが、カミュールさんの演技はこれまで見たこともないものだった。

カミュールさんはロープの中央をひと結びするだけ。そのロープを机の上に置くと、ロープ自身が動きはじめ、結び目を解いてしまうという、ふしぎなマジックだった。

そのトリックの種あかしを聞かされたとき、レクチュア会場のルビー　ルームに集まった人たちは、皆呆然とし、次に笑い声の嵐が起こった。

カミュールさんが使ったロープ、実は生き物だったのである。

説明によると、この生き物はトレミーワームという線虫《せんちゅう》の一種で、三十センチほどの長さ。ウロコがなく白いので、マジシャンがロープだと説明すればロープに見える。

これをひと結びすると、虫は嫌がって、自分で結び目を解いてしまうのだ。

会員たちはこのトリックに大喜びしたが、トレミーワームはどこにでもいる虫ではない。カミュールさんが住んでいるニューヨークの郊外の渓流で、ときどき見かけるぐらいだ。

カミュールさんはそう言いながら、トレミーワームを大切にガラスの捕虫瓶の中に入れた。

レクチュアはそれで終りだった。

ルビー ルームのマジック レクチュアが終り、ロビーに出て一服していると、渡里《わたり》先生夫妻が近寄って来た。

「どうでしたか。レクチュアは」

と、渡里先生が訊いた。

「面白いレクチュアでしたよ。最後に奇想天外なトリックがあって、会場が大騒ぎになりました」

「講師はカミュールさんでしたね」

「ええ。レクチュアは得意のロープ トリックでした」

「カミュールさんはもういいお年になったでしょう」

「今年、八十三だそうです。しかし、腕には年を取らせていませんでしたね」

「偉いものですね」

「カミュールさんの芸を日本で見られるのは、これで最後でしょう」

「……そりゃ、惜しいことをした」

渡里先生の妻、知子《ともこ》さんはそれを聞くと、

「わたし、ちょっとマーケットを見て来ます」

と言い、わたしに会釈《えしゃく》をして傍《そば》を離れて行った。

「マーケットになにかあるんですか」

と、わたしは渡里先生に訊いた。

「フィッシャーマン&ファーマーズ ショップがあるんだそうです。キャビアとかトリュフなんか置いてあるらしい」

「ご婦人方は矢張り、マジックより食べ物ですか」

渡里先生は内科のお医者さんで、近所の人たちに評判がいいのは、子供を診察する前にちょっとした奇術を見せるからで、恐恐《こわごわ》、診察室に入って来る子供はそれを見ると緊張がほぐれるという。

知子さんは小学校の先生。知子さんも渡里先生の小道具を持ち出して、生徒に見せるので人気がある。

しかし、知子さんはそれだけで、どっぷりとマジックに漬ることはない。

マジック マニアの奥方は、とかくマジックに好意を持っていないのが普通だ。マニアの家の中にはいつも玩具《おもちゃ》ともゴミともつかないマジックの道具がごろごろしている。その上で夫に付き合い、劇場の椅子でじっとマジックを見ているのが苦手なのだ。

わたしの妻もシンキ臭いレクチュアなど見たくもないと言って、さっさとどこかへ行ってしまった。

わたしの妻よりもマジックに理解のあるはずの知子さんも、わたしと渡里先生の話題がカミュールさんのロープになると、マーケットに行ってしまった。

「渡里先生はレクチュアにも出ず、どこにいたんですか」

と、わたしは訊いた。

「家内に付き合って、クリスタル　プールで泳いでいました」

「そりゃ、お若い。カミュールさんだけが年の割に元気なわけじゃない」

「わたしはこれでも、若いころ水泳の選手でした。でも、もういけません。若い女の子にあっさり負けてしまった」

「若い女の子に？」

「青瀬《あおせ》さんもよく識《し》っている、プロ　マジシャンのダイヤ千恵子《ちえこ》さんです」

「……あの、美人のダイヤ千恵子さんと一緒に泳いでいたんですか」

「そうですとも」

渡里先生は勝ち誇ったような顔をした。

「彼女、美しいのは顔ばかりじゃあない。水着姿も抜群でしたよ」

「なぜわたしをプールに誘ってくれなかったんですか」

「だって、青瀬さんはカミュールさんのロープ　マジックを堪能していたんでしょう。それ以上、欲張っちゃいけません」

「しかし、それは機巧堂《きこうどう》の『秘術戯術《ひじゅつぎじゅつ》』の取材だったんだ。社家《しゃけ》さんから大会のレポートを頼まれている」

「そんな顔をして。羨ましいと思っているんでしょう」

「まあ、そうです」

ダイヤ千恵子さんは十年前に女流マジシャンとして芸能界にデビューし、その当時から注目の的となった。

そのとき、二十代に入ったばかりだったが、女優にしてもいいほどの容姿を持っていて、その上自分では意識をしていないというから、天性なのだろう。なにげない動作にも妖艶《ようえん》な雅《みやび》やかさがあふれていた。大正から昭和のはじめにかけて一世を風靡《ふうび》した松旭斎天勝《しょうきょくさいてんかつ》の再来だという人もいる。

千恵子さんは大学のマジシャンズ　クラブに入部してマジックを覚えた。

わたしは社家さんに誘われ、学園祭のステージではじめて千恵子さんを見たのだが、すでにそのとき大輪が開く予感がした。たとえて言うと、ダイヤ千恵子さんは今のところガラス製のダイヤだが近い将来、本物のダイヤの輝きを現すものと思われた。

千恵子さんが好んで演じるレパートリィはシルクのマジックだった。

白いシルクを握り拳の中に通しただけで赤い色に変えてしまう。あるいは空《から》の手から次次とシルクを揉み出す、といった芸ではシルクそのものが生を吹き込まれたように動き、千恵子さんの身体《からだ》にまとわりつくときには、エロティックな感覚さえ生じる。

おそらく、シルクを扱って、将来の期待ができるマジシャンを見るのは千恵子さんがはじめてだった。

「青瀬さんは前に『秘術戯術』に千恵子さんの芸をたいへん誉めたエッセイを書いていました

ね」

「ええ、書きました」

「確か、松旭斎天勝の再来を思わせる、とか」

「そりゃ違うでしょう。わたしは天勝の舞台を見ていたほど年寄りじゃない」

「天勝が引退したのは？」

「たしか、一九三五年。わたしが二歳の年でした」

「なるほど、それじゃ天勝は見ることができない」

「まあ、天勝のことはおくとして、渡里先生はプールで千恵子さんの水着姿を見て涎《よだれ》を流していたんでしょう」

「ただ見ているだけなら、痴漢と変わりません。わたしはちゃんと挨拶《あいさつ》をしましたよ」

「千恵子さん、なんと言っていました」

「先生の泳ぎ方、綺麗ですね、って」

「ほう――」

「でも安心なさい。彼女は彼氏と一緒でした」

「そりゃ、ご愁傷なことで」

「お相手は王下《おうした》くん。ほら、ロープ マジックの好きな」

「ロープ マジックが好きな王下くんが、カミュールさんのレクチュアを見逃したんですか」

「それだけ、千恵子さんに熱心なわけでしょう」

この年、日本橋人形町《にほんばしにんぎようちよう》にあるマジック ショップ、機巧堂が創立三十年を迎えた。その記念行事として、社長の社家さんはマジシャンのカーニバル ツアーを企画した。

わたしや渡里先生は機巧堂が創立された当時からの客で、思えば長い付き合いだ。

社家さんは小まめに海外へ出掛け、目新しいマジック グッズを仕入れたり、勝《すぐ》れたマジシャンを日本に呼んで来たりして、わたしたちマニアを喜ばせてくれた。

それから三十年。

カーニバルの会場は静岡県清水《しみず》港に今年オープンしたばかりの、ジェルス ホテルで、ホテルには大小の劇場や映画館、ゲームやカジノで遊べるアミューズメント ゾーン、アスレチック クラブやプール、テニスコートなどの設備が整い、五日間のマジック カーニバルに付き合う奥方たちを飽きさせることがない。

社家さんが大会のプログラムの一つ、レクチュアにカミユールさんを呼んだのは、第一回の大会のレクチュアの講師がカミユールさんだったというゆかりがあるからだ。

三十年前、カミユールさんは芸は名人だが本国のアメリカでもあまり有名ではなかった。というのはカミユールさんのレパートリィが、あまり派手ではないロープ マジックだったからだ。

社家さんが日本に招くマジシャンは、有名無名、大家《たいか》若手を問わない。自分の目を信じてそれに忠実だった。

カミユールさんをはじめて日本に呼んだとき、社家さんは彼にロープの解説書を書くように勧めた。カミュールさんはその言葉に従って『カミュールのロープ自在』という一冊にまとめた。社家さんはそれを邦訳し、アメリカと日本で同時に販売し、その著書が広く評価され、カミュールさんはロープ マジックの第一人者と認められるようになったのだった。

「青瀬さんもプールで泳いで来たらどうです。バンケット ショウにはまだ間がありますよ」

と、渡里先生が言った。

「プールにはまだぴちぴちした若い子が大勢いますよ」

「いや――」

わたしはわざと素っ気なく言った。

「やはり、ディラーズ ショップを覗くことにします」

「マジックもいいが、若い子も悪くありませんよ」

「あまり人を迷わすようなことを言わないで下さい。まだわたしの頭の中はロープでこんぐらかっています」

ディラーズ ショップはエメラルド ホールだった。
このジェルス ホテルは各部屋の名が宝石の名で統一されていた。
エメラルド ホールにはざっと三十軒ほどのマジック材料店が店を並べている。
そのフロアは祭の縁日のような賑やかさで、売っている品は全てマジック関係の道具ばかり。
小さいものはコインやダイスのギミックス（種）から、大きいのは美女の空中浮揚の一式、書物やビデオを専門にしている店があると思うと、タキシードやイヴニング ドレスの注文を取っているメーカーもある。服は客の注文に応じて、いろいろな仕掛けを組み込んでくれる。何本ものネクタイも揃っているが、このネクタイも当然、ただのネクタイではないのだ。

フロア一杯、玩具箱をひっくり返したような状態で、その中にいると、時間のたつのが判らなくなってしまう。

「青瀬さん、なにか珍しいものがありますか」

声を掛けられて振り向くと、王下くんだった。王下くんは背が高くてがっしりした身体をしている。色が白く細い指でカードなど弄《もてあそ》んでいるマジック マニアとは大分違う、スポーツマン タイプの若者だ。

「うん、いろいろ面白いものが揃っているね」

と、言いながら見ると、王下くんは一人だけで、いつも傍にいるダイヤ千恵子さんの姿は見えなかった。

「君、千恵子さんと一緒じゃなかったのかい」

と、わたしは訊いた。

「さっき、千恵子さんと一緒にプールで泳いでいたんじゃなかったのかね」

「……青瀬さん、見ていらっしゃったんですか」

「いや、わたしじゃない。目撃者は渡里先生だ」

わたしがそう言うと、王下くんの顔が赤くなるのが判った。どうやら王下くんが千恵子さんを思う心はかなり熱くなっているようだ。

王下くんはぼそぼそした調子で言った。

「千恵子さんなら、アミューズメント ゾーンに行きました。彼女、カジノ ゲームに凝っているんです」

「千恵子さん一人で？」

「ええ。まあ……」

王下くんはあいまいな返事をして、わたしが立っている店のテーブルの上を見廻した。

この店はイタリアのマジック ショップ、ミステリーニだった。


ミステリーニは過去の人だが、マジックの材料を作る名工として、伝説的に今でも語りつがれている。

ミステリーニは元、プロのマジシャンだったが、性格が学究肌のためか一向に人気が出なかった。エンタテイナーでなかったかわり、トリックの創造と道具の細工については、疑いもなく天才であった。

ミステリーニ自身もそれに気付き、早くから舞台を引退し、道具製作に没頭するようになった。ミステリーニが材料と時間を惜しまずに作り出す道具は、いずれもマニアの垂涎《すいぜん》の的になったが、売値は普通のマジックの道具より、桁違いに高価であった。

ミステリーニの没後、その名声も一緒に消えるのを惜しむマジシャンがいた。

ダマラタスという同じイタリア人で、この人もミステリーニと同じように、エンタテイナーの才能に乏しかった。その、ミステリーニとの共通点に親近感を覚えたと思われる。ダマラタスはミステリーニの名をトレードマークとして登録し、マジック　メーカーの社名とした。ミステリーニ社の製品は、本家のミステリーニには及ばないものの、そのうち、信用のできるメーカーとしてマジック　マニアの間に広まった。

渡里先生が言ったように、マジックに堪能している上、千恵子さんを傍に置くのは、欲張っていると思っているのかもしれない。

王下くんは、ミステリーニの店に並んでいる道具のうちから、小さな革製のケースを取り上げた。ケースを開くと四角な黒い棒が二本並んでいる。

「ジャンピング　ダイヤだね」

と、王下くんはミステリーニのディラーに声をかけた。

若いディラーは人なつこくうなずいて、

「ええ、でも、ありきたりのジャンピング　ダイヤじゃありません」

「ミステリーニさんの品だから、そうだとは思ったんだけれど、普通のとはどこが違うのかな」

王下くんは革のケースをディラーに渡した。

ディラーはケースから二本の黒い棒を取り出して、一本ずつ両手の指先に持った。そして、右手の棒を軽くひと振りすると、棒の先にきらきら光る小さなダイヤが現れた。そのダイヤは手の動きとともに消えたり現れたりしながら、左手の棒に飛び移ったりしながら、最後には深紅色のルビーに変化した。

ディラーはそのルビーを消し、元の二本の黒い棒に戻してから、王下くんに手渡した。

「よく調べてください」

と、ディラーは言った。

わたしは内心でびっくりした。

昔、これと同じジャンピング ダイヤを手に入れたことがあるが、その品は相手に渡すことができない。相手が手に取ればそのギミックは一目瞭然《いちもくりょうぜん》だからだ。

「なにか、精巧な細工が組み込まれているらしいね。ぼくには判りませんが」

と、王下くんはジャンピング ダイヤを渡里先生に手渡した。渡里先生はジャンピング ダイヤを指先でひねくり廻しながら首を傾げた。

「その、ルビーは本物を使っています」

と、ディラーが言った。

「ダイヤは?」

と、渡里先生が訊いた。

「ダイヤは本物じゃないんです。ガラス細工です」

「そうだろうな」

「昔のミステリーニ先生でしたら使ったかもしれませんが、今、本物のダイヤを使うと、売れなくなってしまいます」

「それにしてもいいマジックだ」

　渡里先生はジャンピング　ダイヤをわたしに渡した。

「青瀬さん、買いませんか」

　わたしは首を横に振った。

「だめ。貧乏作家の小遣いでは、とても無理です」

「でも、これを材料にして小説を書けば、元が取れるでしょう」

「いや、小説なら実際に手にしなくとも、想像で書けてしまいます」

「なるほど、作家は便利ですね。小説の舞台ならゾウやキリンでも消してしまうのは簡単なわけだ」

「それにしても、このギミックスの原理は古いね」

「そう。パドル　ムーブですから」

「わたしは子供のころ、扇子《せんす》を使ってやっていた」

「昔は扇子を使ったんですか」

　王下くんはふしぎそうな顔をした。

「そう。閉じた扇子の親骨の先に、鉛筆で黒い丸を描いておくんだ」

　その扇子のなにも描いていない方を相手に示し、扇子を半回転させて、両面になにもないことを示すのだが、実は扇子を半回転させるとき、指先でひねりを加え、同じ面を見せるのである。

そして、軽く扇子を振る動作のうち、半回転させて、黒印を現す。同じ動作を繰り返すと、扇子の先に黒印が現れたり消えたりする。

後に、マジシャンはこの原理でいろいろなバリエーションを生み出した。その中で勝れていたのが、扇子を櫂《かい》（パドル）の形にしたマジックだ。パドルの片方の端は細い棒に作られているので、この部分を指先で持つと、ひねり易いのである。パドルを裏返すとき、ひねりを加えて、両面を見せる動きで片面しか見せない。この技法をパドル　ムーブと呼ぶようになった。

このパドルを使ったマジックもいろいろなバリエーションが工夫されている。一つだけ例をあげると、パドルの両面に美女が描かれている。このパドルを一振りすると、女性がヌードになってしまう、というもの。

ジャンピング　ダイヤもパドル　ムーブを使うバリエーションの一つだ。わたしがそう説明すると、

「パドルのヌードなんて、洒落《しやれ》ていますね」

と、王下くんは感心したように言った。

「それ、ここに置いてない？」

王下くんがディラーに訊くと、

「残念ですが、内にそういうものはありません」

と、ディラーが言った。

「そのかわり、こういうトリックはいかがでしょう」

ディラーが商品の中から取り上げたのは、大型のカードで、その一枚はハートのクイーンだった。

ディラーがその表をひとなでするると、クイーンはヌードに変化した。

「どうやら、わたしたちは助平爺さんに見られたらしい」

渡里先生は不満そうに言った。

マジックにはアダルトものが少なくない。たとえば女性の胸からブラジャーを抜き取るといったもの。あるいはわざわざ助手にストリッパーを使うマジシャンもいる。

あるいはヌードのクイーンのようなカードをいろいろ工夫し、自作しては悦に入っているマジシャンもいる。

ふと気がつくと、王下くんの姿が見えなかった。

わたしが目で探しているのを見て、渡里先生が言った。

「王下くん、助平爺さんなどに付き合いたくなくなったんだろう」

「じゃ、助平爺さんでない証拠に、そのジャンピング　ダイヤを一組買おうか」

わたしは昔手に入れたジャンピング　ダイヤをどこかに失《な》くしてしまったのを思い出した。

「ただし、ミステリーニ氏のじゃなく、昔からある安物がいい」

わたしはディラーにそう付け加えた。

バンケット ショウの時刻にはまだ少し間があった。

別室で開かれていた若手マジシャンのコンテストが終ったようで、舞台のあるゴールデンホールの前のロビーが賑やかになった。

その人たちの中に、ダイヤ千恵子さんの姿が見えた。千恵子さんは若い男と腕を組んでいたが、その相手は王下くんではなかった。

王下くんによく似て、背が高く逞しそうな菊原《きくはら》くんだった。

千恵子さんの相手が王下くんでないので、おや、と思っていると、二人はわたしに近付いて来た。

「青瀬さん、コンテストをご覧になりましたか」

と、千恵子さんが訊いた。少し鼻にかかったアルトだった。

「いや、わたしはディラーズ ショップでぶらぶらしていた」

「わたしも見そこなったわ。コンテストで、この菊原さんが入賞にノミネートされたんですって」

「……そりゃ、素晴らしい。コンテストはどの部門だったかね」

「スライハンド部門でした。ぼくはカード マニピュレーションを演じました」

と、菊原くんが答えた。

カード マニピュレーションは、カードを扇形《ファン》に拡げたり、空の手から次次と取り出すといった、難しい技術のマジックだ。

「わたしはアミューズメントにいて、ゲームで損をしてしまったわ。ばかみたい」

と、千恵子さんは言い、菊原くんの顔を見て、うふっと笑った。

「千恵子さんもショウの出演がきまっているんでしょう」

と、わたしは訊いた。

「ええ。最終日のグランドマジック ショウの舞台です」

「そりゃ、必ず見なきゃね」

「あなたもよ」

千恵子さんは菊原くんの前に小指を差し出した。菊原くんはその指に自分の小指をからめた。


五日間のカーニバル ツアーはあっという間に過ぎた。

とにかく、スケジュールが目白押しだ。

ゴールデン ホールでは毎日のように、ショウやコンテストが演じられている。小部屋ではクロースアップ マジックが披露され、ディラーズ ショウがあると思うと、過去の名人たちのビデオ タイム。不用になったマジックの道具を持ち寄るオークションなど、とても全部は付き合えない。

そして、いよいよ最終日のグランドマジック ショウだ。

会場は舞台のあるゴールデン ホールで、わたしの席は四人がけの丸テーブルで、渡里先生夫妻と同じ場所だった。

「五日間もの大会で、退屈はしませんでしたか」

と、わたしが渡里先生の奥さん、知子さんに訊くと、

「いいえ、楽しかったわ。ダイヤ千恵子さんを見ているだけでも」

と、にっこりした。

「千恵子さんが面白いことでもしたんですか」

「ええ。プールでは王下くんと一緒に泳いでいたり、マーケットでは菊原くんと仲良く買物をしていたり、レストランではまた王下くんとだったり」

「きみは千恵子さんの後ばかり追いかけていたのかね」

と、渡里先生が訊いた。

「そうじゃないけど、千恵子さんは目立つのよ」

「つまり、千恵子さんは浮気者というわけか」

「いいえ。自由なのよ。天真爛漫《てんしんらんまん》なのよ。わたしだって千恵子さんの水着を見て涎を流しているような助平爺さんだけじゃなく、いろいろな若い方とお付き合いしたいわ。ねえ、そうでしょう。美知代《みちよ》さん」

わたしの妻はうなずいて、

「そうですとも。子供じゃあるまいし、ガラクタの玩具に目の色を変える人が、わたしと一緒に住んでいるんですからね」

舞台ではその千恵子さんの出番になった。

ぼんやりと千恵子さんの演技を見ていたわたしはびっくりした。

千恵子さんはガラスのダイヤではなく、なんと本物のダイヤの輝きに変わっていたのだ。

ショウが終って、コンテスト受賞者の名が発表された。

ノミネートされていた菊原くんはスライハンド部門で二位に入賞。

それぞれの受賞者が賞状やトロフィーを受け取り、客席に戻って来た。

菊原くんは千恵子さんと手をつないでいた。知子さんの言うとおり、その二人はとりわけて目立った。

その姿を見て、わたしは忽然《こつぜん》として悟った。

——ダイヤ千恵子さんは、浮気者なのではなく、ジャンピング ダイヤなのだ。

サヨナラ パーティが終り、ふとディラーズ ショップを覗いてみると、ほとんどの店は片付けはじめていたが、ダマラタスの店の前に王下くんの姿を見付けた。
純情な王下くんはジャンピング ダイヤを買い、大切そうに胸のポケットにしまっていた。

しくじりマジシャン

機巧堂《きこうどう》に行くと、渡里《わたり》先生が色とりどりのシルクのハンカチーフをガラスケースの上に並べて選んでいるところだった。

マジック用のシルクはごく薄いもので、中央に結び目を作り、息をかけて吹き消したりする奇術に使う。あるいは丸めると小さくなるので、小さな容器に隠しておくのに都合がいい。

渡里先生はわたしと同じで、とうに古稀を過ぎている。そういう人が、若い娘たちが好みそうな美しいシルクを選り分けているのが面白くて見物していたが、渡里先生はシルクに夢中でわたしがそばにいるのに気付かない。しばらくして、

「先生、熱心ですね」

と、声をかけると、先生ははじめてシルクから目を離して、

「やあ、青瀬《あおせ》さん、来ていたのか」

と、言った。

機巧堂は日本橋人形町《にほんばしにんぎょうちょう》のビルの二階にある奇術材料専門店だ。店は小さいがデパートの玩具《おもちゃ》売場にはないような珍品が揃っていて、店にはたいてい顔見識《みし》りのマジシャンが買物に来てい

る。

店の陳列ケースには無数のトランプやコイン、鳥籠や金ぴかの箱や筒、銀製のカップやグラス、色とりどりの毛花やバネ毬《まり》などが並んでいる。壁には天井にまで有名な世界のマジシャンのパネルが貼りめぐらされ、奇術のマニアなら店に入ると時のたつのを忘れてしまう。

この日も店の主人、社家宏《しゃけひろし》さんは店の隅で若い男と頭を寄せ合ってなにか夢中で話しこんでいた。

渡里先生にいろいろなシルクを取り出して見せているのは社員の柿本京子《かきもときょうこ》さんだった。

「先生にシルクの奇術はよくお似合いですよ」

と言うと、京子さんはくすりと笑った。

「いや、これはわたしが使うんじゃないんです」

渡里先生は言い訳するような調子で言った。

「うちの家内に頼まれましてね。今までのシルクが古くなったから、新しいのが欲しいと言うんです」

渡里先生の奥さん、知子《ともこ》さんは小学校の先生で、ときどき奇術を見せるので、生徒たちに人気があるという。知子さんも古稀を過ぎているが、女性なら色とりどりのシルクを使ってもおかしくはない。

奇術用のシルクはごく薄手だから、汚れたといって下手に洗濯すれば、生地の糸が寄ってまだらになってしまう。また、上手に洗えても糊入れする加減が難しい。だから、新しいシルクを手に入れるのが、一番無難なのだ。

「青瀬さん、わたしが舞台の上で、綺麗なシルクをひらひらさせると思っていたんでしょう」

「まあ、そうです」

「これでも自分の年齢《とし》はわきまえているつもりです」

「それは失礼しました」

「そう言う青瀬さんは大きな毛花なんかを買いに来たんでしょう」

「――わたしが舞台で毛花を取り出して踊るわけね」

「そうそう」

「そりゃあ、見ているお客さんが大喜びするでしょう。ついでに、舞台の真ん中で、すってんころりと転びましょう。そのはずみで靴がぬげてしまう。靴をはきなおそうとすると、靴下に大きな穴が開いているのが見える」

聞いていた京子さんが吹き出した。

「実はわたし、毛花を買いに来たんじゃないんです」

「じゃ、パラソルでしょう。赤とかピンクの」

「先生はわたしに似合わないものばかり思いつきますね。実は、奇術の道具を買いに来たんじゃないんです」

「奇術の道具でないとすると、ははあビデオですか。青瀬さんに似合いそうなビデオならかのビデオですが、残念ながらかのビデオはここには置いてないようですね」

わたしはばかばかしくなって、社家さんを呼んだ。社家さんは顔を上げて、

「やあ、青瀬さんですか」

と、言った。社家さんのもじゃもじゃした鍾馗髯《しょうきひげ》には白いものが混っている。

社家さんと話していたのはテヅマ八郎《はちろう》くんだった。テヅマ八郎くんは若手のプロマジシャンだが、舞台の演技のほか、マジックの研究にも熱心だった。

「わたしが来たのも気付かず、なにを話しこんでいたんですか」

と訊くと、社家さんはそばに寄って来て、持っていた古い和書を見せた。

「かの本ですか」

「――かの本?」

「いや、たった今、渡里先生とかのビデオの話をしていたもので、つい」

社家さんは京子さんの方をちょっと見た。

「レディのいる前で、かのビデオの話なんかしていたんですか」

「かのビデオってなあに」

と、京子さんが訊いた。渡里先生が答える。

「狩野《かのう》派の日本画の描き方のビデオです。略してかのビデオ」

「なあんだ。わたしはまたポルノビデオのことかと思ったわ」

「――参った」

わたしは社家さんに訊いた。

「かの本——じゃない。その本は古い手品の伝授本ですね」

「そう。『座敷芸比翼品玉《ざしきげいひよくのしなだま》』。国立劇場の緒方《おがた》奇術文庫にもない珍本です」

社家さんはテヅマ八郎くんの方を見て言った。

「ほら、青瀬さんの目の色が変わってきたでしょう。獲物を狙う鷹の目になっている。恐ろしいですよ」


緒方奇術文庫は、医学で文化勲章を受章した、緒方知三郎《ともさぶろう》博士（一八八三〜一九七三）が生前に蒐集《しゅうしゅう》した日本古典奇術伝授本のことである。

緒方博士は、江戸幕府に法眼《ほうげん》、奥医師兼西洋医学所頭取として招かれた名医、緒方洪庵《こうあん》を祖父に持つ名門の医家に生まれた。博士は自分の生甲斐《いきがい》は学問、長唄、そして奇術だと語っていた。

博士が古伝授本の蒐集を思い立ったのは、昭和七年、医学教育視察のため、欧米各国へ渡ったときだという。

アメリカのある奇術家と親しくなり、彼のコレクションを見せられたが、その中に日本では見向きもされない日本の古奇術書が大切に保管されているのを知ったのが蒐集のきっかけになった。

約一年の海外視察ののち、帰国した博士は各方面の奇術愛好家に呼びかけ、日本ではじめての奇術クラブ、〝東京アマチュアマジシャンズ クラブ〟（ＴＡＭＣ）の創立者の一人となった。

同時に奇術書の蒐集に努め、戦前までに和漢洋の主要文献を手にすることができた。のち、戦災によって博士の邸宅は焼失してしまったが、僥倖《ぎょうこう》にも和漢の文献は他の医学書とともに、東大《とうだい》地下倉庫に移されていたため無事であった。

博士が行年九十歳で逝去されたのち、博士の奇術文献の全ては、昭和五十四年（一九七九）国立劇場演芸資料館へ収められ「緒方奇術文庫」として貴重図書になった。

社家さんの持っている和本はその緒方奇術文庫にもない稀覯書《きこうしょ》だ、という。

わたしが社家さんの持っている和本に飛びかかろうとすると、社家さんは両手で本を高くさし上げた。

「青瀬さん、まあ、落着いて」

「鰹節を見せられて落着いていている猫なんかいますか」

社家さんはテヅマ八郎くんの方を見て、

「ほら、言ったとおりでしょう。まごまごしていると、このビルが毀《こわ》されてしまう」

と、助けを求めるように言った。

「それで、自衛手段が必要なんですね」

と、八郎くんが言った。

「その意味がよく判らない。なんだね、その自衛手段というのは」

「この本をコピーしようと、社家さんと相談しているところでした」

「うん、コピーを手元に置いて、原本をわたしにくれる、というんだね」

「いや、反対です。コピーの方を青瀬さんに渡すのです」

「それでわたしが納得するとでも思っているのか」

「納得しなければ、どうします」

「矢張りこのビルを叩き毀すしかない」

一方、渡里先生は十種類ほどの色のシルクを選び終えていた。

テヅマ八郎くんは京子さんにフラッシュペーパーを注文していた。

フラッシュペーパーというのは、一見普通の紙だが、特殊な加工が施されていて、これに火をつけると、一瞬のうちに燃えてしまい、しかも灰を残さない。

八郎くんはもともと派手な舞台奇術が好きなのだ。

派手な奇術ならまず火を使うマジックだ。

舞台での火の扱いは十分注意しなければならないが、一瞬にして燃え尽きてしまうフラッシュペーパーなら、その点危険性は低い。

火を使う奇術の代表的な一つは、「爛漫《らんまん》」。

これはスチール製の平たい鍋型の容器で、この中にフラッシュペーパーを入れると、種火に引火して派手な炎となる。そしてすぐに蓋をし、ワンツースリーで蓋を取ると、容器に溢れるほどの色とりどりの花が現れる、というマジックだ。

テヅマ八郎くんはこの爛漫を好んで、舞台のオープニングに演じている。

「前に化繊《かせん》のハンカチが出廻ったことがありましたね」

と、渡里先生は社家さんに言った。

「そう言えばそのころ、七五三の着物を着た女の子が、雨の中を駈け廻っているコマーシャルがありましたね」

「なんですか、それは」

と、京子さんがふしぎそうな顔をした。

「化織の晴れ着なら、雨の中でも平気、というんです」

「しかし、所詮、化織はシルクと似て非なるもの。ハンカチーフの奇術をすれば使い易さがまるで違う」

と、社家さんが言った。わたしもうなずいて、

「それに、色の深みが違いますね。化織の色は確かに綺麗だがけばけばしい。本物のシルクがうるわしい日本美人だとすると、化織はアプレの女だね」

「アプレって、なんですか」

と、京子さんが訊いた。

「アプレゲールのこと。戦争直後、アメリカにかぶれて、進駐軍の腕にぶら下がったりしていた女——いや、進駐軍も判らなくなっていますか」

社家さんは笑って、

「お互い、年を取るわけだね。あれから六十年以上も経っている」

「新しいシルクだって、六十年も使えばよれよれだ」

「シルクといえば、マグスえつ子《こ》さんを思い出すね。ローザンヌのＦＩＳＭ《フィズム》のコンテストで二位に入賞したえつ子さん」

えつ子さんの名を聞いて、わたしは大切なことを思い出した。

「そう、今日ここへ来たのは、古本を取りっこするためじゃない。マグスえつ子さんのレポートを持って来たんだ」


「えつ子さんのレポートって、なんでしたっけ」

と、社家さんが言った。

「忘れちゃったんですか。ほら『スター オブ マジシャン』の原稿です」

機巧堂は奇術道具を揃えているほか『秘術戯術《ひじゅつぎじゅつ》』という季刊の奇術専門誌を出版している。『秘術戯術』には奇術の解説、最新奇術の紹介、公演レポートのほか、現役プロマジシャンのインタビューが連載されている。それが『スター オブ マジシャン』で、そのコーナーはわたしが担当していた。

わたしがその原稿を持って来たと言うと、社家さんは、

「そうそう、忘れちゃいません。今度のマジシャンは若くて美人のマグスえつ子さんでしたね」

と、言った。えつ子さんの名を聞くと、八郎くんはほう、という顔をした。

「そういえば、しばらくえつ子さんを見かけませんね。ローザンヌのＦＩＳＭで二位に入賞し

てから、あまり噂も聞きません」

ＦＩＳＭというのは三年に一度の国際奇術大会で、このイベントには毎回世界中から二千人ものマジシャンが集まる。

えつ子さんが二位に入賞したときの演技は、振袖姿でのシルクの芸だった。日本舞踊で学んだ身のこなしと、着物と色とりどりのシルクが優美に調和している点を高く評価されたのだった。

「えつ子さんは入賞のあと、プロモーターと契約してそのまま海外で仕事をするようになった、とは聞いていますが、日本に帰国していたんですか」

と、八郎くんが訊いた。わたしはうなずいて、

「そう、えつ子さんは今、向井《むかい》ワンダーランドのサーカスで働いている」

「――サーカスですか」

八郎くんは意外だという顔をした。

欧米ではサーカスが盛んで、サーカスの常設館もあり、それに加わっているマジシャンが少なくない。

サーカスは会場が広いので、マジックも大がかりだ。密閉された箱の中と外での人体交換とか、美女の空中浮揚、あるいは人体切断術などで、こうした大道具を使用するマジックを特にイリュージョンと呼ぶ。

日本ではサーカスの常設館がないので、一座は遊園地のアトラクションと定期契約するか、

各地の祭礼やイベントに出かけていく。

「えつ子さんは元気で働いていたよ」

と、わたしは八郎くんに言った。

「じゃ、ぼくも見て来ましょう。えつ子さんは前に人体交換でしくじったことがありましたね」

「そう。〈トランク抜け〉でしくじった、有名な大失敗」

トランク抜けはえつ子さんの師匠、マグス玉城《ぎよくじよう》さんが得意にしていたレパートリィの一つで、アシスタントがトランクの中に閉じ込められ、玉城さんがその上に立つ。玉城さんとトランクは大きな布でおおわれるが、一瞬、布が取り退けられると、アシスタントがトランクの上に現れ、玉城さんがトランクの中に入ってしまうという、人体交換のマジックである。

あるとき、えつ子さんはトランク抜けのアシスタントを務めていた。演技は順調に段取りどおり進み、布の裏側で玉城さんとえつ子さんは入れ替わる。玉城さんは秘密の入口からトランクの中にもぐり込み、えつ子さんはトランクの上に立ったのだが、そのときえつ子さんはどうしたことか足を滑らせて、けたたましい悲鳴をあげて真っ逆さまにトランクの上から転落し、したたかに腰を打って動けなくなってしまった。

「そのあと、えつ子さんは玉城さんのアシスタントを五年ほど務め、それから独立してローザンヌのＦＩＳＭのコンテストで、二位に入賞したんです」

と、わたしは言った。テヅマ八郎くんはうなずいて、

「そこまではぼくも知っています。ローザンヌの大会で入賞してから、そのまま日本へは帰らず、海外で働いていたわけですね」

「そう」

「海外ではどんな活躍をしていたんでしょう」

わたしは鞄の中から原稿を取り出して八郎くんに見せた。

「そのことならこの原稿にくわしく書いておいた。次号の『秘術戯術』が出るのを楽しみに待っていなさい」

「ステージでのマジシャンのしくじり——面白いですね」

と、社家さんが言った。


「ステージでの失敗は、普通の芝居などとは違い、マジックでは命取りになることがあるね。たとえば、芝居での言い間違いなどは適当にごまかせるけれど、マジックではそうはいかない。ステージがめちゃめちゃになってしまい、出演者が立ち往生することが少なくない」

「そう。前にアダチ龍光《りゅうこう》さんから聞いた話なんだが」

と、わたしが言うと八郎くんは、

「あの、寄席の奇術の名人だったという人ですか」

と、訊いた。

「きみは龍光さんの芸を見ていなかったのかい」

「ええ、噂だけです。まだ、ぼくは生まれていなかったから」

「――龍光さんが亡くなったのは、そんな昔だったかな」

社家さんは後ろの棚から日本奇術協会の名簿を抜き取り、ページを繰っていたが、

「龍光さんは一九八二年に亡くなっています。享年八十六歳でした」

と、言った。

「じゃあ、八郎くんが龍光さんの芸を見ていないのも無理はない」

「〈パン時計〉を得意にしていたそうですね」

「そう、そのパン時計は明治、大正から伝わっている古い奇術なんだ。パンのように毎日見ているもの、あるいは日常使い慣れている品を使うと、マジックはより不思議に感じられるものだ。日常生活にない特殊な品物を持ち出すと、お客さんは最初からそのものに仕掛けがあるんじゃないかと、疑いを持ってしまう」

「なるほど」

「アメリカの超能力者、ユリ・ゲラーはどの家庭にもあるスプーンを念力で曲げて、一躍有名になった。ユリが五寸釘などを持ち出したら、そう世間に認められなかったと思う。たとえ、釘がスプーンより太くともね」

「ほんと、マジシャンはお客さんの心理をよく研究しているものなんですね」

「それで、パン時計を説明すると、寄席の高座《こうざ》にはテーブルが置いてあって、その上に紙ナプキンを敷いた銀の盆に一斤のパンが載っている」

「一斤、ですか」

「今のコンビニではスライスしたパンがほとんどだけれど、そのころのパンはひとかたまり、一斤単位で売っていたんだ」

「パンからして昔ふうですね」

と、八郎くんがまた感心した。

「龍光さんは別に小箱を取り出して、お客さんに中を開けて何も入っていないことを見せる。この小箱も龍光さんの手造りなんだ」

「根が器用な人だったんですね」

「そしてお客さんの一人から時計を借りる。この時計も昔は懐中時計だった。金鎖《きんぐさり》などのついた懐中時計。つまり、当時はたいへん高価な貴重品だから、この時計がどうなるのか、見ている方がはらはらするんだ」

「なるほど、それを聞いて〈パン時計〉の良さがよく判りました」

「安物の腕時計などじゃ、奇術の面白さが半減するね。もっとも、龍光さんの晩年は懐中時計を持っているお客さんなどいなくなったから、腕時計を使うしかなかったね」

「――時代ですねえ」

「そのお客さんの時計を小箱の中に入れ、テーブルから離れたところに置いてあるスタンドに吊るす。そして、龍光さんはピストルを取り出すと、小箱に向けてパン、と一発」

「それも、また昔ふうですね」

「そう、昔の奇術師はなにかというとピストルを撃った。ピストルは人の命を奪うから、魔力があると思っていたんだろうな」

「すると、小箱から時計が消えてしまうんですね」

「そう。龍光さんは小箱を開けて、時計が消えたことを示し、これからパンの中から時計を現すと言って、食パンをナイフで二つに切り分けるんだ」

「丸ごとのパンの中から出さないところがいいですね」

「龍光さんは時計を借りたお客さんに、盆の上の二つのパンのうち、どちらから時計を出しましょうか、と訊く。そのときはすでに、右側のパンの中に、客に判らないよう時計を入れたあとなんだね。お客さんが右と言ったら、左側のパンを取り中を割って、何も入っていないことを示してから、右側のパンを取り上げて中から時計を取り出す」

「もし、そのお客さんが左と言ったときは？」

「龍光さんはお客さんの方を向いたまま、自分の左手を上げて、その手でパンを手に取るわけ」

「それは巧妙ですね」

「ところが、この龍光さん、はじめて関西の寄席でパン時計を演じたとき、例によってお客さんに二つのパンのうち、どちらから時計を出しましょうと訊いたら、お客さんは東と答えたという。関西の人は左右を訊かれたとき、東西と答える習慣なんだそうだ」

「そりゃ、困りましたね。龍光さんがどちらを向こうが、東は東だ」

「わたしは艮三郎《うしとらさぶろう》さんがリングの奇術で失敗したのを見たことがありますよ」

と、渡里先生が言った。リングの奇術はリンキングリングといい、切れ目のない金輪をつないだり外したりする有名な奇術だ。江戸時代の奇術伝授本にも載っていて、世界中のマジシャンに演じられている。

「その演技の途中で、仕掛けのない方のリングをお客さんに渡して改めさせる手順があるでしょう。艮さんがいつものように一本のリングを子供に渡すと、その子はおじさん、この輪には切れ目があるよ、と言った」

「間違えてタネのリングを渡したのかね」

と、わたしが訊いた。

「そうじゃなくって、たまたまリングを溶接した部分が外れていたんだそうです」

「そりゃ、ハプニングだ。交通事故のようなものだ」

「わたしはマグス多聞《たもん》さんのおかしな舞台を見たことがある。多聞さんはえつ子さんの兄弟子だったね」

と、社家さんが言った。

「それは、演技で面白かったわけじゃないんですね」

「そう。多聞さんは黒のテールコート、ケープ姿で片手にシルクハットとステッキを持ってステージに登場。一礼してシルクハットとステッキを助手に渡す。そしてケープを脱ごうとしたんだが、どうしたことか結び目が解けないんだ」

「それも、困りましたね」

「多聞さん、しばらく悪戦苦闘していたが、しまいには助手の方に顎《あご》を突き出し、解いてくれ、と言った」

「そりゃおかしい。よく子供が転ぶのはおかしくないが、正装した人が転ぶのはおかしい、と言うのと同じですね」

「あるマジシャンの大道具のタネが、全員のお客さんにバレてしまったことがありましたよ」

と、渡里先生が言った。

「そりゃ、すざまじい。なにか手違いがあったんですか」

「そう。ステージの上のピアノの位置がよくなかったんです。ぴかぴかのピアノの横板に、ステージの大道具の裏側がすっかり映って見えてしまったんです」

「マジックのタネがバレるのは笑って済ませますがね。中には人命にかかわるようなしくじりがありました」

と、社家さんが言った。

「だんだんもの凄くなってきますね」

と、渡里先生が言った。

「これはタイでの出来事なんだけれど、日本で言う行者《ぎようじや》のような男が、ある寺院の祭礼で、蘇生術を行なった。これは助手を地下三メートルの地中に埋め、三十分後に掘り起すという術なんだが、男が掘り起したときには、気の毒にも助手の息は絶えていた。男はその場で殺人現行犯逮捕された、という」

「弾丸受止めの術では、ずいぶん大勢のマジシャンがしくじって撃ち殺されましたね」

「そう。一番有名なのは二十世紀はじめに活躍した〝チャン リン スー〟でしょう。最期のステージで、チャンは二丁の銃の前に、標的となって立ったのですが、一発の弾丸がチャンの胸板をまともに貫いてその場で倒れました」

「確か、一丁の銃に故障があったのでしたね」

「そのことより、死後、チャンが中国人ではなく、れっきとしたアメリカ人だった、ということが判った。それが当時の人人はショックだったといいます」

社家さんは付け加えて、

「日本にも明治時代に弾丸受止め術でしくじった奇術師がいましたね。この人は女流奇術師だったんです。舞台の上で片方の目を撃たれたんですが、気丈にも目を押えたまま、客席に一礼して舞台を去ったそうです。青瀬さん、その人はなんという名でしたっけ」

「さあ——忘れましたけど、調べれば判ると思います」

「じゃ、今度の『秘術戯術』は『スター オブ マジシャン』はお休みにして『しくじりマジシャン特集』にしたいと思いますが」

わたしもそれはいい企画だと思った。

社家さんはそれまで黙って話を聞いていたテヅマ八郎くんの方を見た。

「きみもなにか舞台でしくじったことがあるかね」

「いや——ぼくは幸いにして大きなしくじりはありませんでした」

「それはいい。これからもステージには気を付けるんだね」


それから二、三日して、社家さんから電話があった。社家さんは、

「テヅマ八郎くんが舞台で大失敗をしてしまった」

と、興奮気味で言った。

「一体、どうしたんですか」

「ほら、例の爛漫なんだ。爛漫の鍋の蓋を開けたとき、そばに置いてあったフラッシュペーパーが飛び込んで、鍋の種火に引火した、という」

「なんで、そんな——」

「会場にあるエアコンの風で、ペーパーが飛ばされたんだ。八郎くんは派手好きだから、普通より多いペーパーを使っていたんだ。そのペーパーがいきなり引火したから、八郎くんは予想していなかった。不意を食らったから火をまともに顔で受けてしまった」

「そりゃ、危い」

「髪の毛と片方の眉を焦がしたんだが、幸い、怪我《けが》は負わなかった」

「しかし——八郎くんはこれまで大きなしくじりはしなかった、と言っていたばかりじゃないか」

「それがね――」

　社家さんは声をひそめた。

「あのとき、うちの店で皆がしくじりの話ばかりしていたね」

「うん、面白がって」

「それがよくなかったと思う。しくじりの運気が、八郎くんの方に巡ってしまったんだ。そばにいた八郎くんが、大きなしくじりはしていない、と言ったもんだから、しくじりの運気が気に入らなくて、八郎くんをしくじらせた――」

「――そんなことって、あるのかな」

「あるね。毎日思わぬところで火災が起っている。それだって、しくじりの運気のいたずらだと思う」

「なるほど」

「それから、そのとき頼んだ原稿『秘術戯術』に載せる『しくじりマジシャン』はもう取りかかっているかね」

「いや、まだだ」

「それなら、その仕事、もう少し待っていてもらいたいんだが」

「しくじりの運気のほとぼりが冷めるまで、かね」

「そういうこと」

「いつごろまで待ったら運気のほとぼりが冷めるかな」

「そうですね。八郎くんの焦げた髪と眉が生え揃うころならいいでしょう」

それからしばらくして、社家さんから電話があり、テヅマ八郎くんの髪と眉が元通りになった、と言った。

わたしはそれを聞いて安心し『秘術戯術』に「しくじりマジシャン」という題のエッセイを書いたのである。

真似マジシャン

機巧堂《きこうどう》に行くと、店主の社家《しゃけ》さんがいくつかのリンゴをガラスケースの上に並べているところだった。

店の客は二人いて、一人はプロマジシャンのマグス片淵《かたぶち》くんだ。

片淵くんはわたしを見ると、

「お元気そうですね」

と、言った。わたしはわざとむっとした調子で、

「嫌んなっちゃうな。きみからお元気そうですねなどと言われる年になったか」

「仕方がありませんよ」

と、社家さんが言った。

「青瀬《あおせ》さんはわたしと同い年でしょう。混み入ったカードマジックは片端から忘れるし、若い美女を見ても心は明鏡止水《めいきょうしすい》の如しですよ」

「おれは違うぞ」

「まだ邪念が起こりますか」

「ああ起こる。美女を見ればよだれが出る。金も欲しい」

片淵くんは笑ったが、もう一人は丁寧《ていねい》な口調で言った。

「青瀬勝馬《かつま》先生でいらっしゃいますか」

「いや、わたしは青瀬勝馬先生ではありません」

「——は？」

「青瀬勝馬大先生なのです」

「恐れ入りました。ぼくは岸松一郎《きしまついちろう》と言います。まだマジックをはじめたばかりです。よろしく」

改めて岸くんを見ると、目と鼻が丸い。舞台でならコミックマジックが似合いそうだった。

「どこのクラブにいるの？」

「エースクラブです」

エースクラブは片淵くんが世話をしているアマチュアのマジッククラブだ。何度か招待されてエースクラブの発表会を見たことがある。きびきびした若手が多い会だった。

岸くんは話している間にも、絶えず店のあちこちを珍しそうに見廻している。

「ここにははじめて来たのかね」

「ええ。デパートの奇術売場には置いてないものばかりで、びっくりしています」

「この店で、一番の珍品がある」

「なんでしょう」

「目の前に立っている社家さんだ」

社家さんはもぞりと髭《ひげ》を動かしただけだった。

鍾馗《しようき》髭は立派と言いたいが、白いものが混り、煙草《たばこ》のヤニでまだら。ぼさぼさの髪を茶色のバンダナでまとめている。

機巧堂は日本橋人形町《にほんばしにんぎようちよう》の小さな雑居ビルの二階にあるマジックショップで、奇術マニアがよく集まる店だ。

開店当時はガラスケースに大小の奇術材料がきちんと揃えられ、壁には世界各国のマジシャンのパネルが飾られ、棚には奇術書やレクチュアビデオ、世界中のカードが集められ、窓際には椅子とテーブルが置かれ、店に来た客はセルフサービスのコーヒーなど飲みながらコインやカードをもてあそんでいるといった、狭いながらも小ざっぱりしたクラブ風の店だった。

だが、しばらくすると、だいぶ様子が変わっていった。まずドアの建て付けが悪くなる。マジシャンのパネルは増えたものの、埃で曇《くも》っている。ガラスケースや棚は乱雑だし、あちこちに段ボウル箱が重ねられている。

店に来た客は勝手に商品を掻き廻すが、社家さんは満足に金の勘定のできない男で、商売は奥さんにまかせきり。機巧堂の珍品は主人の社家さんだと言われても、言い返すことはできない。

しかし、岸くんは珍品の社家さんにはあまり興味がなさそうだった。

マジックに興味を持つようになると、だいたいはじめはデパートのマジック売場を見て廻るようになるのが普通だ。

最初にデパートのコーナーに店を出したのは昭和のはじめ、日本橋三越《みつこし》に店を持ったプロマジシャンの松 旭 斎天洋《しょうきょくさいてんよう》師だったという。

これがなかなか好評で、天洋師は天洋奇術研究所を設立し、都内の各デパートに店を持つようになった。

だが、そのうち日本は戦争に突入。玩具《おもちゃ》類から金属製品が消えていった。わたしはそのころの奇術セットを買ってもらったが、金属製品は全て木や竹に変えられていたので、がっかりした記憶がある。子供のベイゴマは陶製に、メンコはペラペラになった時代だ。

戦後、世の中が落ち着きを取り戻すにつれて、奇術の若いファンも増えていき、各デパートは奇術材料を売るコーナーを作るようになった。

デパートの奇術材料店には本店から派遣された専属の販売員《ディラー》がいて、客に奇術を実演して見せながら商品を売っている。その売場からプロのマジシャンとして飛び立っていったディラーも少なくない。

だが、一般に売れる商品にはいろいろな制約がある。

玩具として手ごろな値段で、誰にでも易しくできて、しかも見栄えのするマジックでなければならないからだ。

従って、奇術のマニアも唸《うな》らせるような商品ははじめから敬遠され売場には並んでいない。

だから、ひととおりデパートの奇術売場を巡ってきた岸くんのようなマニアは、デパートの商品がもの足らなくなってくる。

そして、機巧堂が発行する『秘術戯術《ひじゅつぎじゅつ》』のような専門誌に手を出し、その雑誌に紹介されているマジッククラブへ出入りするようになると、一人前のマニアができあがる。

機巧堂は社家さんがマニアが高じて奇術専門店を開いたほどだから、デパートにはないような珍品が数多く置いてある。

奇術をはじめたばかりと言う岸くんがただでも丸い目を更に丸くして、店のあちこちを見廻している気持がよく判る。

店の陳列ケースの中には無数のトランプやコイン、銀製のカップやグラス、鳥籠や金ぴかの箱や筒が並んでいて、奇術のマニアなら店に入ると時のたつのを忘れてしまう。

「お花見には行ったかね」

と、社家さんがわたしに訊いた。

「ああ、行った。先週、上野《うえの》公園に行った。今年は花が綺麗だった」

「上野公園なら近いし、足代もそうかからない。お握りを持って？」

わたしに珍品と言われた社家さんは、さっそく反撃に移ったようだ。

「そう、お握りを持って、三、四人芸者を連れて」

「動物園へ入った？」

「うん、動物園でついでに象の鼻も見て来た。不忍池《しのばずのいけ》には鮭《しやけ》が泳いでいた。鮭が言っていたよ。社家さんによろしく、って」

「ぼくも有名になったものだ」

「動物園を出てから、大噴水のところでお握りを食べた」

「芸者衆は?」

「――途中で消えてしまった」

「それなら芸者でなくて亡者《もうじや》だ」

機巧堂の店員は独身の柿本京子《かきもときようこ》さんが一人。今、その京子さんは陳列棚から畳んだ白いシルクを取り出して、片淵くんに見せた。

「しあわせシルクはこれになります」

と、京子さんが言った。

片淵くんがシルクを拡げると、一ヤール角の大きさで、中央に赤く「寿」という字が染め出されている。

「いいですね。これ、頂きましょう」

と、片淵くんが言った。

「結婚式でマジックを頼まれたのかね」

と、社家さんが訊いた。

「ええ、来月、ダイヤ千恵子《ちえこ》さんと王下《おうした》くんの結婚式があります」

「そうだった。時期もいいね。六月の花嫁《ジューン・ブライド》だ。ぼくも招待されている。青瀬大先生も招待されているんじゃないですか」

「うん、結婚式はいいね。何度してもいい」

「青瀬さんは何度も結婚式をしたんですか」

「いや、残念ながらまだ一度だけだ」

京子さんがしあわせのシルクを畳んでいると、

「そのシルク、ぼくにも下さい」

と、岸くんが言った。

「そうか。きみは王下くんの友達だ。結婚式に呼ばれているんだ」

と、片淵くんが言った。

「だけど、二人同じ寿のシルクを出すわけにはいかないだろう」

「ええ、ぼくはマジックを頼まれているわけじゃないんです。いずれ、いつかは結婚式に呼ばれることもあると思って」

「それはいい心掛けだ」

「結婚式で思い出したんだが」

と、社家さんはガラスケースの中をごそごそやっていたが、何枚かの大きなコインを取り出した。

「これは、段取りさえ覚えてしまえば、一度も稽古《けいこ》しなくてもいい結婚式用のマジックでね」

見ると昔の一銭銅貨が五枚だった。

「ほう――懐しいな」

岸くんがコインを覗き込んだ。

「一銭――一円じゃないんですか」

「一円なんかじゃない。この一銭が百枚で一円になる」

岸くんは信じられない、といった顔をした。一銭銅貨の大きさは直径が三センチもあり、どっしりとした重さだ。

「ぼくが子供のころ駄菓子屋なんかで一銭銅貨を使っていたね。もっとも、こんなに大きくはない。ずっと小ぶりだったけど」

社家さんはうなずいて、

「戦時中は若者が一銭五厘の召集令状で軍隊に徴兵されていったんだ」

「――厘、なんてのもあったんですか」

「戦後のインフレでね。物価がすざまじい値上がりをしたから、銭や厘はあえなく消えていってしまった」

「――今の、吹けば飛ぶようなアルミが一円。インフレって、ひどいものだったんですね」

「青瀬さんやぼくは、そういう嵐の中の時代を生き抜いて来た。だから、事件が起きると、すぐに逃げ出す」

「事件に立ち向うように強くはならなかったんですか」

と、岸くんが社家さんに訊いた。

「戦後、強くなったのは、女性と靴下だけだ」

「それも、古い言葉だね」

「そんなことより、そう、一銭銅貨のマジックだ」

社家さんは五枚の一銭銅貨を、二枚と三枚とに分けた。

「結婚披露宴の席でね、五枚のコインのうち二枚を新郎に、三枚を新婦に渡し、しっかりと握ってもらう。そして、マジシャンは二銭と三銭を入れ替えてみせますと言い、ワンツゥスリーと号令をかける。さて、二人の持ったコインを改めさせるが、元のままで、少しも変わっていない」

「そりゃ、困るんじゃないですか」

「だがマジシャンはあわてたりはしない。こう言うんだ。〈コインは変わらないわけです。新郎新婦は二世（二銭）も三世（三銭）も変わらない仲ですから〉と言って、マジックはお終《しま》い」

「うん、洒落《しゃれ》ていますね。そのコイン、売ってもらえますか」

と、片淵くんが言った。

「売りますがね。これはマジックじゃない。骨董品ですからそう安くはないよ」

片淵くんはそれでもいいと言い、岸くんもぼくも欲しい、と言った。

「きみは片淵くんの真似ばかりしているね」

と、わたしは岸くんに言った。

「だが、真似るのは悪いことじゃない。すべて、芸術は真似ごとからはじまる」

「はあ――」

「きみは、片淵くんのマジックが好きなんだな」

「ええ。片淵さんのようなマジシャンになりたいと思っています」

京子さんは『秘術戯術』のバックナンバーを整理しはじめた。

わたしはその『秘術戯術』の〈スター オブ マジシャン〉という連載を引受けていて、その原稿を届けに来たのだった。

原稿は無料奉仕、とても大先生のすることではないが、長い付き合いなので仕方がない。

社家さんは原稿を渡すと、

「この前の小さなサーカスの〈マグスえつ子《こ》篇〉評判がよかったですよ」

と言い、原稿のタイトルを見た。

「そうそう。今度は〈スター オブ マジシャン〉の番外篇で〈しくじりマジシャン〉でしたね。楽しみに読ませてもらいます」

そばにいた片淵くんが言った。

「先生、まさかぼくのことを書いたんじゃないでしょうね」

「おや、きみもマジックをしくじったことがあるのかね」

「そりゃありますよ。マジシャンなら誰でも一度や二度はあるでしょう」

「きみの場合、どんなしくじりだった」

「――」

「後学のために聞かせてくれないか」

「〈しくじりマジシャン〉の続篇を書くつもりなんですか」

「うん、面白いからね」

「ぼくの場合、テヅマ八郎《はちろう》さんのような派手なしくじりじゃありませんよ」

テヅマ八郎くんは火を使うマジックを演じていたとき、誤って頭と眉を焦がしてしまった、有名なしくじりをしたことがある。

「それでも大丈夫。地味なしくじりでも、わたしの筆にかかれば、十分に面白くなってしまう」

「じゃ、言いますが、昔、帽子卵で大失敗したことがあるんです」

帽子卵というマジックは、コップの中に生卵を割り落とす。そして客の一人から帽子を借り、その中にコップの卵を流し込む。その帽子を客にかぶせてしまうが、生卵は消え、帽子には卵の跡もない、というふしぎ。

「その帽子卵を演じたとき、誤って手を滑らせ、お客さんの帽子の中に本当に卵を流し込んでしまったんです」

「そりゃ、面白い」

「ぼくの方は真っ蒼ですよ。散散わびてからあとで帽子のクリーニング代を払って勘弁してもらいました」

「——じゃ、こうしよう。きみはいつものとおり、成功したと思い、そのままお客さんの頭に帽子をかぶせてしまう。そのお客さんはたまたま臨月で、頭に卵をかけられたのでびっくりし、産気付いて場内が大騒ぎになってしまう」

「さすがに大先生、妄想がたくましいですね」

と、社家さんが笑った。

「しかし、あまり作りすぎてリアリティに欠ける」

「それ以来、ぼくは舞台では生ものを扱わないことにしています」

と、片淵くんは真顔で言った。

「なるほど。花なんかは毛花を使えばいいが、鳩はどうするね。きみは舞台で鳩のプロダクションをするだろう」

「あの鳩はゴム製なんです」

「そうだったのかい。このごろの鳩ははばたくし鳴くしよく出来ているね」

マグス片淵くんの舞台は普通のマジシャンとはかなり趣きが違う。

一般的なマジシャンのスタイルの、黒のテイルコートに蝶タイ、シルクハットとケーンを持っているという正装とは違い、普通のスーツ姿だ。

片淵くんの言うには、マジシャンが正装で現れると、客はテイルコートの裏側などに、なにか隠し持っているのじゃないかと怪しむのだそうだ。怪しまないまでも、そのスタイルで鳩など出しても、いつも見馴れた演技なので、当然だと思う、と言う。

だが、普通のスーツ姿を見ると、客はその警戒心を和らげる。ところが、実際は普通のスーツにあらかじめさまざまなトリックやギミックを仕込んでいる。

剣客がわざと相手に隙を見せる。そういう効果がある、と言う。

それに加えて、帽子卵でしくじったあと、片淵くんは舞台で生ものを使わないようになった。

従って、片淵くんの使うマジックの道具は、小さく畳めるゴム製のものが多い。

今、社家さんの前にあるリンゴも、本物ではなさそうだった。

「それ、本物のリンゴじゃないよね」

と、わたしが言うと、社家さんはその一つを取って掌《てのひら》の中に握り潰して見せた。

「この通り、ゴム製だよ」

岸くんはほうと言い、恐る恐る残りのリンゴに触れてみた。

「ほんとうだ。ほんとうの偽のリンゴですね」

「ほんとうの偽、という言葉はおかしい」

と、社家さんが言った。

「少し離れて見ると、本物だね」

と、わたしは感心した。

「しかも、いくつものリンゴが、それぞれ違う形に作られている」

「作った人が凝り性だったんだね」

「じゃ、社家さんが作ったんじゃないんだ」

「そう。これは天地《てんち》奇術の製品だった」

「天地奇術——懐しいなあ」

岸くんは天地奇術は知らない、と言った。

「このリンゴを手に入れたのは、昭和三十年代——昭和三十年というと一九五五年だから、もう五十年も前になる」

「社家さんが美女を前にしても反応しなくなるわけだ」

「そのころ、ぼくはまだ生まれていません」

と、岸くんが言った。

「それ、奇術材料店なんですか」

「そう。なかなかユニークなマジックショップだったんだがな」

「ぼく、天地奇術のディラーをしていたことがありますよ」

と、片淵くんが言った。

「ほう、はじめて聞くね」

社家さんが言うと、片淵くんはちょっと考えて、

「もっともぼくが働いていたのはそんなに昔じゃなくて、ぼくが学生のころ、夏休みの一時期に、アルバイトで。三十年も前のことです」

「きみはそのころから、ディラーをするほどマジックの知識があったんだ」

「いえ、そんな知識なんかありませんでした。たまたまデパートの天地奇術の売場で油を売っていたら、そのディラーがこの仕事を辞めたいので、ぼくのかわりにここで働かないか、と勧

められましてね。あとになって判ったんですが、当時の天地奇術の給料がとても安かったんです」

「きみはカモにされたんだ」

「もっとも、その売場にいて、いろいろなマジックを覚えました」

「どこのデパートだったかね」

「新宿《しんじゆく》の小田急《おだきゆう》でした」

「ぼくはジャンピング ダイヤを買った記憶がある。開店したばかりの池袋丸物《いけぶくろまるぶつ》だった」

「池袋丸物の開店というと——うわあ、五十年も前ですよ」

と、片淵くんが言った。

「そうだろうな。このリンゴと同じ年だ。ジャンピング ダイヤは例の二本の棒の先についているダイヤが、二本の棒の間を飛び移るマジックなんだが、感心したのは解説書が実によくできているんだ。上等のアート紙を使い、図が多くて判り易い。普通のところじゃ、解説書は添えものでほとんどがガリ版刷りだった」

「ガリ版——それも古いね」

と、社家さんが言った。

「ガリ版ももう死語になったね」

「そう。ガリ版は奇術の解説書のようなペラの刷りものだけじゃなかった。かの本なんかもあったね」

「かの本——狩野《かのう》派の日本画の描き方の本、じゃなかったんですよね。ポルノでしたよね」

と、京子さんが言った。

「そう。ガリ版のかの本というのは、また特別な味わいがあって——いや、そんな話じゃなかった」

「天地奇術の話」

と、社家さんが言った。

「そう、その天地奇術の解説書に感心してね。デパートに用があると、玩具売場を覗くようになったね。すると、結構、天地奇術があったりした」

「天地奇術はいろいろなところに売場を持っていたんですね」

と、岸くんは感心したように言った。片淵くんが言った。

「銀座《ぎんざ》の松屋《まつや》とか、横浜《よこはま》の岡田屋《おかだや》にも売場を持っていたね。そのころが天地奇術の全盛期だったでしょう。それからしばらくして全部の売場が消えてしまいましたがね」

「あまりマジックが売れなかったんですか」

社家さんが言った。

「もともと、マジックはそう売れるもんじゃないね。このゴム製のリンゴでも、一つ一つの形が違う。凝りすぎなんだな。まあ、マニアなら喜ぶだろうが、マジックを見ている人は、それほど驚かない」

「天地奇術でコインボックスを買ったことがある」

と、わたしが言った。

「天地のコインボックスなら、ぼくも買ったよ」

社家さんはガラスケースの中をごそごそ捜していたが、大小二つのコインボックスを取り出して前に並べた。小さい方は真鍮《しんちゅう》製で、大きい方は銀メッキをした品だった。

コインボックスの正しい名は「オキトのコインボックス」と言う。二十世紀はじめに活躍していたアメリカのマジシャン、オキトが開発した奇術用品でオキトの名がつけられている。オキトは日本贔屓《びいき》で、芸名のオキトも東京の音によっていて、ステージの衣装も日本のものだった。

コインボックスはコインが五枚ほど入るほどの、蓋のついた金属製の容器で、中央に小さな穴が開けられている。

このボックスの中にコインを一枚入れ、マッチ棒を穴に差しこんで突っつくと、中のコインがボックスを通り抜けて下に落ちるという、可愛らしいクロースアップマジックである。

あるいはコップの上に一枚のトランプのカードを置き、この上にボックスを置いて中のコインをコップの中に落とすという演出もできる。

ただし、ボックスそのものに仕掛けはない。手さばきのマジックだから、演じるには稽古が必要だ。

社家さんは小さい真鍮製のコインボックスを開けた。中には百円銀貨が入っていた。

「これが昔のコインボックス。十円銅貨や百円銀貨がちょうど入る大きさに作られている」

と、社家さんが説明した。

「そのうち、大ぶりな五十円玉が発行されてね。すると、今までのボックスでは釣り合いが悪くなったんだ」

社家さんは大きい方のボックスの蓋を開けた。中から五十円玉が出て来た。コインに印された年号を見ると、昭和三十年だった。

「このあと、穴の開いた五十円玉も発行されたね。そして、しばらくすると、ずっと小さな五十円、今、使っているコインになり、前の五十円玉はなくなってしまった。貨幣というもの、年年小さくはなるが、大きくなった例は一度もないね」

社家さんは大きい方のコインボックスを手に取った。

「これが、大きな五十円玉が発行されてから作られたもの。これだと、新しい五十円玉と釣り合いがいい。天地奇術の新製品だったんだ」

わたしが言った。

「昭和三十年というと、五十年も前になる。社家さんが美女を前にしても反応しなくなるわけだ」

「あのころは美女に反応しまくっていたから、もういいや」

と、社家さんが言った。

「そのころ、この五十円玉をよくマジックに使っていたね。当時のコインでは一番大きくて見栄えがよかったし、ニッケル製だから、磁石によく吸い着く」

岸くんがびっくりした声で社家さんに言った。

「じゃ、今のは磁石で五十円玉を消したんですか」

社家さんは「うふ」と言っただけだった。

どうやら、社家さんは五十円玉と磁石を使って岸くんをたぶらかしていたらしい。

「それはともかく、天地奇術はせっかく新しいコインボックスを作ったんだが、今、あまり使う人はいなくなった」

「どうしてですか」

と、岸くんが訊いた。

「よく考えてごらん、今時マジックにマッチ棒を使うようじゃ、おしまいだね。昔は煙草を呑む人なら誰でもポケットにマッチ箱が入っていたが、今じゃマッチ箱なんか持っていない。全員が百円ライターだ」

「すると、コインボックスも過去のものになってしまうんですかね」

「そう、一事が万事なんだな。このボックスのほか、天地奇術はいろいろ工夫して、新製品を開発していったんだが、マニアは喜んでも、そうしたものが何万も売れるようなヒット商品になることは、まずないね」

「そりゃ、淋しいですね」

と、岸くんは不満そうに言った。

「淋しいけど、それが現実さ。ミステリも同じでね。勝《すぐ》れた作品がベストセラーになれば苦労はない」

と、わたしが言うと、社家さんは皮肉っぽく、

「それは、青瀬大先生の愚痴なんでしょうね」

と、言った。

「まあ、そういうこと」

「でも大先生。なまじ、ベストセラー作家になんかならない方がいいですよ」

「どうして？　ベストセラーになれば景気がいいじゃないか」

「そうすると、大先生はまだ美女を前にするとよだれを流すくらいだから、売れた本の印税を懐《ふところ》に入れて、銀座の高級クラブなどに出入りするでしょう」

「うん、それがぼくの夢だ」

「夢だけならいいんですが、それが現実になると、たちまち美女に欺《だま》されます」

「いいじゃないか。金ならいくらでもあるんだ」

「でも、大先生の奥さんは黙っていません。大先生が夜中に酔っぱらって銀座から帰って来るところを待ち受けていて、庖丁でぐさりと一突き――」

「おい、おれを殺すなよ」

「だから、青瀬大先生の本は少しも売れなくていいわけです。大先生、まだ死にたくはないでしょう」

「そうさ。まだ酒も飲みたい」

「いや、酒じゃなくてマジックショップの話でした。天地奇術などと違って、今、マジックショップで頑張っているところは、パズルやゲーム機なども手がけているからで、マジックなどよりそっちの方がよく売れているんだ」

わたしは言った。

「だいたいマジックの種類も多すぎるね。普通の店で百点はある。天地奇術の社長、天地創一《そういち》という人は、なかなか筆も立つ人で『百万人《ひゃくまんにん》のマジック』という本を日本文芸社《にほんぶんげいしゃ》から出しているし『マジックタイムス』という会報も出版していた。その上、特許を取るのが趣味だったというから、大ぶりのコインボックスのような新製品も多く作っていた」

「それが全部よく売れていた、というわけじゃない」

と、社家さんが言った。

「加えて、デパートに売場を持つとなると、その一つ一つの売場にディラーを置かなければならない。その人件費がたいへんな額になる」

「それで、ディラーの月給が安かったわけですね」

と、片淵くんは納得したように言った。わたしは付け加えた。

「だから、マジックショップはデパートなどに売場を出さず、この機巧堂のような、家内工業的な店が一番安全なんだね」

社家さんは苦笑いして、

「まあそういうこと。だから、あまりものを多く食べない。お酒も少ししか飲まない。青瀬さんと同じ。稼ぎが少ないから」

岸くんが片淵くんに訊いた。

「天地創一さんの実家は、いい家だったんでしょうね」

「ええ。でも最後にはその家屋敷も手放したらしいですよ」

と、片淵くんが言った。社家さんは身を乗り出した。

「青瀬さん、今度の〈スター オブ マジシャン〉は、天地奇術の巻でいきましょう」

「いいね。でも、わたしはそれ以上天地奇術のことをあまり知らない」

「それなら、わたしが資料を集めておきましょう」

「それならオーケーだ」

「王下くんとダイヤ千恵子さんの結婚式までに資料を揃えておきます」

というので、わたしは『秘術戯術』に天地奇術の巻を書く約束をした。


王下光夫《みつお》くんとダイヤ千恵子さんの結婚披露パーティは、都心にある奇術博物館《マジツクミユージアム》の宴会場、ダイヤモンドホールだった。

二人ともマジシャンなので、当然ながら招待客は奇術関係者が多い。

わたしと妻が着いたテーブルには、機巧堂の社家さん夫妻と店員の柿本京子さん、内科医の渡里《わたり》先生と妻の知子《ともこ》さん、マグス片淵くんと岸松一郎くんが顔を並べていた。

ひとしきり、来賓《らいひん》の挨拶《あいさつ》が続き、それが一段落すると、ご祝儀のマジックショウがはじまった。

新郎新婦が並んでいる席の向かい側が、一段高く作られ、そこが舞台だった。

はじめに、社家さんが立って、軽く五銭のマジックを演じる。次はコンビのプロマジシャン、キティとステラが華やかな色とりどりの花やシルクの演技で喝采を浴びる。

そして、マグス片淵くんが、いつものとおり、普通のスーツ姿で登場、空《から》の手からケーンや鳩を取り出すという、ふしぎな芸で客席を煙《けむ》に巻き、最後に大きな寿のしあわせのシルクを空中から出現させて演技を締めくくった。

わたしの向かいにいる岸くんは、丸い目を更に大きくして、片淵くんのマジックを見ていたが、芸が終るとほうっと大きな溜め息をついた。

「どうだね、参考になるところがあったかね」

と訊くと、岸くんは上気した顔で、

「はい、とてもいい勉強になりました」

と、答えた。

「片淵さんのスーツは特別に誂《あつら》えたものなんですね」

「うん。内のビルの三階に洋服屋さんがいてね。テーラー寺井《てらい》という店なんだが、ぼくが紹介して、片淵くんが誂えた。妙なところにポケットを作ったりして、いろいろ難しい注文を出したんだが、上手に仕立ててくれたそうだ」

「内の人も昔、変なスーツを作ったことがあったわ」

と、渡里先生の妻、知子さんが言った。

「片袖がすぐ取れてしまう服なの」

「それ、コメディ用のスーツなんですか」

「ええ。それだけならいいんですけど、ズボンにも仕掛けがあってね。上がったり下がったりするわけ」

「止《よ》しなさい」

と、渡里先生が柿本京子さんの方を見て言った。

「そこに未婚のレディがいらっしゃる」

「でも、本当だったんでしょう」

「まあ――若気の至りだった」

「渡里先生のその芸、見たかったですね」

と、社家さんが言った。

「いや、もう出来ない。あのときよりすっかり肥ってしまったから」

「じゃ、今度はお臍《へそ》が出せますね」

「お臍の穴からウサギでも出しましょうか」

「服も使えなくなるときがあるんですね」

と、岸くんが感心したように言った。

「そう。コインボックスと同じだね」

ところが、その岸くんが尊敬する片淵くんが交通事故に遭い、大怪我《おおけが》をした、という。王下くんとダイヤ千恵子さんの結婚披露宴があった日から、二月目のことだった。

事故を報《し》らせてくれたのは、機巧堂の社家さんだった。

社家さんの電話で、わたしははじめ『秘術戯術』の次号の原稿の催促かと思い、

「天地奇術の原稿ならもう仕上がっている。欲しい品もあるから、これからきみのところへ届けに行こうと思っているところだ」

と言うと、社家さんは、

「いや、原稿の〆切にはまだ間があります。それより、マグス片淵くんが、交通事故に遭って大怪我をしたらしいんだ」

「えっ――いつ？」

「今、警察から電話があった。なんでも、新宿の大久保《おおくぼ》二丁目の交差点を渡ろうとしていた片淵くんに、信号無視の乗用車が突っ込んで来たんだという」

「――そりゃ、大変だ」

「たまたま、片淵くんは身分を証明するようなものをなにも持っていなかった。ただ、被害者のポケットには古い一銭銅貨が五枚、封筒に入っていた。その封筒は内の社名が印刷してあるものだった」

「そりゃ警察もほっとしたろう」

「もっとよく訊くと、被害者が着ていたスーツが普通のものとは違う。変なところにポケットがついていたりしていて、スーツの裏に刺繍《ししゅう》してあるイニシアルがMKとしてあった」

「――MKならマグス片淵くんがMKだ」

「警察にもそう教えたんだがね」

「病院はどこ?」

「新宿の盛栄堂《せいえいどう》病院だそうだ。これから病院へ行って、様子を見て来ようと思っているところ」

「じゃ、わたしもすぐ行く。待っていてくれないか」

さっそく、仕上げた原稿を持って機巧堂に行くと、社家さんはテレビのニュース番組を見ていた。わたしの顔を見ると、

「まさかと思ってテレビをつけたんだが、片淵くんの事故を流していた」

と、言った。片淵くんは芸能人だが、一般に知れ渡っているような有名マジシャンではない。

「今日は、よっぽど事件のない日なんだな」

と言うと、社家さんは、

「いや、事故を起こした車を運転していたのがたいへんな人物だったというんで大騒ぎしている。向井《むかい》不動産の社長の令嬢だそうだ」

「――向井財閥の?」

「そう。財界に疎《うと》い青瀬さんが知っているくらいだから、日本を代表する会社の一つだね」

そのとき、建て付けの悪い入口のドアが開いて、一人の男が部屋に入って来た。その男の顔を見るなり、社家さんは文字通り飛び上がった。

わたしもびっくりした。マグス片淵くんが平然とした顔でいたからだ。

「きみは、ここにいちゃいけない」

と、社家さんが言った。片淵くんはきょとんとして、

「なんですか、一体」

「きみは病院にいて――判った。息を引き取ってしまったんで、霊魂になってここに来たんだな」

「気味の悪いことを言わないでくださいよ」

「足を見せろ」

「足ならちゃんとついていますよ」

片淵くんは床の上をぴょんぴょん飛び跳ねて見せた。

「とすると、幽霊じゃない」

「当たり前ですよ」

「でも、これを見てごらん」

社家さんはテレビの画面を指差した。

ちょうどテロップが流れているところだった。

――今日、二時十五分ごろ、マジシャンのマグス片淵さんが大久保二丁目の交差点で信号を無視した乗用車にはねられ、大怪我をしました。乗用車を運転していたのは、向井長承《ちょうすけ》氏の娘さんで向井梅子《うめこ》さん（二十七歳）――

「ほら、この通りだ。きみは病院で動けなくなっているんだ」

「困ったなあ、そんなことを言われても」

「二時十五分ごろ、きみはどこにいたのかね」

「秋葉原《あきはばら》にいました」

「秋葉原というと、大久保二丁目からはだいぶ遠い」

「そうです」

「それで、秋葉原でなにをしていたんだね」

「ラーメンを食べていました」

「わざわざ秋葉原までラーメンを食べに行ったのかね」

「ですから、二時十五分ごろにはラーメンを食べていたんです」

「じゃ、本当の目的は？」

「小さなモーターを探しに行ったんです。噴水カードを作ろうと思って」

噴水カード――コップに入れた一組のトランプが噴水のように空中にはね上がり、客の覚えた一枚のカードだけが、コップに残るというマジックだ。このトリックは、小さなモーターによっている。

「それで、いいモーターはあったかね」

片淵くんはポケットから紙袋を取り出した。中には黒い小さなモーターが入っていた。

わたしはあまり気にせず、

「岸くんがこれを見たら、きっと欲しがるだろうな」

と、言った。すると、社家さんはなにを思ったのかいきなりドアを押して、外に出て行ってしまった。

「どこへ行ったんだろう」

と、片淵くんが言うと、柿本京子さんはあまり気にしない口調で、

「きっと、ラーメンを食べに行ったんでしょう」

「――ラーメンを？」

「ええ、今、ラーメンの話をしていたでしょう。社長はラーメンが大好きですから、きっと急に食べたくなったのね」

だが、社家さんはすぐ戻って来た。ラーメン屋ではなく、洋服屋に行ったのだ、と言う。

「テーラー寺井さんは、岸くんの服を誂えたそうだ。前に片淵くんが誂えたのと全く同じものを、という注文だった」

「――ぼくのスーツと同じものを？」

と、片淵くんが言った。

「そう。秘密のポケットや、外から見えない仕掛けまで。全く同じ服を、ね」

「その服を着て、片淵くんと同じマジックを演じたかったんだ」

と、わたしは言った。

「そう。それに、岸松一郎のイニシアルも、たまたまマグス片淵と同じ、ＭＫじゃないか」

「すると、大久保二丁目で事故に遭ったのは、片淵くんじゃなくて、岸くんだったんだ」


盛栄堂病院に行くと、岸くんは集中治療室に入れられていて面会はできなかったが、担当の看護婦さんの話では、加害者の父親、向井不動産の社長が責任を感じ、岸くんに最善の治療に当たってほしい、と頼んだという。

岸くんの傷が回復したあとは、整形外科に移り、傷痕が完全に残らない治療も受ける、という。

それを聞いて、片淵くんは、

「それは結構だが、もし岸くんがぼくと同じ顔に整形されたら、気持が悪いな」

と、言った。

戯曲

交霊会の夜

登場人物

双葉《ふたば》マンション関係
多岐《たき》征司《せいじ》……四〇一号室の住居人
多岐芙由子《ふゆこ》……四〇一号室の住居人
牛島《うしじま》夫人……三〇一号室の住居人
小松庚六《こまつこうろく》……四〇二号室の住居人
犬塚《いぬづか》……マンションの管理人
船橋辰五郎《ふなばしたつごろう》……共立《きょうりつ》デパート配達人
その他
健康薬品セールスマン
電気工事人
運転手

交霊会関係
紺野卓郎《こんのたくろう》……旅行カメラマン
紺野守江《もりえ》……その妻
枯河原《かれがわら》教授……心霊評論家
勝又八夜子《かつまたやよこ》……心霊愛好者
市川照蔵《いちかわてるぞう》……心霊愛好者
テレビ関係
堀内《ほりうち》……サブ　ディレクター
金刺《かなざし》……アシスタント　ディレクター
黄芬華《こうふんか》……カメラマン
滑川《なめかわ》いく子《こ》……レポーター
加瀬《かせ》老人……霊媒

第一幕

双葉マンション四〇一号室。多岐征司の住まい。上手《かみて》に玄関のドア。ドアの手前側は玄関の三和土《たたき》で、作り付けの下駄箱がある。部屋との仕切りに玉暖簾《のれん》が掛けられている。ドアの向こう側は暗い廊下。

部屋は二つで、中央の洋室にはテーブル、ソファ、椅子などの応接セットが並べられている。玄関寄りにアコーディオンカーテンが閉められ、その向こうは台所である。アコーディオンカーテンの左横に太い柱が立ち、ありふれたカレンダーが掛かっている。部屋の左側に電話台と大ぶりな電気スタンドがある。

洋室の左は一段高くなった和室で、洋室との間は襖《ふすま》で仕切られる。正面は障子が立てられた窓。左側はガラス戸で、戸の外は鉄柵のあるベランダになっている。

部屋に家具は少なく、全体にさっぱりした感じである。

神田囃子《かんだばやし》「屋台《やたい》」で幕が開く。七月の夕方。ベランダから斜めの陽が差し込んでいる。部屋の明りは消えていて、誰もいない。

しばらくすると、上手廊下から多岐芙由子、牛島、小松庚六の三人が連れ立ってやって来る。

多岐芙由子は二十五歳。共稼ぎの若妻が勤め先から帰って来たという服装。胸にバッグと破れた紙包みを抱えている。紙包みの裂け目から果物が見える。芙由子は玄関の鍵を開けて中に入り、スリッパと履き替え、すぐ持ち物をテーブルの上に置き、洋室と玄関の明りをつける。

芙由子　（玄関に向かい）有難うございました。本当に助かりましたわ。

牛島、四十代の主婦。普段着で腕に大きな買物袋を下げ、別にティッシュペーパーやトイレットペーパーを入れたポリ袋を抱えて玄関に入って来る。

牛島　いいえ、お易いご用ですわ。スーパーはこのあたりじゃ「泉《いずみ》ストア」一軒きりでしょう。お客を独占しているものだから、近頃サービスが悪いんですよ。すぐ底の抜けるような紙袋を使うなんてひど過ぎますよ。これが、エレベーターの中だったから良かったものの、道ででもだったら大恥をかくところだったでしょう。明日行ったら文句を言ってやらなくちゃ。

牛島の後から小松庚六がポリの洗面器と物干用の鉄パイプを二本持って入って来る。小松は二十五歳。どこか学生らしいところが残っている青年。

芙由子　あ、その（下駄箱を指差す）上にでも置いて下さい。

牛島　（構わず部屋に上がって来る）ついでですわ。そこまで運びましょう。ご免遊ばせ。

芙由子　（当惑気味に）お手数を掛けますわ。（牛島から荷物を受け取ってテーブルの上に置く。テーブルには果物、珈琲《コーヒー》の豆、ティッシュペーパーなどが並ぶ）

牛島　これで、全部だったかしら。

芙由子　ええ。お忙しいところ済みませんでした。

牛島　いいえ、ちっとも忙しくなんかないんですよ。でも……変ね。

芙由子　え？

牛島　お夕食の材料がないわ。落としたのかしら。

芙由子　これでいいんです。お食事のものは買って来ませんでした。

牛島　まあ、夕食は珈琲で済ますおつもり？

芙由子　まだ、お料理の道具が揃っていないんです。夜は、主人が帰って来たら、一緒に外でお食事をしようと約束しているんです。

牛島　まあ……いいわねえ。

芙由子　（玄関を見て、小松に）あ、それは（玉暖簾の横を指差す）そこに立て掛けて置いて下さい。

小松、部屋に上がり、物干竿《ざお》を言われた場所に立て掛け、洗面器を芙由子に手渡す。

芙由子　（洗面器を受け取り）済みません。

牛島　小松さんはまだ独身だったわね。

小松　（頭を掻く）ええ。

牛島　お隣りに新婚さんが越していらっしゃったんですよ。これから色色見せ付けられますわよ。

小松　お手柔らかに。

牛島　小松さんはまだ結婚なさらないの。

小松　ええ。

牛島　でも、決まった方はいらっしゃるんでしょう。

小松　いいえ。いません。

牛島　本当に？　だったら、わたしいい娘さんを沢山存じあげているんですよ。そう、あの子ならぴったりだと思う。後であなたの写真を貸して下さらない？　お年とお名前を書いて――。

小松　（慌てて）折角《せっかく》ですが奥さん、今、その気はないんです。

牛島　あら、どうして？

小松　実は、最近、大失恋をしたばかりで、そのことがまだ頭から離れないんです。

牛島　まあ、そんなことがあったんですか。その相手の方というのは——。
小松　あの、僕ちょっと用がありますから、これで……。
芙由子　小松さん、本当に有難うございました。

　小松、会釈《えしやく》して玄関のドアから出て行く。

牛島　（小松を見送って）おかしな人ねえ。あの年で女の子とも遊ばないで、笛ばかり吹いているんですからねえ。ああ、わたしももう一度新婚時代に戻ってみたいなあ。二人だけでお食事なんて本当にいいわねえ。家《うち》なんかもう駄目。これをご覧なさい。（腕に掛けた大きな買物袋を示す）これ、主人と三人の男の子の餌。これだけを一日ですっかり平らげちゃうんですからねえ。男の子は嫌ね。食べるだけ食べると、主人の真似をしてわたしに何でも言い付けるのよ。本当はわたし、女の子が欲しかったんだけれど。子供は女の子に限るわよ。あなたも女の子をお作りなさいよ。女の子、好きでしょう？
芙由子　ええ。でも、これだけは授かりものですから……。
牛島　あら、若いのに古いことをおっしゃるのねえ。今じゃその方面の研究が随分進んでいるんですよ。女の子を作るにはね、血液がアルカリ性でないと駄目なの。ですから、ご主人に沢山お野菜を食べさせるんですよ。お肉はいけないの。お肉は酸性ですからね。お野菜と海藻、蛋白質《たんぱくしつ》はお魚……あら、お魚はアルカリ性だったかしら。

芙由子　さあ……。

牛島　ちょっと待って……あら、すっかり忘れてるわ。家に本があったはずよ。わたしはもう必要なくなったから、探し出して差し上げましょう。肝心な点はね、あまりお過ぎになっては駄目なのよ。特にあなた方みたいに恋愛結婚なさった方はつい嬉しくて——。

芙由子　あら、わたし達が恋愛結婚だなんてどうして判りますか。

牛島　ちゃんとお顔に書いてあるわ。

芙由子　（頰に手を当てる）

牛島　というのは嘘。昨日、駅であなた達をお見掛けしたんですよ。あなたはご主人のことを、多岐さん、なんて呼んでいらっしゃったでしょう。いえ、立ち聞きしていたわけじゃないわ。自然と耳に入ったんですよ。そこで推理を働かせたわけ。奥様はご主人の名を呼び馴れている、ということは、恐らく同じ会社にでも勤めていらっしゃって、そこで、相手を慕う気持が芽生え……（手で顔を扇《あお》ぐ）何だか、今日は急に蒸し暑くなったわねえ。

芙由子　あら、気が付きませんでした。

芙由子、和室に行きベランダの窓を開ける。洋室の柱に掛かっているカレンダーが少し動く。芙由子、洋室に戻って来て、テーブルの上に載せられた紙袋の中からスリッパを取り出して牛島の前に並べる。

芙由子　これをお使いになって下さいな。
牛島　あら、いいんですよ、もうわたしお暇しますから。それに、これは、ご主人のためにお買いになって来たばかりでしょう。
芙由子　ええ。
牛島　それならなおわたしが最初に使うなんてことはできませんわ。

玄関のチャイムが鳴る。芙由子、すぐ玄関に出てドアを開ける。その拍子に柱のカレンダーが風で吹き飛ばされる。玄関には鞄を持った若いセールスマンが立っている。

セールスマン　今日《こんにち》は。今日はご家族の健康のために、特別素晴らしい情報を提供にあがりました。
芙由子　はあ？
セールスマン　毎度お引き立てを頂いております。ラッキー通商でございます。
芙由子　は？
セールスマン　（芙由子をじろじろ見て）大奥様はご在宅ですか。
芙由子　……家には大奥様などおりませんが。
セールスマン　ええと。私が前伺ったときには確か……。
牛島　（玄関に出て来る）それ、以前ここに住んでいた人のことじゃないの。

セールスマン　紺野みちさん……。

牛島　紺野のお婆《ば》あさんなら、去年の十一月にお亡くなりになったわよ。ここは代が変わったの。二、三日前、引っ越して来たばかりだわ。

セールスマン　そうですか……（急に慌てて鞄からパンフレットを取り出す）いえ、若奥様でもよろしいのですよ。紺野さんにはすっかりご贔屓《ひいき》を頂いて来たのですよ。最近、方方のテレビや新聞で取り上げられておりますのでご覧になったとは存じますが、この度、驚異の薬草が発見されまして、その薬草と申しますのが千年もの間、アフリカのテネリフ地方に住むサガオア族の間で密《ひそ》かに伝えられて来たカワサという植物でして、その主成分カワサトキシンを当社研究所が化学的抽出に成功、これにビタミンEを配合しましたので、薬効成分は身体《からだ》の各臓器に働きますから、宇宙飛行士、スポーツ選手、各界をリードする――。

牛島　（きっぱり）駄目よ。悪いけど家《うち》では必要ないわ。

セールスマン　でも奥様、この薬をお続けになりますと癌《がん》の予防にもなります。第一、副作用のない自然処方を用いておりまして――。

牛島　今、ちょっと手の離せない仕事をしているのよ。

セールスマン　（しぶしぶ）では、お閑《ひま》なときパンフレットをお読みになっておいて下さい。

（パンフレットを差し出す）

芙由子　（受け取って）ご苦労さま。（ドアを閉める）

牛島　ドアをロックして置いた方がいいわ。

芙由子　（ドアに施錠して洋間に戻る。床に落ちていたカレンダーを拾う）
牛島　相手が誰だか、ちゃんと確かめてからドアを開けなきゃいけないわ。このマンションには、この前も空き巣が入ったばかりなのよ。
芙由子　（気味悪そうに）まあ……それで、被害があったんですか。
牛島　家の中を荒らされていただけですって。何も盗《と》られていない方が、反《かえ》って気味が悪いものらしいわ。

芙由子、パンフレットをテーブルに置き、カレンダーを元の柱に貼り直そうとするが、なかなかうまくゆかない。

牛島　（芙由子の手元を見て）ここは風通しがいいから、セロハンテープなんかじゃ駄目だわ。鋲《びょう》にしなさいよ。
芙由子　（考えて）鋲……どこにあったかしら。
牛島　（買物袋を持ち出す）家からすぐ持って来てあげましょう。
芙由子　いえ、いいんです。
牛島　遠慮することなんかないわ。待っていらっしゃい。（ドアを開けて外に出る。廊下の奥にいるセールスマンを見て）あら、あんたまだそんなところにいるの？　駄目よ、そこはお留守。そこは事務所。いつまでもうろうろしていると、管理人に言いますよ。

牛島、退場する。芙由子、ほっとしたようにテーブルの荷物をキッチンに運び込む。すぐ牛島が戻って来る。手に丸めたカレンダーと小さな道具箱を持っている。

牛島　奥様、まだ使っていないカレンダーがありましたから、持って来ましたわ。これよりは多少良いと思うんですけれど。でも、あなたのお好みかどうかは判らない。見て下さいな。

（七月のところを開く）

芙由子　まあ……綺麗。素敵だわ。

牛島　でしょう。家《うち》の主人がここの印刷所へ勤めているの。割合社名が目立たなくて評判がよろしいのよ。気に入って頂いて嬉しいわ。でも、このカレンダーはちょっと重いのよ。普通の鋲じゃ保《も》たないから、コンクリート用の釘も用意して来たわ。

芙由子　まあ、何から何まで済みませんね。

牛島、道具箱を開けて釘と金槌を取り出し、柱の前に立つ。

牛島　場所は矢張り、ここね。

芙由子　あら、わたしがやりますわ。

芙由子、釘と金槌を受け取り、柱に打ち込もうとするが、釘をはじいてしまう。牛島から別の釘を渡されるが、なかなかうまくゆかない。

牛島　あらあら、その手付きじゃ駄目だわ。貸してご覧なさい。（芙由子と場所を替わるが思うようにならない）まあ、釘の方が曲がってしまったわ。（他の釘を使うが、矢張り打ち込めない）変ねえ……家《うち》だと、どの壁にでも楽に打てるのに。

芙由子　有難う。主人が帰ったらやってもらいますわ。

牛島　（つくづくと柱を見て）変と言えば……この柱がちょっと変なんだわ。

芙由子　変？

牛島　（カレンダーで柱の寸法を計るようにする）矢張りそうだわ。このカレンダーは家《うち》にも掛けてあるんですよ。けれども、この柱には掛けていない。というのはこの柱だとカレンダーの方が広くてはみ出してしまうからなの。でも、ご覧なさい。この柱だと、カレンダーがちゃんと収まるじゃありません？　つまり、この柱は家《うち》の柱より、太いんだわ。

芙由子　（不審顔で）太い？

牛島　だから変なのよねえ。（部屋を見廻す）わたしの家《うち》はこの真下、三〇一号室でしょう。間取りもこのお部屋と同じ。それなのに、この柱だけ太いなんてね。鉄筋コンクリートの建物は、上に行くほど柱が多少細く作られるというのは聞いたことがあるけれど、この建物の柱は上に行くほど太くなっているんだわ。

芙由子　（気味悪そうに）本当に太いんですか？

牛島　ええ。カレンダーの大きさはどれも同じですもの。（日本間の方を窺って）あちらの柱を見させて頂いてもよろしいかしら。

芙由子　どうぞ。

芙由子、先に立って日本間に行く。明りのスイッチを入れようとするが、思い出したように手を止める。

芙由子　あら、ご免なさい。このお部屋の電気、ちょっと工合《ぐあい》が悪いらしくてつかないんです。

牛島　大丈夫よ。明りがなくとも、充分見えますから。（ベランダの窓の横に立っている柱の前に立ち、柱にカレンダーを当ててみる）ほら、カレンダーの方がちょっと広いでしょう。この柱は家《うち》のと同じだわ。設計ミスかしらね。でも、細いんじゃなくて太いんだからいいじゃない。（窓の外に目を移し）まあ、一階上に昇っただけで、随分高くなったように感じるわ。あなた、マンション住まいは初めて？

芙由子　ええ。

牛島　わたしは高所恐怖症だから、最初、高いところに住むのが嫌だったの。でも住めば都ねえ。この辺は静かだし、陽当たりは良いし。ただ、エレベーターに乗るとき、まだちょっと緊張するけれど。あなた、ベランダや窓には気を付けた方がいいわ。

芙由子　でも、ベランダの柵は高いし、窓から身を乗り出すことなんかありませんし……。

牛島　（何かはっきりしない態度。ふと、ベランダを見て）あのカトレアはあなたがお買いになったの？

芙由子　いいえ。越してきたとき、あの場所にありましたの。

牛島　そうでしょうね。この鉢には見覚えがありますもの。去年の秋、駅前で植木市がありましてね。ここに住んでいた紺野のお婆あさんがこの鉢を買っていたのを覚えているわ。あの頃、まだ紺野さんはとてもお元気でしてね。紺野さんを見たのはそれが最後でしたわ。――あら、すっかり長居してしまったわ。ご免なさいね。

牛島、カレンダーを芙由子に渡し、洋間に戻って、金槌を道具箱に収め、玄関に向かおうとする。

芙由子　あの、ちょっと……。

牛島　何かしら。

芙由子　……実はこのマンションを借りたのは、主人の一存で、わたしは前にどんな方が住んでいらっしゃったかなど、何も聞かされていないんです。その、紺野さんというお年寄りは、一体、どんな人だったんですか。

牛島　あら、そうだったの。あなたは何も知らないのね。このマンションのことだったら、何でも訊いて頂戴《ちょうだい》。わたし、このビルが新築した当時から、十年もここに住んでいるの。知らないことは何もないわ。（椅子に手を触れる）掛けてもいいかしら？

芙由子　あ、どうぞ。（自分も牛島の前に腰を下ろす）

そのとき、ベランダの窓から、神田囃子「鎌倉《かまくら》」が聞こえて来る。

牛島　（耳を澄まして）あら、お隣りの小松さんだわ。家では気にならないけれど、ここだとよく聞こえるのねえ。お祭りが近いから、毎日ああして稽古《けいこ》しているんですよ。

芙由子　大勢集まっているんですか？

牛島　いいえ。小松さんの笛だけが本物。太鼓や鉦《かね》はカラオケですって。でも、あなた喧《やかま》しくない？　困るようだったら、黙っていては駄目よ。

芙由子　いいえ。あの位でしたら気になりませんわ。

牛島　それならいいけれど。――紺野のお婆あさんというのは、紺野みちさんと言ってね。このビルが建ったとき、わたし達と前後してここに引っ越して来たの。紺野さんは人とは付き合うのが嫌いな方でしたねえ。ご主人もいなくて一人だけで。これは、家《うち》に来る銀行員から聞いたんですけれど、紺野さんは大変疑い深い方で、銀行との取引きが一切ない。財産は全部不動産か現金で自分の身の廻りに置いてあるんじゃないかと言っていましたねえ。ええ、ご養子さんが一人いましたのよ。確か卓郎という名でしたが、この子が外《はず》れでしてね。紺野さんが段段年を取ってゆくのに一切面倒を見ようという気がなく、紺野さんからお金をせびっては外国旅行ばかりしている。大学を卒業してからはカメラマンになったということですけど、満足な働きがあったとは聞いていませんねえ。相変わらず紺野さんを放りっ放しです。紺野さんは別に遠縁に当たる娘さんが気に入りましてね。守江さんという大変気立ての優しい方で、この人なら自分の老後の面倒を見てくれるだろうと、ご両親を口説き落として卓郎さんのお嫁さんに貰《もら》う約束になっていたんですけれど、卓郎さんは恩知らずでしたねえ。

芙由子　その娘さんを嫌ったんですか。

牛島　とっくの昔女が出来ていたんですよ。その女にしても、南米のツアーで旅行していた若い娘を欺《だま》して、略奪同然にエクアドルに連れて行って生活していたと言うんですからひどいでしょう。紺野さんはそれを知ってすっかり怒ってしまい、自分が決めた守江さんと結婚しなければ養子縁組を解消する、財産も渡さないと言ってやると、どうでしょう。卓郎さんは慌てて外国から帰って来て、紺野さんの機嫌をとるように、紺野さんが決めた守江さんと結婚してしまったんですよ。

芙由子　卓郎さんの相手の女性は？

牛島　向こうで死んだそうですよ。何でも、アマゾンの奥のひどい土地を旅している途中、病気に罹《かか》ってしまったんですって。卓郎さんが殺したようなものだったでしょうね。そんなご養子さんですから紺野さんは最後まで、卓郎さんに気を許さなかったわ。守江さんの出す食物以外、絶対口にしなかったそうなの。あの男なら、義理の母親に毒でも与えかねない。

芙由子　まさか……。

牛島　あなたは卓郎という人を知らないからそう言えるのよ。あの人はスポーツマンだなんて噂でしたけど、背が低くて痩《や》せていて色の黒い風采の上がらない男だったわ。ここに（右目尻を指差す）傷があって、余計に人相を悪くさせていたわ。おまけに守江さんにひどく当たるというの。ええ、暴力をふるったりして。一度、守江さんがわたしにこぼしていたことがあったわ。でも、紺野さんは守江さんが来てくれたので、一応安心したらしいの。ねえ、人間は安心してはいけないものよ。特に紺野さんみたいに長い間独《ひと》り暮らしして来た人は。守江さんがお嫁に来ると、すぐ、ぽっくりと亡くなってしまったんですよ。そう、確か、守江さんと一緒だったのは一月《ひとつき》ぐらいだったかしら。

芙由子　まあ、そんなに急に？

牛島　ええ。本当に急だったのよ。わたしも人事《ひとごと》でなく気になりましてね。立ち会ったお医者さんをよく知っているものですから、色色訊いてみたんですが（残念そうに）原因は正真正銘の心筋梗塞《しんきんこうそく》で、死因に不審な点はどこにもなかったそうよ。

芙由子　お母様が亡くなったとすると、お嫁さんは苦労したでしょうね。

牛島　それなんですよ。わたしもそう思った。でも、守江さんの苦労はそう長く続かなかったわ。守江さんはその翌月、亡くなりましたのよ。

芙由子　……まだ、お若かったんでしょう。

牛島　ええ。二十五歳だと聞きました。守江さんは、その窓から落ちてしまったんです。わたし、その、最後の叫びを聞いたのよ。
芙由子　（怖そうに窓を見る）
牛島　ねえ、変だと思わない。この窓はさっきあなたがおっしゃった通り、身を乗り出さない限り、外に落ちるなんてことは考えられないでしょう。うっかりして墜落するような位置じゃないわ。その日はすっかり押し詰まった暮の二十五日。雪が降って大変に寒い土曜の夜でしてね。ちょうど八時頃、守江さんはあの窓から墜落して、コンクリートの歩道に全身を強く打って……すぐ救急車が駈け付けたんですけれど、間に合いませんでした。
芙由子　過失でないとすると？
牛島　まず、疑いを掛けられるのはご主人の卓郎さんでしょうねえ。でも、守江さんが墜落したとき、この部屋には誰もいなかったんですよ。
芙由子　誰もいなかった？
牛島　そうなの。守江さんが落ちたとき、ちょうど傍《そば》を通り掛かった人がいたのよ。その人がすぐ犬塚さん――犬塚さん、ご存知でしょう。
芙由子　ええ、このビルの管理人さんね。
牛島　通行人は犬塚さんに知らせたの。犬塚さんは鍵を持って、すぐこの部屋に駈け付けた。ここのドアには、ちゃんと鍵が掛かっていて、犬塚さんが管理人室の鍵でドアを開けると、部屋の中には誰もいなくて、その窓だけが大きく開けられていたのよ。部屋は暗かったんですけれど、犬塚さんは電気をつけて全部の部屋を調べた、というのは、犬塚さんがドアを開けたとき、奥から何か人の話すような声を聞いたからなのよ。部屋に人がいれば、守江さんが窓から落ちた事情が判ると思ったんですって。でも、結局はこの部屋には誰もいなかったの。

芙由子　そのとき、ご主人の卓郎さんはどこにいたんでしょう。

牛島　それが問題ね。警察が到着する頃には、卓郎さんはいつの間にかこの部屋に戻っていて、何やらわけのわからないことを言っていたそうよ。守江さんが窓から落ちたとき、卓郎さんはこのビルの近くを歩いていたと言い張っていたそうですが、それを見た人はいないの。警察が追及すると、別のことが判ってきて、卓郎さんは覚醒剤の常用者だったというんですよ。どうやら外国でその味を覚えて来たらしいのね。そういうことが判って、卓郎さんの容疑は濃くなるばかりだったんですけど、守江さんが墜落したときこの部屋には誰もいなかったことと、卓郎さんが手を下したという肝心の証拠がない。その上、当人の卓郎さんは、それから二、三日して、警察の取調べ中に急に死んでしまったのよ。

芙由子　まあ……。

牛島　死因は脳内出血。ねえ、関係者は全部死んでしまったんですから、警察は捜査を打ち切るよりないでしょう。結局、警察は、守江さんの死を、夫との不仲を苦にしての、発作的な飛び降り自殺ということにしたようですけれど、一時、方方のテレビや週刊誌が取り上げていたわ。

芙由子　知りませんでしたわ。去年の暮からお正月にかけて、わたしハワイで過ごしていましたから。

牛島　そう、すぐお正月で、色色な行事が重なるから、この事件が世間で話題になっていた期間も短かったわね。
芙由子　（寒そうな態度で）この部屋で短いうち、何人もの人が死んだだなんて……。
牛島　（気が付いたように）あら、わたし、いらないことを喋《しゃべ》ってしまったかしら。新婚の奥様に気味の悪いお話をしたようだわ。
芙由子　いえ、いいんです。何も知らないでいるより、心構えができますから。
牛島　（時計を見る）あらあら大変。もうこんな時間。すっかり長居してしまって、ご免なさい。

牛島、そそくさと立ち上がって玄関に行き、ドアを開ける。ドアの外にビルの管理人、犬塚が立っている。犬塚は三十代半ば。ネクタイにカーキ色の半袖の作業服を着ている。
牛島、犬塚と鉢合わせしそうになり、

牛島　ああびっくりした。
犬塚　やあ、今晩は。やっと涼しくなりましたね。（奥に）多岐さん、遅くなって済みません。ちょっと調べさせてもらいます。

牛島は退場する。犬塚、牛島を見送ってドアを閉める。

犬塚　驚いたなあ。もう、多岐さんの家に上がり込んでいたんですか。いえ、悪い人じゃないんですが、ちょっと好奇心が強すぎる点があるんですよ。

芙由子　わたしの知らない色色なことを教えてくれましたわ。

犬塚、玄関からすぐ和室に行き、電燈のスイッチを見て、ポケットからドライバーを取り出して部品を外して見る。仕事を続けながら、

犬塚　今、ご主人と会いましたよ。何でも、夕刊を買うのを忘れたとかおっしゃって駅の方へ行かれましたから、もうお帰りになりますよ。新聞をお取りになるのでしたら、私におっしゃって下さい。よく知っている代理店があります。私が言いますと、一月《ひとつき》分の講読料をサービスしてくれます。（手にした部品を見て）やあ、これはひどくなっている。奥さんの手に負えないはずです。何か固い物を強くぶっつけたみたいですね。

芙由子　（犬塚の手元を見ながら）前に住んでいらっしゃった方が毀《こわ》してしまったんでしょうか。

犬塚　そうでしょうね。何か手荒なことをしたようですね。（仕事を続けながら）取りあえず、電気だけはつくようにしておきましょう。消すときにはこのスイッチをお使いにならず、蛍光燈の紐の方をお使いになって下さい。早速、電気会社に連絡して器具を取り替えさせましょう。

芙由子　お願いします。前に住んでいた人というのは、そんな手荒な方だったんですか。
犬塚　手荒な人、ねえ……。
芙由子　前に住んでいた方は、紺野さんという人だったんですね。
犬塚　そう、紺野さんでした。
芙由子　紺野さんがいなくなった後、わたし達が来たのですね。
犬塚　ええ。半年ばかり空いたままでした。
芙由子　紺野さんの一家は、次次と普通でない死に方をなさったそうですね。
犬塚　（仕事の手を止め、芙由子を見る）奥さん、今、牛島さんから何か聞かれましたね。
芙由子　ええ。去年の暮、この部屋で何かひどい事件が起こったと。
犬塚　奥さん、気になさっているようですね。確かにご不幸なご夫婦でしたが、元はと言えば、ご主人がいけなかったのですよ。事件が起きるまで、私は知らなかったのですが、ご主人は覚醒剤の常用者で、新婚の奥さんを随分困らせたようです。奥さんは気の優しい方でしたから、それを苦にし続けていて、発作的に死を選んでしまいました。でも、もう半年も前のことですし、部屋の内装も全部新しく替えてあります。紺野さんのことは、ご主人からお聞きになりませんでしたか。
芙由子　ええ。主人はただ立地条件が良くて家賃が安い、それればかり言っていました。主人はあまりものに動じない人です。では、主人はあの事件を知っていたんですか。
犬塚　契約の後で他から居住者の方の耳にそんなことが入るといけないと思い、この部屋で事件のあったことは、ご契約のとき説明しました。実は、紺野さんご夫婦が亡くなった後、遺族の方からの依頼で、私共のオーナーがこの部屋を買い戻したのですが、あの事件のすぐ後だけに急に売ることもならず、半年を置いて賃貸マンションにしたわけなのです。

芙由子　じゃ主人は、最初からそれを知っていたわけですね。

犬塚　ええ、私が改めて説明するまでもないようでした。しかし、奥様。ご主人の考えは正しいと思いますよ。現代は割り切ってものを考える時代です。前の居住者とは、何の関係もないわけですからね。ただ、住まいの環境をお考えになれば、この家賃は大変に有利です。

芙由子　牛島さんのお話ですと、犬塚さんもあの事件に立ち会われたのですね。

犬塚　……ちょっと待って下さい。すぐ済みますから。

犬塚、スイッチの修理に取りかかる。すぐ和室の明りがつく。

犬塚　（電燈を見て）一時、このままでお使いになって下さい。消しますか、それとも？

芙由子　そのままにして置いて下さい。

芙由子がベランダの窓を閉めると、神田囃子が聞こえなくなる。芙由子、窓のカーテンを引き洋間に行き、犬塚に椅子を勧める。

芙由子　牛島さんは紺野守江さんが窓から落ちたのは、ご主人の卓郎さんが突き落としたのではないかと疑っていましたわ。

犬塚　……困ったなあ、牛島さんは。あの人の話はすぐ大きくなるんですよ。なるほど、紺野さんのご主人は確かに覚醒剤の常用者だったし、疑わしい点も多かったようです。けれども、あの事件は人殺しなどではありません。警察も奥さんの発作的な自殺と発表しました。

芙由子　では、あの夜、犬塚さんがこの部屋で聞いた声は何だったのですか。

犬塚　さあ……。

芙由子　わたし、気にしませんから、どうか本当のことを教えて下さい。そうしないと、気味が悪くて今夜から寝られそうもありません。

犬塚　……それじゃ、あの夜、私が見聞きしたことだけをお話ししましょう。牛島さんが知らない部分もあると思いますが、なるべく他の人には喋らぬようにして下さい。

芙由子　判りました。他言しないことにしましょう。

犬塚　新聞の記事では私が事件の発見者のように書かれましたが、本当は違うのです。私はその夜、管理人室でテレビを見ていました。そこへ、外で人が倒れていると知らせがあったのです。

芙由子　牛島さんは、通行人だと言っていました。

犬塚　ただの通行人、じゃありませんね。車で通りかかった人だったんですよ。このマンションに届け物に来た、宅送便かデパートの配達人、そんな感じの男でした。一ＤＫに住む独身の方は昼間いないことが多くて、土曜や日曜の夜、配達に来る会社がよくあるんです。

芙由子　その人は？

犬塚　私に事を知らせると、すぐいなくなってしまいました。変に急いでいる感じでしたね。その人の車も見ていないので、どこの会社なのかも判りません。私はすぐ部屋を飛び出して外に出ますと、雪の中に確かに人が倒れている。第一発見者が騒いだようで、何人かの人だかりができていました。見ると紺野さんの若奥さんでしょう。すぐ管理人室に戻って一一〇番に電話をしました。その足で四階の紺野さんの部屋——つまりここのドアを叩いたのですが応答がありません。ドアには鍵が掛けられている。それで、私は再び管理人室から鍵を持って来てドアを開けたのです。

芙由子　すると、犬塚さんは倒れている奥さんを見て、すぐ四階に昇って来たのじゃなかったのですね。一一〇番に電話をしたり、一度、鍵を取りに戻ったりなさったんですね。

犬塚　そうです。

芙由子　その間に、この部屋にいた人が、ドアから出て、鍵を掛けてからどこかに行ってしまう時間は充分あったはずですね。

犬塚　……警察にも同じ質問をされましたよ。確かに、あのときこの部屋に誰かいて、誰にも気付かれないように、外へ出てしまうチャンスはあったでしょう。このマンションにはエレベーターと階段、それに外の非常階段もありますからね。しかし、私にはどうしてもそんな人間がいたとは思えないのですよ。

芙由子　どうして？
犬塚　このマンションは外に出るとき、必ず管理人室の前を通らなければなりませんが、守江さんの悲鳴を聞いて、外の様子を見に行った人はいても、怪しい人間は一人もいませんでした。
芙由子　守江さんのご主人も？
犬塚　勿論です。
芙由子　非常階段は？
犬塚　この非常階段は鉄製で、昇り降りするとき、かなり大きな音がして、管理人室によく聞こえるんですよ。そのとき、非常階段は静かでした。外の階段を使った人はいませんでしたね。
芙由子　すると、犬塚さんがこの部屋のドアを開けたとき聞いた人の声というのは？
犬塚　警察は私の錯覚だろうと言いました。
芙由子　犬塚さんご自身は？
犬塚　……そう、錯覚だったかも知れないと思います。
芙由子　本当は――そうじゃないはずですね。でなければ、この部屋をいちいち見て廻るようなことはなさらなかったでしょう。
犬塚　……牛島さんが喋ったんですね。
芙由子　ええ。
犬塚　実は――私も錯覚の方がさっぱりした気持になれるのです。ところが、あの声はまだ覚えているんですよ。低く、ぼそぼそした男の声で。

芙由子　男の声——だったんですね。
犬塚　とても女の声ではありませんでしたよ。ところが……。
芙由子　部屋には誰もいなかったんですね。
犬塚　そうなんです。
芙由子　紺野さんのご主人は、いつ帰って来たのですか。
犬塚　警察が着いたときには、もう帰っていたようです。結局、その紺野さんも警察の取調べ中に亡くなってしまいました。奥さん、もう半年も前になるんですよ。ご主人がこの話をしなかったのは、奥さんのためを思って——。
芙由子　判っていますわ。わたしあの人を愛しています。あの人がいいと思ってしたことなら、不服など言いません。
犬塚　それで安心しました。さすが、奥さんは賢くていらっしゃる。この話はこれでお忘れになったほうがいいと思いますね。

ドアの鍵が開き、多岐征司が玄関に入って来る。征司は三十歳。地味な背広にネクタイ。手に鞄と新聞を持っている。芙由子、急いで玄関に出迎える。

芙由子　お帰りなさい、あなた。（鞄と新聞を受け取る）今、犬塚さんに電気のスイッチを直して頂いたところなの。

征司　（犬塚に向かい）それは、どうもお手数を掛けました。
犬塚　それじゃ、お邪魔をしました。

　犬塚、ほっとしたような態度で退場。芙由子、ドアを閉め鍵をかけて洋室に戻る。征司は越して来たばかりで、まだ部屋が物珍しいという感じで、あたりを見廻しながらベランダの窓の前に立ち、カーテンを開けて外の景色を見る。征司、ベランダの窓を開けると「鎌倉」が聞こえてくる。

征司　（耳を澄まして）ほう……お祭りかな？
芙由子　お稽古をしているのよ。お隣りの小松さん。
征司　（窓を開けたまま、電気を消して洋間に戻って来る）
芙由子　お仕事の方、いかがでした。あなた……。
征司　（ふと、芙由子を見て）あなた？
芙由子　（色っぽく笑って）さっき、下の奥さんと知り合いになったの。わたしエレベーターの中で紙袋を破いて、スーパーの買物をぶちまけてしまったのよ。牛島さんはそれを拾い集めて、ここまで運んでくれたわ。ええ、話好きな中年の奥さんでね。その牛島さんが、駅にいたわたし達を見ていたらしいの。わたしがあなたのことを多岐さんと呼んでいるのを聞いて、おかしいって笑うのよ。

征司　（真面目《まじめ》な顔で）そりゃ、確かにおかしいな。それで――あなた、か。じゃ、僕は何と呼ぼうか。

芙由子　普通に……君、ぐらいでいいんじゃない？

征司　君――か。何だか、ちょっとくすぐったい気分だな。じゃ君、君の方は今日どうだったね。

芙由子　色色忙しかったわ。

征司　お喋りな下の奥さんと話したんだろう？

芙由子　ええ。その奥さんの話ですけれど、そう、最初に、柱のことが気になったわ。

征司　柱？

芙由子　（柱を指差す）牛島さんはその柱の太さが、三階のよりも太い、と言うの。

征司　その奥さんのところは、この、真下かね？

芙由子　ええ。間取りもここと同じだと言っていたわ。

征司、立って柱の前に行き、柱の隅隅を見る。そのうち、柱の横に立って、柱に着いている小さな物をつまみ上げる。

芙由子　何？　それ。

征司　釘だね。曲がった釘だ。

芙由子　さっき、下の奥さんがカレンダーを掛け替えてくれようとしたときの釘だわ。牛島さんはどうしてもその柱に釘が打てなかったのよ。

征司　しかし……その釘が何だってここに着いていたんだろう。（釘を元の場所に着けると、釘は柱に吸い着く）磁石が埋め込まれている感じだな。

芙由子　磁石が？

征司　でなければ、釘がコンクリートに吸い着くわけがない。君、この部屋の間取り図があったね。

芙由子　はい。

芙由子、電話台の下から一枚の書類を選り分けて征司に渡す。征司は鞄の中から折り尺と電卓を取り出し、図面を計って計算して柱に折り尺を当てる。

征司　下の奥さんは柱の横幅のことを言っていたらしいが、柱の奥行きは平面図の倍もあるぞ。

芙由子　それは、どういう意味？

征司　ここに住んでいた人が、手を加えたとしか考えられない。釘が打ち込めなかったのは、この壁紙の下がコンクリートじゃなく、鉄だからだ。

征司、鞄からナイフを取り出し、柱の表面を刃先で探りながら、壁紙の裏面を四角く切り裂く。

征司　君、この家に磁石があったかね？

芙由子　……ないわ。

征司　うん、これで間に合うだろう。

征司、アコーディオンカーテンの前に立ち、縁に付いている磁石を外して手に取り、柱のところどころに当てて操作するうち、手答えがある。

征司　開くぞ。

芙由子　開くって？

征司　鍵穴がないから誰も気付かなかったんだな。それで、そのまま壁紙を新しく貼り替えてしまったんだろう。鍵穴を見せないようにするため、鍵には磁石を使ってあるんだ。

征司の手に従い、柱の一部が手前に動き出す。

芙由子　あなた、これは……なあに？

征司　秘密の、金庫じゃないかな。

芙由子　こんなものがあるのを、知っていたの？

征司　知ってはいないさ。柱の不自然な太さと、柱に吸い着いていた釘がヒントになったのさ。

部厚い鉄の扉が開く。中には木の箱、書類などが詰まっている。征司は一番上に載っている箱を取り出してテーブルの上に置く。更に書類の束とずっしりとした箱を取り出す。

征司　君、ちょっとその箱の中を見てくれないか。

芙由子　（最初に出した箱の蓋を開け径十三センチばかりのものを取り出す。吸い寄せられるように見ているうち）……きゃっ！（床に落とす）

征司　（びっくりして）どうしたんだ？

芙由子　（征司にすがり付く）あなた、首よ。

征司　（首を取り上げてじっと見る）

芙由子　気持が悪いわ。その首の髪の生え際をよく見て。

征司　……本物だよ。

芙由子　……お人形じゃないの？

征司　本物の首で、作ってある。

芙由子　でも、小さいわ。

征司　干して、加工したんだ。ガラスの目を入れて、化粧もしてある。

芙由子　嫌よ。早く元の箱に蔵《しま》ってよ。

電話のベルが鳴る。

芙由子　あなた！
征司　怯えることはない。僕が付いているじゃないか。（受話器を取り上げる）はい、そうですが。……はい、知っています。……はい。……いや、それは迷惑しますね。……いえ、困ります。僕の家は見世物じゃない。……残念ですが、お断わりします。（一方的に電話を切る）
芙由子　あなた、何の電話？
征司　ばかばかしい。テレビ局さ。今年はここに住んでいた紺野夫妻の新盆で、特別番組で取り上げるから、取材に協力してくれと言って来た。
芙由子　どんな番組なの？
征司　呆れたね。この部屋に霊媒を連れて来て、死んだ紺野夫妻の霊を呼び出すんだという。冗談じゃない。
芙由子　あなた、しっ……（口に手を当て、ドアの方を指差す）

ドアのノブがゆっくり廻っている。

征司　（そっと立ってドアの前に行く。ノブの動きが止まる）誰だ。そこにいるのは？

一気にドアを開けるが人影はない。

芙由子　あなた……（征司の肩越しにそっと暗い廊下を見る）

――幕――

第二幕

第一場

双葉マンション四〇一号室。紺野卓郎の住まい。

間取りは第一幕と同じだが、洋間の三方に黒いカーテンが張り巡らされている。部屋の中央には丸テーブルが一つ。テーブルを囲んで四脚の椅子が置いてある。

幕が開くと、丸テーブルを囲み、左から、紺野守江、紺野卓郎、勝又八夜子、枯河原教授、市川照蔵が椅子に腰を下ろしている。

中央にいる勝又八夜子が居住まいを直す。神経質そうな老婦人。若作りだが七十を越している。

勝又 これで皆様お揃いですわね。（一同うなずく）こうした部屋にいますと、若い頃を思い出しますわ。昔は方方でこのような心霊会が催されたものですわ。先ごろ亡くなられた紺野さんは特にご熱心でした。勿論、まだお元気でしたから、どんな遠いところへでも出掛けて行ったものですよ。元はと言えば、わたくしなどは、紺野さんの手引きで霊の世界に興味を抱くようになったのですわ。いたこの口寄せを聞きに青森の恐山《おそれざん》にも行きましたし、釜鳴りを見に岡山の吉備《きび》津《つ》神社へ参詣したこともございました。今のように何事も俗化していない時代でしたから、それはそれは神秘的な体験をいたしました。また、数多くの降霊術者や霊媒がいて、よくわたくしのところへもお呼びして、奇跡を拝見したものです。そうそう、外国の方達とも沢山お会いしました。戦前ではイギリスのヘレン・ダンカン夫人、オーストリアのルーディ・シュナイダー氏。戦後ではブラジルのドクター・ジョゼ・アリゴ。イギリスのハリー・エドワーズ氏。そうした人達の霊力や超能力を身近に接しては、大自然の不思議や人間の神秘に驚異を感じ、その度に敬虔《けいけん》な気持を新たにすることができました。今日は紺野さんのご子息が、アマゾンに伝わる秘法を行なって頂けるということで、期待に胸をふくらませているところです。

(右側の男を見て)枯河原先生ともこうした会でお会いするのは、久し振りでございますね。

枯河原　(大学の教授、心霊科学評論家。六十歳)そうです。私はデューク大学の超心理学研究所でライン博士に付いてその研究をずっと続けている者でありますが、確かに昔流の心霊会は数が少なくなりましたね。しかし、現在、有能なミーディアムがいなくなったか、というと、決してそうではなく、各地で次次と、信じられない奇跡を行なう者が報告されています。ただ、最近の実験は実証的で、極めて科学的でありますから、以前と較べ地味になったことは確かで・しょう。今、勝又さんのお話にも出ました紺野みちさん自身、優れたミーディアムの一人でありました。紺野さんは私の研究にずっと協力してくれたのですが、その研究中途で急逝されましたことは、私にとって大変に残念なことでした。しかし、此の度、ご子息の卓郎君が、世界各地を探訪され珍しい風俗を写真に撮って帰られた、その中で、アマゾン奥地に住むブラディ族が行なっている心霊現象がありまして、それを私に報告してくれました。それも、紺野みちさんとのご縁があったからだと、故人に感謝しているところです。私の調査が順調でしたら、もっと早く会が開けたはずでしたが、つい延び延びとなり、年も押し詰まった今日になってしまったことをお詫びいたします。

市川　（市川自然食品、社長。五十歳）先生の学校も、今度は大変でしたね。ご研究が思うように進まなかったのも無理はありません。

勝又　ああ、例の、学校関係者が、高額の金を受け取って特定の受験生に有利な点数を与えて合格させてしまった事件ね。

枯河原　いや、面目ありません。このところ、警察の取調べで、学校は戦国時代みたいになっています。

市川　上層部のかなり大勢に疑惑が持たれているんでしょう。

勝又　でも、今日の報道では決定的な証拠書類がどこかへ消えてしまったと言っていましたわ。

市川　もし、それが本当で、その人達が責任を取るようなことになると、先生は大分特進されるのではないですか。

枯河原　いや、今日はそうした低俗な問題は別の頭の中に入れておくことにしましょう。では、卓郎君。これから行なう霊現象のことを、簡単に説明して下さい。

卓郎　（小柄で色が黒い。三十歳。何となく落着かない態度）皆さん、養母《はは》を知っていらっしゃる方ばかりなので、さっきから、何となく親しいような気持になっています。僕は養母に対しては大変親不孝でして、自分勝手なことばかりして暮らして来ました。でも、養母の亡くなる前、養母が希望していた守江と結婚をして一人前の世帯を持ったことが一つの慰めだと思っています。枯河原先生のおっしゃる通り、僕は世界各地を廻って写真を撮って来ましたが、その中で、アマゾン奥地に住むブラディ族の霊現象を枯河原先生に報告したところ大変に興味を持って下さいました。ブラディ族の霊現象には特殊な道具を使うのですが、僕はそれを現地で手に入れ、持って来ることに成功しました。皆さんもきっと見たことのない品だと思います。

（左隣りにいる守江の顔色を見る）大丈夫？

守江　（色の白い上品な女性。二十六歳。窶《やつ》れているような感じがする）ええ……大丈夫です。

卓郎　失礼。家内はちょっと敏感になっています。家内はまだ一度もこうした会に出席したことがないので、今日のことが気になって、昨夜はよく寝られなかったようです。

勝又　わたくし、反ってそういう方に好感を持ちますわ。世の中にはどんなことにも全然反応しない鈍感な人がそれは多いのですよ。きっとあなたは、今夜、素晴らしい霊体験をなさるに違いありませんわ。

守江　それが、矢張り不安で……。

勝又　霊体験というのは、少しも怖いものじゃありませんわ。ねえ、先生。

枯河原　そうですとも。昔ですと、よく、いきなりテーブルが空中に舞い上がったり、突然霊体やプラズマが現れるというように人をびっくりさせるミーディアムがいましたが、そうした類いに限って、いかがわしいからくりを使うことが多かったのです。

勝又　そうなのよ。でも、わたくしなどは出るものが出て頂いた方が張り合いがあるんですけれどね。枯河原先生がご研究なさっている対象は、ごくさり気ない現象ばかりですわ。わたくし達は心静かにして色色な霊現象が現れるのを待ち、わたくし達が知ることのできない、未来や過去のことを教えて頂き、これからの行動や考えを導いてもらう、そういうものなのですよ。

市川　私は亡くなられた紺野さんによく伺いを立ててもらいました。紺野さんが呼び出す霊は、実に未来のことをよく知っていました。霊の予言は怖いほど当たりましたよ。もう、十年も前に今の自然食ブームを見通すことができたのです。本当に小さかった私の店が、今のような会社に発展したのは、紺野さんの霊のお陰だと言っても過言ではありません。

卓郎　皆さんがああおっしゃって下さる。気を楽にして。

守江　判りました。

卓郎　それでは先生、僕がブラディ族から手に入れた品をお調べ下さいましたか。

枯河原　はい、大切に持参しました。これは疑いもなく本物でした。

枯河原、手袋をはめ、床に置いてあった風呂敷包みをテーブルの上に載せ、慎重に包みを解く。包みの中から桐の箱が出る。枯河原、箱の中から小さな首を取り出し、テーブルの中央に置く。

守江　うっ……（吐き気を我慢するように口を押える）

卓郎　しっ……（守江を制す）

枯河原　さよう。現地ではサンサと呼ばれていますが、本物の首を加工してこのように小さく固めたものなのです。この製法の精《くわ》しいことはよく知られておりません。ただ、特殊な方法で人の生首を処理してから、後頭部を裂いて、顔面を傷めないように頭蓋骨をそっくり抜き取りまして、原形が変わらないように内部の余分な肉を剝ぎ、熱した石を詰めて、煙でいぶしながら乾燥――。

守江　ああ、もう止めて下さい。

枯河原　まあ、そんな手続きでサンサが作られるのですが、手入れ次第では半永久的に保存することができると言われます。これを手掛けた人は、どうやら大した腕を持っていたようです。調べてみますと、東洋人の若い女性で、ほとんど歪《ゆが》められることなく、原形のまま縮小されています。このように美しさを損わず作られたサンサは見たことがありません。

勝又　本当に可愛らしい表情をしていますね。生きているときには、さぞ美しい人だったでしょうね。

枯河原　私も同感ですよ。

市川　今にも、何かものを言いそうじゃありませんか。

枯河原　そうお感じになるのももっともです。サンサには生前の霊が寄って来ると信じられています。つまり、サンサが存在する空間は、霊が集まり易く、霊現象が起こり易いということでしょうか。ブラディ族はサンサを置いた部屋で吉凶や人の安否を占う風習があるのですね。

卓郎　そうです。僕は実際にサンサのお告げを聞く集まりに立ち会ったのですが、仏教で護摩《ごま》を焚く行事とちょっと似ていました。サンサの前に火を燃やしています。それを囲む人達は、銘銘、占い事や願いなどを決められた形の紙に書き付け、その火の中にくべるのです。そして、その燃え方によって霊のお告げを判断する方法でした。それが勢いよくすっかり燃えれば、よし、です。願いは叶えられ、行動することに適し、結果は順調です。もし、紙がくすぶったり、燃え残りがあるときはその反対、凶となります。願いは叶えられず、行動は慎まなければなりません。結果はよくないことが多いのです。

市川　つまり、お告げを受ける紙がよく燃えたときは、イエス、オーケーということですね。

卓郎　簡単に言えばそうです。では、これから、ブラディ族の方法をここで再現してみたいと思います。（守江に）用意した品を持って来なさい。

守江　はい……。

　守江、立ってカーテンから出て和室へ行き、銀盆の上に載せた品物をテーブルの上に運ぶ。盆の上に蠟燭《ろうそく》を立て、マッチで火をつけようとするが、手が震えてなかなかうまくゆかない。

卓郎　どうしたんだ。段取りを稽古したばかりじゃないか。

守江　……済みません。（やっと蠟燭に火をつける）

卓郎　それでは霊に伺いを立てるための用紙を渡します。（葉書ぐらいの大きさの用紙の束を持ち、順に一枚ずつ取らせる。守江に）おい、君もだ。

守江　は、はい。（一枚の用紙を取る）

卓郎　これをお使い下さい。（一人一人に鉛筆を渡す）

市川　何を書いてもいいわけですね。

卓郎　その通りです。お書きになりましたら、このように（自分の用紙を縦に二つ折りにして見せる）文字の方を内側にして折り、前にお出し下さい。

各自、用紙に何かを書き付け、それぞれ二つ折りにした紙をテーブルに出す。守江、それを揃えて端を固く縒《よ》り、卓郎に手渡す。

卓郎　では、この紙を火にかざします。

卓郎、紙の縒られた部分を持ち、蠟燭の上にかざす。すぐ火が移り、紙全体が燃える。火勢が弱まったところで、全てを皿の上に落とす。

市川　よく燃え切らない紙が一枚あるようですね。

卓郎　（灰の中から残った紙を拾い出し、中を拡げて見る）「健康」と書いたのは、どなたですか？

守江　（おずおずと）わたしです。

卓郎　そうだ、君の字だ。

守江　別に、何も書くことがなかったものですから。

市川　奥さん、どこか工合の悪いところでもあるのですか？

守江　いいえ。ありません。

市川　現在、ご健康だとすると、事故か何かに注意しなさい、ということでしょう。

枯河原　私のは当たりましたよ。疑うわけじゃありませんが、まず、ばかばかしいような問題を出してみたのです。明日も太陽は現れるかと書きました。その紙はよく燃え、残りませんでした。つまり、イエスだったのです。

勝又　わたくしの場合も当たったようです。わたくしは明日出掛けることがあるので、雨具の用意をするべきか、と書いたのです。わたくしの紙も燃えましたから、イエスでしょう。天気予報と同じでしたわ。皆さんご存知でしょうけれど、明日の降雨確率は百パーセントですものね。

市川　私も同じでした。私の場合、来年度の景気不景気でしたが、実際とよく合っていましたよ。

卓郎　では、もう一度試しますか。

枯河原　そうして下さい。研究には出来るだけ数の多いデータが必要です。

各各、テーブルの上から用紙を取り、思い思いに書き込み、テーブルに置く。守江、前回と同じように紙をまとめて卓郎に渡す。卓郎、まとめた紙に火を付け、灰を皿に落とす。

卓郎　今度は燃えが良くありませんでしたよ。三枚が少し焦げただけです。（卓郎、顔を曇《くも》らせて、皿の中から残った紙を選り分け、一枚を読む）明日、富士山《ふじさん》が噴火するか。これは、枯河原先生ですか？

枯河原　そうです。まず、そんなことは考えられませんから、私の場合、二度とも正解でした。とても偶然とは思えない確率ですね。

卓郎　（続けて別の紙を読む）明日の外出は薄着でよいか。これは勝又さんですか。

勝又　そうです。今、十二月ですものね。薄着がいいわけはありません。

卓郎　（残りの一枚を読む）丸豊《まるとよ》商事の株は今が売りどきか。

市川　それは私です。丸豊商事は皆さんご存知の通り急成長しています。売る手はありませんね。

卓郎　（燃え尽きた紙を探り、守江に）君は何を書いたんだ。

守江　（ぼうっとしている）
卓郎　どうしたんだ。（肩を突《つ》く）君は何と書いたんだ。
守江　は、はい。（言い澱《よど》むが、決心したように）健康でないとすると、事故か――そう書きました。
市川　奥さんの占いは少しきつすぎませんか。枯河原先生のように、明日も太陽は沈むか、ぐらいのことをお書きになったらどうです。
守江　はい……でも……。
卓郎　では続けましょう。
市川　さあ、これからはいよいよサンサ様のお力を借りなければなりません。

各各、用紙を取り書き込んでからテーブルに出す。守江、文字を書き損じ、手元の紙を丸めて、別の紙を取り、急ぐようにして紙に書き入れ、全ての紙をまとめ、卓郎に渡す。卓郎、紙を火にかざそうとする。

守江　あ、ちょっと、待って。
卓郎　どうしたんだ。
守江　わたしに火を付けさせて下さい。
卓郎　……いいとも。やってごらん。（紙を守江に渡す）誰がやっても同じだ。

守江　（紙に火をつけ燃やして灰を皿に落とす）調べるのは、あなたがやって。
卓郎　（灰を選り分ける）今度も、三枚が残っているようです。（一枚を読む）札幌《さっぽろ》進出は今が時機か。……これは？
市川　私が書いたものです。（独り言）矢張りそうですか。いや、大変に参考になりました。
卓郎　（次の一枚を読む）睦美《むつみ》は今では（言葉を呑む）いや、これはいいんだ。（不快そうに、手荒く紙を丸め、別の紙を手にする）その事故で、生命には差し障りがないでしょうか……。
守江　（興奮気味で）わたしのだわ。わたしが書いたものです。
勝又　あなた、少しお休みになった方がいいと思うわ。
守江　いいえ、大丈夫です。続けさせて下さい。（卓郎に）あなた、構わないでしょう？
卓郎　ああ、構わないとも。
市川　奥さん、くどいようですが、穏やかなことを書くんですよ。

守江、それには無言で、真っ先に用紙を手に取り鉛筆を走らせる。他の四人も前と同じ手続きを繰り返す。守江、紙を集めて卓郎に手渡す。卓郎、紙に火を付け、火が弱まるのを待って、灰を皿に落とす。

卓郎　今度、残ったのは二枚です。（一枚を分けて読む）この機会に、行動を起こすべきか……これをお書きになったのは？

枯河原　私です。（深くうなずき）なるほど、そういうことですか。
卓郎　（残りの一枚を見、動揺した表情になる）これは……（紙を丸めようとする）
守江　いいのよ。読んで頂戴。
卓郎　（ためらう）本当に、いいのか？
守江　（不安と決意が交錯する）いいわ。
卓郎　……その死は、一週間以内にはやって来ない。
市川　ああ、あれほど穏やかに、と言ったのに……。
守江　（卓郎に）あなたは何を書いたの。一体、あなたは何を書いたのよ！
卓郎　（無言で険悪な表情になっている）
守江　（いきなり丸めた紙を手に取る。三回目のとき、卓郎が読みかけた紙である）
卓郎　あ、それは……（取り返そうとする）
守江　（その手を振り切って立ち上がる。椅子が背後に倒れる。守江、丸められた紙を伸ばして読む）睦美は今では僕のことを恨んではいない。……睦美って、誰？　あなたが、エクアドルに連れて行って、殺した女でしょう。
卓郎　何を言うんだ。（血相を変えて立ち上がる）
守江　その女に違いないのね。あなたが殺した女は、まだ諦め切れないでいるわ。その恨みは決して消えることがないのよ。
卓郎　いい加減にしないか。

市川　（二人の間に割って入り）奥さん、落着いて。あまり、気を立ててはいけません。

守江　これで落着いてなんかいられないわ。わたしの死は、一週間のうちにやって来る……。

市川　奥さん、嘘ですよ。そんなこと、嘘です。

守江　ええ。嘘なんですね。そんなことがあるわけがないわ。（いきなりサンサをつかんで部屋の隅に投げ付ける）

卓郎　おい、ばかなことをするな。（急いでサンサを拾い上げる）

守江　あなた、何よ。そんな嫌らしいものを大切にするなんて。

卓郎　（妖しく笑う）これは、僕にとって掛け替えのない人だ。

守江　人――ですって？

卓郎　そう。この人が、村木《むらき》睦美さんだ。

守江　村木睦美――。

卓郎　そう。今でもこの人を愛しているんだよ。（サンサに言い聞かせるように）エクアドルであんなことになるとは、夢にも思わなかったんだよ。アメフェレス蚊に刺されて、マラリアになるなんて。皆、僕が悪かったんだ。自分のことしか考えていなかったわけじゃないんだが、結果的にはそうなってしまったんだ。僕がどれほど悲しんだか、睦美は知っているはずだ。僕は君をそのままにして、独りで帰ることができなかった。人の話を聞いて、ブラディ族の部落を探し当て、君をサンサにしてもらい、連れて帰って来ることに成功した。

守江　異常だわ。あなたは病気よ。現にあなたは薬を――。

卓郎　（守江の頰を叩く）僕は病気なんかじゃない。お前は睦美さんの霊を冒瀆《ぼうとく》するのか。（なおも守江に襲いかかろうとする）

勝又　お止めなさい。

市川　手荒なことをしちゃいけない。

勝又　（落着くのを待って）今日はこれまでにいたしましょう。

枯河原　それがいいでしょう。今日はわずかな時間でしたが、サンサに集う霊は奇跡とも思えるような力を持っている、その片鱗を知ることができたようです。

市川　（テーブルに突っ伏している守江の背を撫でている）奥さん、気にしてはいけません。気にしてはいけませんよ。

枯河原　サンサの霊力を明らかにするには、もっと数多くの実験が必要ですが、卓郎君、この貴重なサンサは充分気を付けて保管しておくよう、お願いしますよ。

卓郎　（サンサを抱き締めるようにして）大丈夫ですよ、枯河原先生。睦美は僕の命よりも大切です。誰の手にも渡すものか。睦美、恨まないでくれ。僕を宥《ゆる》してくれ……（サンサに頰ずりする）

守江　（嗚咽《おえつ》している）

——暗転——

第二場

双葉マンション四〇一号室。元の多岐征司の住まい。道具の配置は第一幕と同じ。舞台が明るくなると、洋間のテーブルを囲んで、多岐征司、芙由子、市川照蔵の三人が話している。

市川　（夏の服装に変わっている）それから、本当に一週間もたたないうち、紺野の若奥さんが亡くなってしまったのです。ここの窓から転落死したということをニュースで知って、全く驚きました。サンサのある部屋で、ああした予言がされたものの、私はまさかと思っていましたからねえ。

征司　……しかし、紺野守江さんの死は、予言とは関係がないと考えられませんか。たまたま事故が予言と一致しただけだとは。

市川　考えられませんね。私はあの夜、紺野卓郎さんの死も、予言されていたに相違ないと思っているのですから。

征司　卓郎さんの死も？

市川　そうですとも。あの夜、交霊会の後半が混乱してしまったのは、守江さんが自分の死を予言されて取り乱したのがきっかけでしたが、後でよく考えると、口には出しませんが、卓郎さん自身も相当な打撃を受けていたようです。実際、卓郎さんは死んだ睦美さんの恨みを気にしていて、その夜の実験にもそのことを占っていました。そして、最後の実験では、睦美さんの恨みによって、自分の死が予言されてしまったに違いありません。そうでもなければああ荒れはしなかったでしょう。

征司　そうすると、市川さん。サンサの判断や予言は、全て現実に現れたことになりますよ。

市川　その通りです。現今はコンピューターの時代、どんな問題も科学で割り切ってしまいますが、大自然の中にはまだまだ判らないことが沢山あると思います。人智は果しないなどと言うのは人間の大それた驕《おご》りに違いありません。実際、去年の暮の交霊会に立ち会った私は、サンサの霊を信じないわけにはゆかなくなりました。あれは本当の霊のお告げでして、暗がりで人形やラッパが動くなどという類いのものではありませんでした。

征司　実際に体験なさった方としては、そうでしょうね。

市川　判って頂けましたか。では、話を続けましょう。あの夜以来、私はあのサンサが頭にこびり付いて、忘れた日はないのです。ところで、最近、たまたまスイッチを入れたテレビのニュースショウで、心霊現象の特集が予告されていました。

征司　お盆が近付くと、毎年、そうした番組が企画されますね。

市川　それなのですよ。その局のそうした番組には、必ず加瀬老人という優れた霊媒が出演するのです。私はその加瀬老人に霊力を使ってもらいたいのです。今年は死んだ紺野夫妻の新盆に当たることでもありますし……。
征司　判りました。あなたがテレビ局へ電話をしたのですね。
市川　そうです。ぜひ、紺野夫妻とサンサのことを取り上げてもらいたいのです。
征司　昨日、そのことでテレビ局から電話がありましたよ。
市川　それで、あなたが取材をお断わりになった。今朝、局から私のところへそう知らせがありました。そのため、態態《わざわざ》、お願いに来たのです。ぜひ、取材に応じて頂きたいのです。
征司　ちょっとお待ち下さい。僕が取材を断わった理由もお聞きになったでしょう。僕はつい何日か前、ここに越して来たばかりなのです。何も整ってはおりませんが、一応は新居なのですよ。その部屋を、まるで化け物屋敷か何かのように扱われ、興味本位に放映されるなんて迷惑な話です。真っ平ですね。
市川　そのお気持はよく判るのですが――。
芙由子　わたしも反対ですわ。わたしは最初あんな事件があったということは全然知らなかったんです。近所の奥さんからそれを聞かされ、ずっと良い気持がしないでいるのです。もう、昔のことを掘り返すなどということはなさらないで下さい。
市川　そうでしょうが、私は加瀬老人の能力で、事件の真相をはっきりさせたいのです。
征司　事件の真相？
市川　そうです。最初に紺野さんの若奥さんが窓から墜落死し、続けて、卓郎さんが警察の取調べ中に急死してしまった。従って、事件の真相は未だに謎なのですよ。

芙由子　わたしが聞いたところでは、警察の疑いはそのご主人にかかっているようでした。

市川　私、そうは考えません。卓郎さんの死も予言されていたとするると、彼も被害者なのですから。

征司　じゃあ、連続した二人の死の原因は、一体、何なのですか。

市川　エクアドルで死んだ睦美さんの恨みです。これは、サンサの呪いなのです。

征司　それを、加瀬とかいう霊媒の口から確かめたい、こうおっしゃるのですか。

市川　その通りです。

征司　ばかばかしい。狐や狸が人を化かしていた大昔ならともかく、現在、霊媒の口から出た言葉など、証言にも何もなりゃしませんよ。同じように、呪いだけで人を殺しても、裁判では無罪です。テレビの取材などお断わりです。この話はこれでお仕舞いにしましょう。

市川　……そうすると、言いたくないことも言わなければならなくなりますかな。

征司　何ですって？

市川　いや、ここへ伺う前、実はあなた達のことも、少しだけ調べさせてもらいましたのですよ。

征司　それは、どういう意味ですか。

市川　あなたの故郷では、あなたが一流企業のエリートで、現在、着着とその地位を固めつつあると期待して、あなたの成功を楽しみにしているでしょう。しかし、その実、あなたはとっくにその企業から離れ――。

征司　何だ。今度は脅迫しようというのですか。いいでしょう。何でも言って下さい。僕があの会社を辞めたのは事実ですよ。しかし、何も疚《やま》しいことをしたわけじゃない。

市川　それはそうでしょうが、このお盆にはいずれご帰省なさるんでしょう。ここにおいでの奥さんも、実は――。

芙由子　嫌らしいわこの人。出て行ってよ。

市川　まあ、そうむきになっちゃ困りますよ。じゃ、私の方も本当のことを言いましょう。と言って、今までのことが嘘だという意味ではありません。実は……私はあのサンサをどうしても手に入れたいのです。

征司　……あの嫌らしい首を？

市川　嫌らしいなどととんでもない。それはもう美しい首でした。私はあのサンサを近くに置いて、いつでもあらたかな霊験を受けていたいのです。サンサはどんな神様や仏様にも優る守護神だと思っているのですよ。交霊会の夜の実験は、まさに奇跡と言っても過言でないようなお告げが次次と行なわれました。当時、私は北海道の寄尻《よっしり》に農薬を使用しない大農場を作る計画があったのですが、多少の不安がありました。そこで、あの夜、そのことで伺いを立てたところ、ノーであるというお告げを受けたのです。私はそれに従いました。ところが、驚くじゃありませんか。今年になってから異常気象が重なり寄尻地区の農業は全滅状態になってしまいましたよ。

征司　……しかし、サンサは紺野卓郎が大切に持っていて、誰にも渡さぬと言っていたそうじゃありませんか。

市川　そうなんです。卓郎さんは実際、サンサを大切に保管していましたよ。ところが、奥さんが窓から落ちて死ぬ、続けて卓郎さんが死ぬと、サンサは消えてしまったのです。

征司　消えた？　この家になかったのですか？

市川　そうなんです。実に信じられないのです。卓郎さんがこの家から外へ持ち出したとは考えられません。

征司　お二人の死後、あなたはこの部屋を探したのですか。

市川　いや、私にはそんな権利はありません。このマンションを処分したのは、奥さんの方の縁者の方です。紺野さんの方には親戚が一人もいませんでしたからね。私はわけを話して、もし、そうしたものがあったら知らせて欲しいと頼んだのです。しかし、サンサはとうとう見付かりませんでした。

征司　警察は？　警察も当然部屋を捜査したのでしょう。

市川　そうです。警察が部屋を捜したとき、サンサはすでに消えていたのですよ。サンサのような、尋常でない品があれば、見逃すわけはないのです。

芙由子　なくなったのは、サンサだけでしたか？

市川　これは、奥さんの遺族の話ですが、お二人の前に亡くなられた紺野みちさんの遺産が、どうも少なすぎると洩らしていましたね。

芙由子　紺野のお婆あさんは、銀行を信用することができなくて、銀行との取引きがなかったと言う人がいますわ。
市川　それは本当のことです。しかし、紺野みちさんの死後、当然残されていたはずの有価証券や土地の権利書、現金の類いが見付からなかったのです。
芙由子　紺野卓郎さんは覚醒剤の中毒だったんでしょう。彼が使い果たしたのでは？
市川　私が知っている限り、紺野家の資産は十年や二十年ではとても使い切れるものではありませんでした。しかし、私はそんな財産には興味がありません。私の欲しいのは、あのサンサだけです。
征司　……あなたは変わった方ですねえ。例えばの話ですが、例えば、警察や亡くなった奥さんの遺族も気付かなかったこの家のどこかに、サンサが大切に蔵われていたとして、それを僕が仮りに発見したとする。と、その所有権はどうなるんでしょう。
市川　このマンションはお買いになったのですか、それとも？
征司　それはもう、あなたの調べが付いているんじゃありませんか。買ったのではありません。借りているのです。
市川　私は法律のことはよく知りませんが、もし、サンサが見付かっても、見付からなかったことにすれば話は簡単じゃありませんか。
征司　それなら、サンサは見付けた人のものですね。
市川　そこで、話し合いになります。もし、あなたがこの家からサンサを発見したとする。奥さん、そんな物が出て来たらどうしますか。
芙由子 わたしは嫌だわ。捨ててしまうでしょうね。
市川 そうでしょう。見たところ、ご主人は心霊現象などに興味をお持ちではなさそうですね。サンサがあっても、それを使ってものを占うなどということはなさらないでしょう。
征司 その閑があれば、頭と身体を使って働きますよ。
市川 つまり、お二人にとって、サンサなど無用の品でしょう。ですから私に譲ると約束して頂けませんか。どうでしょう。この因縁《いんねん》の付いたマンションを引っ越して、新築のマンションを買う。そのぐらいの費用はお出しすることができますが。
征司 ……そりゃ、僕はサンサなど不用だし、心霊など気にしないと言っても、新築のマンションの方が住み心地の良いのは判っています。
市川 あなたは物判りの良い方です。では、それを前提にして、テレビ局の取材に応じて頂けませんか。
芙由子 わたし、テレビに出るなんて好きじゃないわ。
市川 いや、その日、お二人が付き合う必要はないのですよ。部屋だけお貸し願えればいいのです。勿論、お名前など出さないよう、局によく言いましょう。
征司 テレビの取材には、あなたも立ち会うのですか。
市川 勿論、そうしようと思っています。私の他に、あの夜ご一緒だった、枯河原教授や勝又八夜子さんにも出席して頂こうと、テレビ局では乗り気になっています。

征司　枯河原教授……名前だけはどこかで聞いたことがありますよ。

市川　超心理学の大家《たいか》でいらっしゃいます。超心理学は研究や実験の段階を越え、もはや各地で実用されているのですよ。例えば、私が経営する農地では、土に播く前の種子に、必ず念力を掛けています。念力を掛けた種子と、普通の種子とは、発芽率に大きな差が現れるのですよ。その、播種前の念力の掛け方を、枯河原教授に指導して頂きました。

征司　もう一人の、勝又八夜子さんという方は？

市川　亡くなった紺野みちさんの、数少ないお友達の一人です。交霊会の経験は、どなたよりも多いと思います。何しろ、戦前のヘレン・ダンカン夫人をご存知だというのですから。勝又さんはどちらかというと、ああした暗い神秘的な雰囲気がお好きなようですね。私はむしろ、実利の方を取る方で、これは貧乏性の性格ですから致し方ありません。

征司　紺野みちさんのお友達というと、もう——。

市川　七十を越えていらっしゃいますが、本当にお若く見えますよ。では、改めてテレビ局から依頼があると思います。そのときには、よろしくお願いします。

征司　判りました。

市川　（立って）いや、いろいろ勝手なことを申しました。気を悪くなさらないで下さい。

市川、玄関から外に出、退場する。見送った征司、洋間へ戻って来る。

芙由子　あなた、サンサをどうするおつもり？
征司　……君ならどうする？
芙由子　判らないわ。
征司　もう少し、様子を見ておこうと思う。何だか、まだ判らないところがある。この家を舞台に、誰かが何かを企んでいる感じなんだな。テレビの取材を聞き入れたのは、しばらく、その相手の手に乗っていたいと思ったからだ。

玄関のチャイムが鳴る。

芙由子　今の人、忘れ物でもしたのかしら。

芙由子、玄関に立つ。船橋辰五郎が立っている。デパートの配達人。作業服に帽子、小さな荷物を抱えている。

船橋　毎度有難うございます。共立デパートから参りました。お届け物です。
芙由子　（征司と顔を見合わせる）お届け物？
船橋　お手数でも、お認めを——。
芙由子　（渡された包みを見る）あら、これ、家《うち》じゃないわよ。

船橋　（返された包みを見る）双葉マンション四〇一号室紺野様じゃございませんか？
芙由子　四〇一はここですけれど、宛名が違うわ。
船橋　まあ、そうお固いことをおっしゃらずに。
芙由子　固いわけじゃないのよ。紺野さんというのは、前に住んでいた人なのよ。
船橋　あっ、そうでしたか。私は早呑み込みをしてしまいました。私はまた紺野様のお身寄りの方かと存じまして。ええ、亡くなった前の奥様とちょっと感じが似ていらっしゃるものですから。
芙由子　じゃ、前の奥さんを知っているのね？
船橋　はあ、私はこれでも記憶力抜群であります。今じゃほとんど地図なしで仕事をしています。前の奥様は目がお綺麗でした。いえ、今の奥様は鼻の形がお美しい……。
芙由子　もしかすると、去年の暮に、ここへ届け物をしなかった？
船橋　はい、お歳暮をお届けしました。そのときはちょっとごたごたしておりましたね。管理人さんも忙しそうにしていましたから、お届け物はお隣りの小松さんにお預けしました。どうも失礼を——。
征司　（出て行こうとする船橋に奥から声を掛ける）共立デパートさん、ちょっと待った。（玄関に行く）
船橋　はい、何か？
征司　今、去年の暮に来たとき、ごたごたがあった、と言ったね。

船橋　ええ。
征司　それはもしかすると、ここの奥さんが窓から落ちたときじゃないかね。
船橋　そうです。あのとき、ちょうどこのマンションへ配達に来ていました。
征司　そのときのことを話してくれないか。
船橋　それが、困りましたねえ。
征司　忙しいのは判っているよ。だから、ちょっとだけでいいんだ。
船橋　それが困るんです。私、几帳面な質《たち》でちょっとだの、掻い摘《つま》んでということができないんです。お話しするからには、落着いたところでじっくりしませんと。
征司　じゃ、構わないから上がって下さい。
船橋　そうですか。よろしいんですか。
征司　（芙由子に）お茶を入れて来なさい。

船橋、征司にうながされて洋間に上がり、椅子に腰を下ろす。芙由子、台所に入る。

征司　じゃ、最初から話して下さい。
船橋　（落着こうとするように深呼吸して）その日は雪でした。ひどく冷え込んで、朝、目が覚めまして、洗面所に立つのがとても億劫《おっくう》だったのを覚えていますよ。水道の水も——。
征司　ちょっと待った。朝から話し出さなきゃいけないのかね。

船橋　……じゃ、どこから始めましょう。
征司　つまり、あの事故に関係したときから始めて下さい。
船橋　そうしますと、私がこのマンションに到着した、そこからでいいんですね。
征司　そう願いたいね。
船橋　それにはわけがあるんです。本来なら一時間も前にここへ到着していなきゃならなかったんです。そうすれば、当然、あの事故に出っ会《くわ》さなかったでしょう。ところが、たまたま、ここに来る前に新巻き鮭をお届けした家の奥さんが、どうしても鮭のアチャラ漬けの作り方を教えて欲しいと言いますので、それにはまず、大根、蕪《かぶ》、蓮などを薄く切って——。
征司　ちょっと待った。アチャラ漬けの作り方などはどうでもいいんだよ。あなたがこのマンションに着いた、そこから話して下さいよ。
船橋　はあ。……（考えをまとめるように首を傾げてから）そう、押し詰まった暮の二十五日。土曜日でした。私がこのマンションの前に着いたのが、ちょうど八時頃だったと思います。車を玄関の横手に着けて、外に出たとき、すごい声が聞こえましてね、次の瞬間、どさりと大きなものが落ちたような響きがしたんです。そう、私が車を止めたのが（ベランダの方を指差す）あの側で、音がしたのは（窓を指差す）こちらです。で、何かあったなと直感しましたが、取りあえず車に鍵を掛けまして、

芙由子、湯呑みを載せた盆を持って来て、二人の前に置く。

船橋　や、これはどうも。……以前、つい油断して鍵を掛けずに車を離れたんですが、世の中には悪い奴がいるもんですねえ、車の荷台から、お届け物の置時計とワインのセットを盗《や》られたことがあるんですよ。時計はスイスの――。

征司　それは飛ばしましょう。

船橋　や、つい、どうも。（湯呑みを手にする）このお茶は――。

征司　静岡産です。お茶の感想も飛ばしましょう。

船橋　そうおっしゃられると、こちらも助かりますよ。それで、横手に廻って見ますと、雪の中で誰やらがうつ伏せに倒れている様子で――いいえ、顔は見えませんでしたから、それがまさか紺野様の若奥様とは思いませんでした。それを知ったのは翌朝のニュース番組でしたよ。倒れている人はぴくともしませんでした。傍にいた男の人がしきりに顔を覗き込んで――。

征司　ちょっと待った。

船橋　これも飛ばしますか。

征司　いや、そうじゃない。あなたが駈けつけたとき、もう倒れている人の傍には誰かがいたと言うんですね。

船橋　ええ、いました。

征司　どんな恰好をして？

船橋　（椅子から立って、片膝《かたひざ》を床に着け、床にかがみ込むようにする）こんな工合でした。

征司　どんな人だったか覚えていますか。
船橋　ええ、私は大声で「一体、どうしたんです」と訊きました。するとその男は私を見て「窓から落ちたんだ。もう、駄目だ」と言いました。ここに（右の目尻を指差す）傷のある痩せた男でした。
芙由子　紺野卓郎だわ。
船橋　紺野卓郎というと、ご主人様ですか。
芙由子　昨日、牛島さんが言っていたわ。傷があるので人相が悪かった、って。
船橋　私は一度もご主人にはお目に掛かっていないので、お顔は全然知りませんでした。
征司　あなたが叫びと音を聞き、そこまで行くのに、どの位の時間が掛かったかな。
船橋　ほとんど時間など掛かりませんでしたねえ。ものの、五秒ぐらいですか。
征司　五秒じゃ、人が落ちてから、四階にいる人が駈け付けて来るのは無理だろうねえ。
船橋　とても無理でしょうね。
征司　ということは、紺野の奥さんを窓から突き落としたのは紺野卓郎じゃない。
船橋　そうですとも。あのとき私と言葉を交わしたのがご主人なら、ご主人はこの部屋にいられるわけがありません。
征司　……それで、君はどうしました？
船橋　救急車、とか騒いだみたいですね。ところが、傍にいた人は何か急には動こうとしない。まあ、落ちた人が自分の奥さんだったら、誰でもショックでしょうねえ。今、考えれば無理はありません。そこで、私は管理人室に駈け込んで、外で人が倒れていると知らせたのです。管理人はテレビを見ていましたよ。時代劇で橋のこっちから馬に乗った武士《さむらい》がやって来まして、橋の上にいる虚無僧《こむそう》を見るなり……（調子を戻す）私は急いでいました。一時間も時間を無駄にした直後でしたからね。私はすぐ届け物を持って、エレベーターでこの部屋のチャイムを押しました。ええ、窓から落ちた人がこの部屋の人だとは知らなかったものですから。チャイムを押しても返事がなくて当たり前でした。一時はお届け物を管理人に預けようと思ったんですが、今、そんな場合じゃないでしょう。思い返して、すぐお隣りの小松さんにお届け物をお願いして一階に降りました。

征司　そのとき、エレベーターは四階にいたままでしたか。

船橋　ええ。用の済むまで待っていてくれて、乗り合わせた人もいませんでした。一階に着くと、管理人は青い顔をして電話を掛けていましたね。

征司　そして、そのまま自動車に乗ったわけですか。

船橋　いや、どうしても気になりますからね。もう一度、現場を見て、そうしてから、車に戻りました。

征司　そのとき、紺野卓郎はどうしていたでしょう。

船橋　……さあ。そのときには人だかりが培《ふ》えていましたが……その人がいたかどうかは見ていませんでしたよ。しばらくすると救急車のサイレンが聞こえました。あれが来ると道を開けなきゃならない。そう思いましたから、すぐ車に戻って、このマンションを後にしました。

征司　君はこのことを警察に話したかね？

船橋　私が？　なぜ私が警察に喋らなきゃならないんです。管理人はすぐ電話をしていたし、それを見ていた人なら、他にも沢山いたでしょう。

征司　しかし、そのとき、外にいた紺野卓郎を見たのは君だけだ。

船橋　その人が外にいようと内にいようと、どっちでも良いじゃありませんか。

征司　それが良くはないんだよ。一時、警察じゃ、卓郎が奥さんを窓から外に突き落としたと疑っていたんだ。

船橋　すると、警察はご主人が奥さんを殺す動機があったことを知ったんですね。

征司　だが、動機だけあっても卓郎が奥さんを殺せるわけはない。いいかね。卓郎は外にいたんでしょう。奥さんは、この窓から外に落ちて行った。

船橋　なるほど。じゃあ、こう考えればどうでしょう。奥さんも外にいた、と。

征司　奥さんも外にいた？

船橋　そう。奥さんも外にいて、ご主人に撲《なぐ》り殺されていた。ご主人は奥さんを殺しておいて、たまたま通り掛かった私に嘘を言う。「窓から落ちた」と。

征司　そりゃ駄目だ。第一、君はあのとき叫びを聞いているはずじゃないか。あの叫びは地上から聞こえたかね。それとも、上から聞こえたかね。

船橋　……上から落ちて来た声でした。

征司　それじゃ、その考えは成り立たないね。全身打撲で死んだ奥さんの屍体を警察が調べて、この人は高いところから墜落して死んだものか、地上で撲殺されたものか、すぐ区別が付くはずでしょう。

船橋　そんなものでしょうかね。

征司　君は、卓郎が奥さんを殺したのではないことを証明できる、ただ一人の証人なんだ。

船橋　そんなことを言われても困りますねえ。ちょっとわけがありましてね。警察とはあまり付き合わないようにしているんです。それに、ご主人の方も、あれからすぐ、死んでしまったんじゃありませんか。

征司　そうだ。

船橋　それなら、もう、済んでしまったことじゃありませんか。済んでしまった半年も前のことを蒸し返しても仕方がないでしょう。私はもう帰らせて頂きますよ。

征司　念のために、君の名前を聞いて置きたいな。

船橋　警察に言うわけじゃないんでしょうね。

征司　警察とは関係ないよ。

船橋　じゃあ言いますが、船橋辰五郎って言うんです。ええ、新門《しんもん》辰五郎の辰五郎。私は船橋の辰五郎。親父が新門の辰五郎が好きだったんですね。慶応《けいおう》の四年、鳥羽伏見《とばふしみ》の戦いに、大坂《おおさか》城《じょう》の天守閣へ、将軍が金扇の馬印を残してきた。そのとき、辰五郎は十数人の子分を引き連れ、雲霞《うんか》の敵軍を蹴散らして、燃え盛る大坂城の中から、家康《いえやす》公が愛用したという金扇の馬印を——。

征司　君、もう帰るんじゃなかったかね。
船橋　（残り惜しそうに茶をすする）折角お馴染《なじ》みになったのですから、奥さん、鮭のアチャラ漬けの作り方をお教えしましょうか。
芙由子　この次にお願いしますわ。
船橋　鮭のアチャラ漬けは、沢山の奥様方に好評をいただいているんですがねえ。昨夕《ゆうべ》も下の牛島様にお教えしました。
芙由子　まあ。昨夕は牛島さん忙しそうだったけれど。
船橋　いい工合にご主人のお帰りが遅くなったんですよ。ええ、ちょうど買物から帰られたばかりでした。牛島様はいい方ですが物覚えが今一つというところで、お教えするのにたっぷり一時間も掛かりました。（やっと腰を上げる）ええと、お認めは……ああ、いいのか。
芙由子　どうもご苦労さま。

船橋、芙由子に送り出されて退場。芙由子、洋間に戻る。

征司　何だか、様子がおかしくなったね。
芙由子　この部屋で、誰もが考えられないようなことが起こったようね。
征司　船橋辰五郎の話だと、紺野守江を殺したのは主人の卓郎ではあり得ない。事件の直後、この部屋から出た人間もいなかったようだ。

芙由子　……矢張り、奥さん自身の過失かしら？
征司　すると、管理人の犬塚さんが、このドアを開けたとき聞いた声は？
芙由子　そうだったわ。あの声がまだ判っていない。
征司　紺野守江が独りでいるとき、突然、サンサが喋り出して、その声に驚いた守江が、咄嗟に逃げようとして窓から飛び出した。――こう考えると、全部辻褄が合うんだがな。
芙由子　つまり、卓郎の前の恋人、村木睦美の怨霊が犯人だというわけ？
征司　そう。
芙由子　……何だか、気味が悪くなったわ。あなた……（征司の傍にすり寄る）

――幕――

第三幕

双葉マンション四〇一号室。多岐征司の住まい。
午後四時。洋間にはカーテンが引かれ窓際に祭壇が設けられて、その前に霊媒の加瀬が修験者の姿であぐらをかいており、傍にディレククーの堀内とアシスタントディレクターの金刺がいる。洋間のスタンドの明りがつけられていて、枯河原教授、市川照蔵、勝又八夜子が椅子に坐り、少し離れたところにレポーターの滑川いく子と、カメラマンの黄芬華が撮影器具を調整している。部屋の隅隅にライトが取り付けられ、玄関のドアは開け放されている。

幕が開き、ライトがつくと、金刺が祭壇と加瀬に向かってカメラのフラッシュを浴せる、和室は線香の煙でもうもうとしている。

黄、立ち上がる拍子に派手な音を立てて三脚をひっくり返す。

堀内 どうした？（洋室へ飛んで来る）

黄 つい、足に引っ掛かって。

堀内　何だ、粗相で足の長さを自慢する気か。
黄　（しきりにドアを気にする）鍵がおかしくなっちゃったなあ。
堀内　どれどれ。（鍵をちょっと調べて）鍵なんかどうだっていいや。こんなに大勢いるんだから。
黄　でも……この家じゃ困るでしょう。
堀内　だって、家ごと毀したわけじゃねえんだから、そっとして置こう。
黄　（ノブを動かしてみる）
堀内　そんなのは後だ。何しろ、今日は忙しいんだ。

堀内、和室へ引き返す。

堀内　（煙にひどく咳込んで）いけねえ、いけねえ。けぶくっていけねえ。金《きん》ちゃん、ベランダの窓を開けてくんな。
金刺　（撮影を中止し）窓を開けると、雑音が入りますよ。
堀内　どんな雑音だ？
金刺　（ベランダの窓を開ける。神田囃子「仕丁目《しちょうめ》」が聞こえて来る）どうです。
堀内　（耳を澄ます）いいねえ。お祭りだ。（加瀬老人に）おじさん、加瀬のおじさん。この音は邪魔かねえ。

加瀬　（撮影が中止したとたん、ウイスキーの瓶を取り出してラッパ飲みしている）邪魔かね、だと？　冗談じゃあねえや。邪魔過ぎらあ。これから霊を呼ぼうってんだぞ。霊が踊り出して、絵になるかい。

堀内　だって、どうせ心霊写真にゃ、ホワイトで顔らしきものを描くんじゃないか。

加瀬　ものにゃ取り合わせってものがあるんだ。梅には鶯《うぐいす》、牡丹《ぼたん》にゃ獅子さ。神楽《かぐら》囃子じゃムードが出ねえ。

堀内　ムード、ねえ。（金刺に）この神楽囃子はどこでやってんの？

金刺　隣りですよ。小松って家です。

堀内　じゃあ、わけを言って、一時中止させてくれないか。三十分でいいんだ。三十分だけ。

金刺　じゃ、行って来ます。（カメラを置いて出て行く）

堀内　（ベランダに立ったまま）何だい。笛はとうしろうだなあ。（咳込む）

加瀬　喉でも悪くしたのか。遊び過ぎだろう。

堀内　なに、線香の匂いに嫌な思い出があってねえ。

加瀬　女の葬式でも思い出したのか。

堀内　そんなんじゃあねえ。お袋の三味線《しゃみせん》を引っぺがして、線香で睾丸《こうがん》に灸をすえられたことがあるんだ。（「仕丁目」が鳴り止む）何だい、窓を開けてもちっとも風が入って来ねえじゃねえか。（むせる）おじさん、安い線香を使ってんだろう。

加瀬　文句があるなら、ギャラの方を上げてもらいてえや。

金剌　（部屋に戻って来る）もう、五、六枚撮らせて下さい。
加瀬、ウイスキーの瓶を袴《はかま》の下に押し込み、居住まいを正し、祭壇に向かって何やら祈り始める。金剌、カメラを取り上げ、その姿に向かってフラッシュを焚く。堀内、洋間を覗いて、
堀内　カメラ、スタンバイ、どうだ。オーケーか？
黄　（しきりにビデオカメラをいじっている）ちょっと待って下さい。ライトの接触が、塩梅《あんばい》悪くなっちゃってて。
堀内　何、あんべえが悪いだと？　あんたあ、どこの人だ？
黄　K鈴木《すずき》プロの者です。
堀内　名前は？
黄　黄芬華って言います。
堀内　黄さん、か。K鈴木プロの社長はいろ魔だからなあ。
滑川　（人形のように厚化粧した娘）あれ、堀内さん。色魔《しきま》のことをいろ魔っちゅうんかね。
堀内　そうさ。いろ魔さ。
滑川　本当けえ？　とっぱずしてんじゃねえけえ。
堀内　とっぱずしてやしねえや。いろ魔にいろ情狂さ。K鈴木プロの北村《きたむら》さんはいろ魔で内股《うちまた》

膏薬《ごうやく》なんだ。
滑川 最近、北村さんに、馴染み子出来ただよ。
堀内 へへえ……どんな馴染み子かい。
滑川 知んねえのけえ。ＢＹＵ《ビーワィユー》のトキちゃんだよ。
堀内 へへえ。あのトキちゃんが？ こりゃあ、事故だよ。北村さん、窓から落っこちたようなもんだ。
滑川 そうでねえよ。トキちゃんはよく見ると、あれでなかなかあじこいだよ。
堀内 あじこいかねえ。あたしにゃあじしょっぺえとしか思えねえがね。
黄 （カメラを持ち直す）スタンバイ、オーケーです。
堀内 （黄に）帰ったら北村さんに言ってくれよ。猪食《しし》った報いは怖いってな。
黄 スタンバイ、オーケーです。
堀内 判ったよ。じゃ行きましょう。（椅子に坐っている三人に向かい）じゃ、さっきお話ししたように、なるべく普通の調子でお願いします。じゃあ、いく子、行ってみよう。

滑川、マイクを持ち、玄関から廊下へ出る。堀内と黄も続いて廊下に出る。黄、カメラを担いで滑川に向け、ライトをつける。

滑川 （カメラに微笑《ほほえ》みかける）レポーターの滑川いく子です。昨年、いろいろな原因でこの世に思いを残しながら非業の死をとげられた方方の新盆がやって来ました。今週は霊媒の加瀬老人と一緒にその方方のところに廻っているのですが、今日は故・紺野卓郎さんが住んでいらっしゃったマンションにやって来ました。（急に恐ろしそうな表情になって）皆様、覚えていらっしゃいますでしょうか。そう、去年の十二月、新婚の主婦が、マンションの窓から転落してお亡くなりになった事件がございましたよね。被害者は紺野守江さんという方で、その夜、事故を知った管理人がすぐ紺野さんのマンションに行ってみると、中から人の声がしていたと言うんです。それで、守江さんは誰かに窓から突き落とされたんじゃないかと、警察ではご主人の紺野卓郎さんにいろいろ話を聞いたところ、どうもこの卓郎さんの素振りがおかしい。実はこの卓郎さんは紺野家の養子さんで、守江さんとは養母さんの命令で結婚させられたんです。もっといけないのは、卓郎さんは覚醒剤を常用していた疑いもあるというので、重要参考人として取調べを受けている最中に、何と、今度はこの卓郎さんが脳溢血を起こして急死してしまいました。度重なる怪死で、事件はまだ謎のままなんです。ここが、その事件の現場です。

滑川、廊下の隅を見て目で合図する。牛島、たまたま通り掛かったという様子で歩いて来る。滑川、牛島にマイクを突き出す。

滑川　あ、奥様。ちょっとお話を伺ってよろしいでしょうか。
牛島　（緊張している）はい、何でしょうか。

滑川　このマンションにお住まいですか。
牛島　はい。ちょうど、この真下の三〇一号室にいますの。これから、お買物に行くところですわ。
堀内　いけねえ、いけねえ。
　　黄、ライトを消す。堀内、前に出て来て、
堀内　奥さん、三階に住んでいる人が、買物をするのに四階の廊下を歩いているわけがねえでしょう。
牛島　……済みません。
滑川　じゃ、もう一度、今のところから歩いて来て下さい。
　　牛島、うなずいて元の場所に戻る。黄、ライトをつける。牛島、歩いて来る。
滑川　あ、奥様。ちょっとお話を伺ってもよろしいでしょうか。
牛島　はい、何でしょう。
滑川　このマンションにお住まいですか。
牛島　はい。（口ごもっている）

滑川　どこにお住まいですか？
牛島　……この、ええと……。
滑川　四〇二ですか？
牛島　いえ、四〇二には小松さんが住んでいらっしゃいます。わたしは……ええと。
滑川　じゃ四〇三。
牛島　四〇三は、中村《なかむら》さんの事務所で……。
堀内　いけねえ、いけねえ。奥さん、自分家《ち》が判んねえんですか。

黄、ライトを消す。

牛島　……でも、三〇一はいけない、と。
堀内　だったら、四〇六でも四〇七でも何だっていいじゃありませんか。
牛島　でもこのフロアは五室しかありませんから、四〇六や四〇七はないんです。
堀内　そこは融通でしょう。見ている方じゃいちいちそんなことを気にしちゃいませんよ。四〇六で行きましょう。いいですね。
牛島　はい、四〇六、ですね。

牛島、元の場所に戻る。黄、ライトをつける。牛島すっかり硬くなって歩き始める。

滑川　奥様、ちょっとお話を伺ってもよろしいですか。
牛島　はい、何でしょう。
滑川　このマンションにお住まいですね。
牛島　はい、そうです。
滑川　半年前になります。去年の暮、このマンションにお住まいの、新婚の奥様が、窓から墜落してお亡くなりになったことがございますね。
牛島　はい、覚えております。でも……。
滑川　でも？
牛島　わたしは四〇六号に住んでおりまして、ちょうど今お買物をしようと家から出たところを、あなたに呼び止められたのです。
堀内　困ったなあ。不自然なんだな。そう、紙芝居みたいな説明を入れないで下さいよ。

黄、ライトを消す。

牛島　でも、そうしないと、四〇六という言葉が入らないような気がして。
堀内　いくちゃん、なるべく打ち合わせた通りやってくれねえと困るよ。
滑川　だってさあ、三回目だもの。同じ言葉の繰り返しで飽きちゃったんだから仕方なかっぺ。

堀内　そこをうまく頼まあ。（牛島に）奥さん、四〇六にはこだわらずに、自然にいきましょう。
滑川　最初っから、やっかねえ。
堀内　いいよ途中からで。後で編集するから。
牛島　（心配そうに）編集というと、ここを切るということですか？
堀内　切られたくなかったら、自然に喋って下さいよ。

黄、ライトをつける。牛島、元の場所に戻ろうとするが、滑川が腕を捕える。

滑川　半年前になります。去年の暮、このマンションにお住まいの、新婚の奥様が、窓から墜落してお亡くなりになったことがございましたね。
牛島　はい、覚えております。とても、お気の毒な事件でしたわ。わたし、あの叫び声がまだ耳に付いていて離れません。
滑川　まあ、その声をお聞きになった？
牛島　ええ、わたし、ちょうどこの真下に住んでおりまして……おりまして……。
滑川　続けて下さい、続けて。真下のお部屋にいらっしゃったのですね。
牛島　はい、四〇六……です。
滑川　四〇六はこのフロアですわ。

牛島　ご免なさい。すっかり混乱してしまって。……三〇一でした。

滑川　気になさらずに。ごくわずかな違いですから。混乱なさるほど恐ろしかったのですね。

牛島　ええ。わたし、ちょうど、窓の近くで本を読んでいましたのよ。主人は忘年会で、息子達は前の日からスキーに――。

滑川　奥様、その声は？

牛島　とても、あのいつもおとなしい奥さんの口から出た声とは思えないほど凄い声で。それが上からすうっと下に消えたなと思うと、鈍い地響きのような音が聞こえたんです。

滑川　すぐ、外をご覧になった？

牛島　いいえ。とてもその勇気はございませんでしたわ。そのうち外が騒がしくなって、お隣りの奥さんの声がドア越しに聞こえて、それで皆さんと外に出てみると、驚くじゃありませんか――。

滑川　はい、有難うございました。お引き止めしてご免なさいね。（牛島に手で立ち退るように合図をする）と、まだ驚いていらっしゃる奥様のお話でした。その事件は未だに謎ですが、最近、とても信じられないような事実が判りました。紺野夫妻の死は、何と、その事件の数日前に予言されていたというのです。実は、数日前、紺野さんの家で、交霊会が開かれていて、その席上でのことでした。そこで、今日はその交霊会に立ち会われた方方を、このマンションにお呼びしてあるんです。では、中を伺ってみましょう。――ご免下さいませ。

滑川、玄関のドアを開けて中に入る。黄、カメラを担いだまま、滑川を追って、部屋に入る。堀内もそれに続く。滑川、待機していた、勝又、枯河原、市川の右側に腰を下ろす。玄関ドアは開けたままで、牛島、小松、芙由子が中を覗き込む。

滑川　ご紹介いたします。左から、勝又八夜子さん、超心理学の枯河原教授、食品会社を経営なさっていらっしゃる市川照蔵さん。今日はお忙しいところをよくいらっしゃいました。ニュースショウにお電話を下さいましたのは、市川さんでしたわね。

市川　そうです。

滑川　一体、その交霊会というのは、どういうことをなさる会なのですか。

市川　はい、以前このマンションにお住まいになっていた、紺野さんのお養母《かあ》様の時代から、私達はよく交霊会を開いていたものです。有名なミーディアムやドクターが来日するとお呼びして心霊現象を拝見したり、枯河原先生のご研究のお手伝いをしたりして来ました。昨年の会は、紺野さんのご子息がエクアドルからサンサを持って帰られたのを、枯河原先生がご研究されて、サンサの持つ霊力を試験することになったのです。

滑川　その、サンサって、何ですか?

枯河原　人の首を特殊な方法で小さく固めたものです。

滑川　本物の首ですか。

枯河原　そのときの実物は今ありませんが、同じサンサの写真があります。

枯河原、横にあったパネルを取り出してカメラの前に立てる。

滑川　……まあ、これ。あまり気持の良いものじゃありませんわね。

勝又　卓郎さんが持ち帰られたのは、もっと美しゅうございましたよ。

滑川　本当ですか。

勝又　ええ、綺麗にお化粧もされていました。

枯河原　技術的な違いでしょう。この写真のサンサは有名なヒヴァロ族が作ったものですが、卓郎さんが持って帰ったのはブラディ族が作ったといいます。どうやら、化学的な処理が施されていたようでした。

滑川　よく、猿の手を持っていると願い事が叶うなどと言いますね。では、サンサにはどんな霊力があるのですか。

枯河原　サンサには霊が集まり易いのです。ヒヴァロ族はサンサを魔除けにしていると言われますが、ブラディ族はサンサのある部屋で、一種の占いをする習慣があるようです。

勝又　つまり、サンサに降りて来る霊と接触して、願い事や行動の良し悪しなどのお告げを聞くことができるのですよ。

滑川　それは、良く当たるのですか。

勝又　恐ろしいほど良く当たりました。

滑川　亡くなられた紺野夫妻もその会に立ち会われたのですね。
市川　そうです。その席で、紺野守江さんが一週間以内に死亡する、という予言が出てしまったのですよ。
滑川　まあ、恐ろしいことですわ。
市川　その予言がされたときの運びを説明いたしましょう。
滑川　(時間が気になっている)では、手短にお願いします。
市川　(丁寧《ていねい》にゆっくりと)その夜、私達は、同じこの部屋にこうしていました。私、枯河原先生、勝又さん……いや、勝又さんはこちら側でしたか？
勝又　いいえ、この通りでしたよ。
市川　はて、そうでしたか。私は勝又さんがお隣りに――。
滑川　結局、五人の方がテーブルを囲んでいらっしゃったのでしょう。
市川　そうです。皆さんがお集まりになったところで、枯河原先生がサンサをお出しになって、卓郎さんがその説明を――。
滑川　なさってから実験に掛かったのですわね。
市川　その実験の方法というのは、まず蠟燭に火をつけまして、サンサの傍に置き、各自が一枚ずつの紙に――。
滑川　火をつけてその燃え工合で霊の知らせを受けるのですね。その結果、予言が現れたのですね。

市川　（早口でぶっきら棒に）紺野守江さんの死が予言されたのです。

滑川　（びっくりしたように市川を見る）はい、有難うございました。というわけで、精しく訊けばお話は尽きないと思いますが、そのサンサはその後、どうなったのでしょう。

市川　（怒ったように口をきかない）

枯河原　卓郎さんが保管していたはずですが、彼が死んだ後、発見されていません。

滑川　消えてしまったのですか。

枯河原　そうとしか考えられません。

滑川　（カメラの方を見る）ここにもまた一つの謎があるんです。それでは、もう一人のお客様をご紹介いたしましょう。ニュースショウではもう、すっかりお馴染みになった、霊媒の加瀬老人です。お邪魔をいたします……。

滑川そっと和室の方を覗く。黄も後を追う。加瀬、ウイスキーの瓶を持っているが、あわてて袴の下に押し込み、祭壇に手を合わせる。滑川、加瀬の横に坐って、マイクを差し出す。

滑川　（小声で）いかがですか、さっきからずっとご祈禱《きとう》を続けていらっしゃいましたが。

加瀬　（静かにマイクに向き）まんず、霊の多さにびっくりしたす。

滑川　この部屋には、そんなに多くの霊が集まっているのですか。

加瀬　このマンションさあ、遠ぐから見ても霊の集まっとるちゅうことが判ったす。
滑川　わたしには何も見えませんが……。
加瀬　それははあ、見える人にはようく見えるす。この部屋さ入ったときは、息苦しくてなんねかったです。わしが何ぼ祈禱さ続けても、しばらくは霊ば静めることができねかったですよ。一時ははあ、ここにある香盒《こうごう》っこがかたかた鳴って騒がしがったんども、やっと静かになりましたす。あいやあ逞しき霊でありました。
滑川　まあ……どんな霊が集まっているんでしょうか。
加瀬　勿論、亡くなった紺野卓郎さんに守江さん。それに、紺野の婆っちゃあも来てます。
滑川　まあ、婆っちゃあも。
加瀬　へえから、平将門《たいらのまさかど》に新門辰五郎の霊も。
滑川　将門？
加瀬　将門は紺野家の守護霊だす。さっき、ポラロイドカメラで、祭壇さあ向けて撮影しました写真こがあります。その何枚かにゃあ、霊が現れましたす。（前にある写真を渡す）
滑川　（写真を受け取ってカメラに向ける）皆さん、加瀬老人は心霊写真の撮影に成功しました。（写真を見て行きながら）あ、これですね。
加瀬　そうです。ほれ、ここに目っこと鼻っこが。（写真を指差す）
滑川　あら、口も……皆さん、お判りになりましたでしょうか。この線香の煙の中にかすかですが、ちゃんと人の顔が浮き出しています。加瀬老人、この人は誰でしょう。

加瀬　その人ば、紺野守江さんだす。
滑川　紺野守江さんだそうです。ところで、この部屋で交霊会があった夜以来、問題のサンサが行方不明になってしまいました。加瀬老人、そのサンサはどこへ行ってしまったのかお判りですか。
加瀬　私にはどんなことだども判ります。先週は、はあ、宮崎沖の地震ば予言したです。
滑川　あのときは本当にびっくりしましたわ。加瀬老人は地震が起きた時間から震度までお当てになりましたわ。
加瀬　なれば、サンサの行方さ見るぐらい、かいない仕事です。
滑川　では、お願いします。
加瀬　はい、しにめぐりに念じてみることにするです。

加瀬、香を焚き数珠を振る。すぐ催眠のような状態となり、身体が痙攣《けいれん》し、東北弁のうわごとを言い、ややあって、前にばたりと倒れる。

滑川　大丈夫ですか。
加瀬　（起き直る）サンサはどこにも行っていねえすよ。このマンションのどこかにあります。
滑川　そこは、どこでしょう。
加瀬　これから続けます。（居住まいを正し、瞑想するが、すぐ苦しそうな表情になる）……

これは、駄目す。
滑川　判りませんか？
加瀬　いろいろな霊が邪魔をするですよ。サンサには沢山の人の怨念がまつわり付いていて、何とも恐ろしげな状態になっているです。
滑川　じゃあ、そのサンサは、これからどうなるのでしょう？
加瀬　長くはこの世にいねえと思います。
滑川　いねえ、というと、消えてしまうのですか？
加瀬　霊が現世の人に執着すれば、その人ははあ死にます。霊が現世の品を欲しがれば、はあその物は消えてしまいます。サンサは近いうち世にいなくなります。
滑川　（カメラに）お聞きになりましたでしょうか。この事件は最初からサンサが関係しサンサが死を予言しサンサが紺野さん夫妻を殺したと言っていいでしょう。それにしても、お気の毒なのは、最近このマンションに引っ越して来られたばかりの新婚の奥様で、これまで何も知らずにいたんだそうです。ところがこの事件を知らされてから、すっかり気に病んでおしまいになって、今日もここへ立ち会って頂くはずだったんですが、どうしても嫌だとおっしゃって——。
堀内　（片手を挙げ）ここの奥さんのことは言っちゃあ困るんだ。
　黄、ライトを消す。

滑川　（とたんに訛《なま》りが出る）あれ、どうしてだあね。

堀内　多岐さんからそう言われていたんだ。

滑川　堀内さん、あんたはそう言わなかったべ。

堀内　忘れてたんだ。済まねえ、最後のところ、もう一度締めくくってくれよ。

滑川ふくれるが、ライトがつくと笑顔になる。

滑川　では、現場を終ります。

黄、ライトを消す。

堀内　はい、結構でした。皆さん、お疲れさま。ゲストの方方、どうもご苦労さまでした。

金剌、手早く祭壇を片付け始める。黄、撮影器具や照明器具を鞄に納める。堀内三人のゲストに紙に包んだものを渡してゆく。

堀内　これは心ばかりのものですが、お納め下さい。

市川　……いや、こんなことをしてもらうつもりでは……。
堀内　ご遠慮なさらずに。局のタオルですから。
市川　（つまらなそうな顔をしてポケットに入れる）勝又さん、枯河原先生。私の車が来ることになっています。お宅までお送りいたしましょう。
勝又　これは、ご親切に。
枯河原　有難うございます。
市川　今、電話をしますからしばらくお待ち下さい。（堀内に）あの、多岐さんはどこでしょう。
堀内　（祭壇の片付けを手伝っている）何でしょう？
市川　電話をお借りしたいが。
堀内　電話ならそこにありますよ。
市川　一応、お断わりを――。
堀内　なに、構やしません。お使いなさい。
市川　（電話を掛ける）
堀内　（加瀬に）今晩、麻布《あざぶ》？
加瀬　しばらく、行ってねえんだ。
堀内　へえ……珍しいことがあるんだねえ。取られ続けかい。
加瀬　呆れ返《けえ》っちゃった。当分、鳴りをひそめていた方がいいと思ってね。

堀内　この前、念力でスプーンを動かしてたじゃねえか。賽《さい》はひっくり返《けえ》らねえもんかね。

加瀬　ひっくり返ってたら、こんなどじな恰好なんかしてねえや。

堀内　昔からままならねえと言うが、現実は酷《きび》しいもんだね。

加瀬　酷しけれ、家《うち》には亭主が浦里《うらざと》を、って奴さ。（立とうとして）あっ、いけねえ。やっちゃったあ。

堀内　どうしたい。小便《しょんべん》でも洩らしたかい？

加瀬　似たようなもんだ。（股からウイスキーの瓶を取り出す）慌てたもんだから、栓が緩んでたらしい。金ちゃん、雑布雑布《ぞうきん》……。

金刺　（うろうろする）

堀内　雑布なんかいらねえよ。（座蒲団《ざぶとん》で畳をごしごし拭き、ひっくり返してその上に置く）こうして置きゃ、一時凌ぎにならあ。

加瀬　さすがだなあ。やっつけ仕事は玄人《くろうと》だ。

堀内　変なことを感心するない。（洋間に向かい）黄さん、外に多岐さんがいたろう。呼んで来てくれよ。

黄　はい。（廊下に出る）

堀内　（金刺を急き立てる）さあさあ、早くして下さいよ。今度は大膳町《だいぜんちょう》殺人事件の現場へ行くんだから。

芙由子、部屋に入って来る。窶れて元気がない。堀内、近寄って、

堀内　やあどうもすっかりお騒がせしてしまって申し訳ありませんでした。お陰様でいい絵が撮れました。

加瀬　奥さん、ご主人は？

芙由子　今、ちょっと……。

堀内　さあさあ、出たり出たり。忘れ物はないでしょうね。

黄　あの、玄関の鍵を。

堀内　（顔をしかめる）何だ、折角忘れていたんじゃねえか。

加瀬　忘失丸儲《ぼうしつ》けってね。

堀内　何、頬被りしちゃう積りはなかったんだがね。（芙由子に）奥さん、さっき、ちょっと手違いがありまして、この鍵を駄目にしてしまいましたが、すぐ手配して直させます。さあさあ、出たり出たり。

堀内、テレビ関係者を部屋から追い出すようにする。入れ替わりに芙由子は部屋に入る。

市川　奥さん、私達は車が来ますまで、もう少し待たせて頂きたいのですが。

芙由子　どうぞ、ご遠慮なく。お茶でも、と言いたいのですが、生憎《あいにく》、お道具がまだ揃ってい

ませんので。
市川　いや、ご心配なさらずに。無理に押し掛けて来まして、さぞ、ご迷惑だったでしょう。
勝又　本当に騒騒しい方達でしたわ。特に加瀬老人のお下品なこと。がっかり致しましたわ。
枯河原　しかし、私などは逆に感心しております。賽は念力では動かぬと申しているのを聞いて、なかなか実証的な男だと思いました。動かぬものは動かぬと判断するのは、科学的な思考の持ち主です。
市川　では先生、さっき加瀬老人が言ったサンサはまだこのマンションのどこかにあるという言葉は信用されますか。
枯河原　彼にはそう見えたのでしょうね。
市川　（芙由子に）奥さん、ご主人はもしかして、もう、サンサを見付けられたのではありませんか？
芙由子　……わたし、主人から何も聞かされていません。
枯河原　（部屋を見廻し）探す気になれば、そう時間は掛からないと思います。
市川　急がなければなりませんね。加瀬老人の言葉だと、いろいろな霊がサンサに執着しているようです。近いうちにサンサは人の前から姿を消すと言いますから。

廊下に加瀬が現れる。落着かない態度。すぐ、多岐征司が風呂敷包みを持って登場する。

加瀬　（小声で）ちゃんと、言われた通りに演《や》りましたよ。サンサはこのマンションにあって――。
征司　（口に人差指を当てる）しっ……（内ポケットから白い封筒を取り出し、加瀬に渡す）約束のものだ。
加瀬　こりゃ、どうも……（封筒を懐《ふところ》にねじ込み）奥さんによろしく。

加瀬、退場する。征司、ドアを開けて部屋に入る。風呂敷包みを身体の陰になるようにして和室に行き、風呂敷包みを置いてから洋間に戻って来る。

市川　多岐さん、お仕事ではなかったんですか。
征司　会社は休んでしまいましたよ。こんな日、妻は一人でいるのが嫌だと言いますから。
市川　それはお気の毒なことをしました。そう言えば奥さん、何かお元気がないようですね。
芙由子　このところあまり良く寝られませんの。
市川　それは、サンサのためではないのですか？
芙由子　……。
市川　多岐さん、あなたは奥さんに口止めをしましたね。あなたはサンサを見付けたのでしょう。今、あなたが手に持っていたのが、あのサンサですね。
征司　……実は、その通りです。僕はこの部屋からサンサを見付け出しました。

枯河原　一体、どこにあったんですか。
征司　誰にも気付かれないような、特殊な場所に、大切に保管されていましたよ。
市川　では、サンサは傷んだりしていなかったのですね。
征司　皆さんのおっしゃる通り、美しい首でした。
市川　（ほっとして）それでは、お約束通り、私にお渡し願えますね。
征司　それは、ちょっとお待ち下さい。
市川　気が変わった、と言うんじゃないでしょうな。
征司　勿論です。その首を見て以来、妻はすっかり神経質になってしまいました。ですから、僕としても早く処分してしまいたいのです。しかし、市川さん。実はこのサンサは枯河原教授も欲しいとおっしゃっているのですよ。
市川　そ、そんな……。
枯河原　私はあなたよりも早く、多岐君に申し入れていたに違いない。
市川　そんな、ばかな。
征司　枯河原教授のおっしゃることは本当です。
市川　しかし、君、あのときは……。
征司　ええ。あのときは、市川さんが巨額な取引きの額を言われたので——。
枯河原　しかし君、それじゃ——。
征司　ちょっとお待ち下さい。その論議は後にして、まず、私の見付けたサンサが本物かどうかを確かめて頂くのが順序でしょう。

枯河原　そうです。まず、それを最初に確かめなければならない。

征司、和室に行き風呂敷包みを持って来て、テーブルの上に置き、包みを解く。中から箱が現れる。

市川　あ、この箱は確かにサンサの――。

市川、枯河原、思わず手を伸ばす。征司、それを押し止《とど》める。

勝又　わたしも、確かに、この箱に見覚えがあります。あの夜、卓郎さんはこの箱からサンサを取り出しました。

枯河原　一体、どこにあったのですか。よく見付かりましたね。

そのとき、玄関のチャイムが鳴る。芙由子が立ってドアを開ける。小松がいる。

小松　済みません。奥さん。大分静かになりましたが、テレビ局は帰りましたか？

芙由子　ええ、少し前に撮影が終って、全員が帰りました。

小松　やあそうですか。……ひどいなあ。向こうで一方的に稽古を中止してくれと言って来たのに、済んだの一言もないんですよ。

芙由子　まあ、何て勝手な人達なんでしょう。家ではこの鍵を毀されてしまいましたわ。

小松　じゃあ、もう稽古をしてもいいんですね。(奥を見て)奥さん、ご主人が持っているのは?

芙由子　テレビの人達がいろいろ言っていたでしょう。

小松　(小声で)あれが、問題のサンサ?

芙由子　ええ。うるさいもんですから、あの人達には秘密でしたの。

小松　それがいいですよ。あの人達に、大切なものは見せられません。

小松、退場する。芙由子、洋間に戻る。征司、静かに箱の蓋を取る。

市川　(中を見て)あ、サンサはないじゃありませんか。

征司　少し事情がありまして、本物のサンサは別の場所に置いてあります。でも、確かに僕がサンサを手に入れた証拠に、写真を撮っておきました。

征司、箱の中から、何枚かの写真を取り出す。枯河原、市川、勝又は写真を手に取って眺める。電話が鳴る。征司は受話器を取り上げる。

征司　はい。……はい、済みました。……はい。じゃ、これからすぐ行きます。……はい、判りました。
芙由子　（心配そうに）どこからでした？
征司　会社からだ。急用が出来たらしい。すぐ行かなければ。（三人に）いかがでした、サンサは？
枯河原　確かに、これはあのときのものです。間違いはありません。
市川　これは、本物です。
征司　今、お聞きの通り、僕はこれから出掛けなければなりません。サンサのことについては、明日、また話し合うことにしましょう。
市川　しかし。……サンサは、近いうちに人の前から姿を消す、という。
征司　思っている霊のために、本当にサンサが消えるということを信じているのですか。
市川　加瀬老人がこれまで言ったことに、外れたものは一度もありませんよ。信じないわけには行きません。
征司　それなら、あなたの手に渡ったとしても、サンサはすぐに消えてしまうでしょう。
市川　……そうでしょうな。
征司　もし、サンサに多額の金額を掛けていれば、それは丸損になりますよ。
市川　……理屈はそうなります。

征司　それでは、もう少し僕のところに置いておく方がいいんじゃありませんか。

枯河原　私の言い分もあるからね。市川さん、全ては明日にしましょう。

市川　しかし……。

チャイムが鳴る。芙由子が出ると、運転手が立っている。

運転手　市川自然食品でございます。お迎えに参りました。

枯河原　(市川をうながす) それじゃ、市川さん。

勝又　本当にお邪魔をいたしましたわ。

神田囃子「仕丁目」が聞こえてくる。枯河原、市川、勝又、玄関から廊下に出て退場。

征司、箱を風呂敷包みにくるむ。

芙由子　これから、会社へ?

征司　いや、今の電話は会社からじゃない。テレビ局だったよ。ディレクターに急用だということだった。いや、都合の良いときに電話が掛かったものだから、連中を追っ払う口実にしただけだ。

芙由子　じゃ、これからは?

征司　出掛けることは出掛けるんだが、一つだけ実験をして置かなきゃいけないことがある。

（ポケットから白い紙の束と、蠟燭を取り出す）

芙由子　それ、何あに？

征司　交霊会の実験をするんだよ。灰皿を持って来てくれないか。

芙由子　でも……。

征司　怖がることはない。これはトリックなんだ。

芙由子、台所へ立って灰皿を持って来る。征司その間、紙を細工している。征司、蠟燭に火を付け、灰皿に立てる。

征司　加瀬老人が言ったろ。人は念力だけじゃ、小さな賽ころも動かすことはできないのさ。でも、加瀬老人はテレビに出演して賽ころよりも重いスプーンを動かして見せた。僕も見ていたがね。あれはテレビカメラに写らないような、細い糸を使ったんだと思う。同じように、人間は未来を予言することなんかできないが、トリックを使えばそれができるんだ。いや、できるように見せかけるんだがね。加瀬老人が地震を予言した方法は、時間差のトリックだと思う。

芙由子　時間差のトリック？

征司　加瀬老人の予言は、地震の起こった前にされていたんじゃなくて、地震の後に演じられたものだと僕は睨《にら》んでいる。今は、ビデオテープを始めいろいろな映像の機械が進んでいるから、あのディレクターと組めば少し時間をずらすぐらいのことは、わけなくやってのけると思うな。例えば、これは何だと思う？（丸めた紙を見せる）

芙由子　……ただの、紙じゃない？

征司　これに火を付けると、どういうことになると思う？

芙由子　燃えて……灰になるだけじゃない？

征司　見ていてご覧。面白いことが起こるから。

征司、紙に火を付ける。紙は燃えるが火が消えると紙の折鶴が現れる。

芙由子　まあ……折鶴だわ。

征司　江戸時代からの遊びでね。「紙を燃して折鶴を作る」という術なんだよ。勿論、燃えた紙が折鶴になるわけがないから、燃えた紙と折鶴とは、もともと、別の紙であらかじめ折った鶴を普通の紙の中にくるんでいただけだ。

芙由子　でも、折鶴は燃えないわ。

征司　紙を燃えにくくする加工法がある。江戸時代には、紙にミョウバンを塗ったんだ。江戸時代の人は、ミョウバンを引いた紙は燃えにくい、ぐらいなことは知っていたんだよ。

芙由子　じゃ、あの交霊会の夜には、そのトリックが使われていたというのね。

征司　そうさ。ねえ、よく考えてごらん。あの夜のサンサの霊は、次の日の天候を予想したり、次の年の景気を占っているんだよ。それには、人の意志が働いていたに違いないんだ。

芙由子　じゃあ、燃やさないための紙には、あらかじめミョウバンを引いてあったわけ？

征司　ミョウバンとは限らないさ。昔、学校で、ホウ酸とホウ砂《しゃ》の混合液で耐火処理剤を作ったのを覚えている。現在じゃもっと進んでいて、リン酸アンモニウムや塩素化パラフィンが使われているし、スプレー式の耐火剤も売られている。もっとも、あまり燃えないんじゃ不自然だから、交霊会に使われた紙には適当な燃えにくさが必要だったろう。

芙由子　でも変よ。燃えてしまった紙には薬は引いていなかったんでしょう。

征司　当然そうだね。

芙由子　薬で処理された紙と普通の紙が使われていたとすると、その紙は特定の人が配ったわけじゃない。集まった人達が自由に取って行ったんでしょう。そうすると、誰の手に防火処理した紙が渡るか判らないじゃありませんか。

征司　そこが一番の謎だったね。しかし、実に簡単な方法で、それが可能だったんだ。多分、こうだったと思う。（紙の束を取り上げる）例えば、五枚の紙を使うとしよう。（五枚の紙を算《かぞ》えて芙由子に渡す）このうち、好きな紙に印をつけるんだ。印は○でも×でもいい。

芙由子、五枚のうち、慎重に二枚を選び鉛筆で印を付ける。

征司　いいかね。交霊会で行なわれた通りにするよ。

征司、五枚の紙を一枚ずつ二つに折り、それを揃えて端を綴り、その部分を持って、蠟燭の火をつける。すぐ火が移り、紙全体が燃える。火勢が弱まったところで、全てを皿の上に落とす。

征司　君が印を付けた紙だけは燃え切っていないはずだ。

芙由子　（灰皿の中から燃え残った紙を選り出して調べる）本当だわ。でも、どうして？

征司　（別の一枚を取り上げて説明する）この用紙一枚一枚に、全部耐火剤が施されてある。しかし、紙全体にではなく、紙の半分だけに、だ。

芙由子　あ——。

征司　もう判っただろう？　燃え残したいと思う紙だけ、耐火剤を施した部分が火に当たるような向きに揃える。それだけのことさ。

芙由子　すると……こんなことを企んだ人は？

征司　紙をそのように揃えていた人さ。市川さんが話してくれた交霊会の夜のことを思い出してごらん。

芙由子　それは、覚えているわ。でも、まさか……。

征司　まさか、じゃない。そうなんだ。サンサが紺野守江の死を予言したように仕組んだ人は、守江さん自身だったんだよ。

芙由子　……でも、どうして？

征司　それが、よく判らない。だが、今日中に全てがはっきりするんだ。（時計を見る）そろそろいいな。これから、出掛けるんだ。君もだ。

芙由子　わたしも？　どこへ行くの？

征司　今、時間がない。外で話す。さあ、早く。

　征司、蠟燭の火を消し、実験した道具類を台所に片付け、テーブルにはサンサの包みだけを残す。征司、あたりを見廻し、ベランダにあった物干用の鉄パイプを持ち、部屋の明りを消して芙由子と連れ立って外に出、退場する。

　しばらくして、共立デパートの配達人、船橋辰五郎が小荷物を抱えて廊下に現れ部屋のチャイムを押す。

船橋　（舌打ちして）留守なのかなあ。ここに、ちゃんと配達の時間が指定してあるのに。（再びチャイムを押す）駄目だ。また、隣りの小松さんに預かってもらおう。

　船橋、退場する。入れ替わりにセールスマンが廊下に登場。ドアのチャイムを押す。応答がないのでノブに手を掛ける。手に従ってドアが開く。中を覗き込んで、

セールスマン　ご免下さあい。先日のラッキー通商です。先日のパンフレットをお読み頂けたでしょうか。驚異の健康常備薬……奥様？　いらっしゃいませんか？（ドアのノブを見る）無用心だなあ。

セールスマン、ドアを閉めて退場。
しばらくすると、黒い服を着た人間が影のように廊下に現れる。明りを背にしているので顔は判らない。ドアを開けて滑るように部屋に入り、素早くテーブルにあった包みを解き、箱を取り出して中を探る。写真が出て来る。

影の人物　ない……。

廊下に征司と芙由子が現れる。征司が目で合図すると、芙由子が勢い良くドアを開ける。征司、鉄パイプを構え、中に向かって叫ぶ。

征司　誰だ？

部屋の中の人間、はっとして箱をテーブルに置き、部屋の隅にうずくまる。

征司　もう君は逃げられないよ。外へ出るには窓からしかないが、それじゃ守江さんの二の舞いになる。
影の人物　畜生……計ったんだな。
征司　やっと気がついたらしいね。その通り、ドアの鍵を毀したのはテレビのカメラマンじゃない。その前に僕がちょっと細工をしておいたのさ。共立デパートのは、隣りは鍵が掛かっていないが留守だと言ったはずだね。その配達人にも、僕が頼んで一役買ってもらったのさ。証拠がなかったので、こうするよりなかったんだ。僕は最初から君を疑っていたよ。もう、逃げることは諦めて、すっかり話をした方がいいと思うな。あなたはさっき、この箱だけを見てサンサだと言った。あなたはこの箱を知っているんですね。ねえ、小松さん。
芙由子　小松さん？　だって、小松さんなら今、祭囃子のお稽古をしているはずだわ。
征司　ところが違うんだな。よく聞いてごらん。あの音に笛が入っているかね？
芙由子　（耳を澄まし）本当だわ。太鼓だけだわ。
征司　太鼓はカラオケのはずじゃなかったかね。

征司、部屋の明りをつける。小松、よろよろと立ち上がり、椅子に腰を下ろして頭を抱え込む。抵抗する気のないのを見て、征司は部屋に入る。芙由子も征司の後に続きドアを閉める。

芙由子　あなたは、本当に小松さんを疑っていたの？
征司　そうなんだよ。君が牛島夫人や管理人から、前に住んでいた紺野さん一家の変死を聞かされた夜、このドアのノブが静かに動いたのを覚えているだろう。
芙由子　……ええ。
征司　僕はそのとき、そのノブを動かしたのは、僕達がその夜留守にすることを知っていた人間に違いないと睨んだんだ。そのことを知っているのは？
芙由子　そうだったわ。わたし、牛島さんと小松さんに、その夜、主人が帰って来たら、一緒に外でお食事をすることになっていると話したわ。
征司　ところが、牛島夫人の方は、君と別れた後、すぐ共立デパートの船橋辰五郎さんから、鮭のアチャラ漬けの作り方を教わっていた。たっぷり、一時間もね。とすれば、牛島夫人は白。残るのは小松さんだけじゃないか。（小松に）そうでしょう？
小松　そうです。あなた達はここに越して来たばかり。万一、鍵を掛け忘れることがありはしないかと思って試してみたんです。
征司　（耳を澄ます）ほう、太鼓の音も止んだよ。テープが終ったんだ。笛はとうとう聞こえなかったじゃないか。
小松　あなた達は、一体、何なんです？　普通の人なら僕を疑いもしないし、こんな罠を仕掛けたりしないと思う。第一、簡単にサンサが探し出せはしない。
征司　そうでしょうねえ。実は、僕達はプロなんですよ。

小松　（身構える）警察？

征司　いや、安心して下さい。警察なんかじゃありません。民間の興信所の社員なんですよ。ここにいる人も僕の妻じゃない。僕の同僚で、白鳥《しらとり》芙由子さんという、独身の女性です。この事件を興信所に持ち込んだのは枯河原教授でしたよ。枯河原教授は紺野さん夫妻が死んだ後、僕の会社へなくなってしまったサンサの捜査を依頼に来たのです。サンサはまだこのマンションのどこかにあるはずだから、見付け出して欲しいということでした。それで、様子を見ていると、先日、このマンションが貸しに出た。そこで、早速、僕達は調査のため、このマンションを借りたんですよ。夫妻を装ったのは、勿論、犯人の注意をそらすため。

小松　僕は犯人じゃない。

征司　じゃあ、なぜこのサンサを盗《と》ろうとしたんだね。君が本当に欲しかったのは、サンサじゃなくて、これだね。（ポケットから小型録音機を取り出して見せる）

小松　あっ……それは。

征司　サンサを欲しがっているのは枯河原教授だけじゃない。市川さんも異常な執着を持っている。それで、これにはわけがありそうだなと感じたんです。果たして、見付けたサンサをよく調べてみると、後頭部に裂け目がありましてね。縫い目を解くと、中が空洞になっていて、そこに押し込まれていたのが、この録音機でした。この中に入っているテープには、大変興味深い音が収録されていますね。（録音機のスイッチを押す）

録音機の声　（うめきに似た、怪しい調子）暗い……暗い。寒い……とても寒い。わたしをこんな目に遭わせて、お前はよく平気で帰って来た。……きっと殺してやる。殺して……。

小松　止めてくれ。

征司　（機械を止める）よくこれだけ気持の悪い声を作ったものですね。サンサの中でこの録音機が動けば、サンサは喋るんだ。管理人の犬塚さんが誰もいない部屋で聞いたのは、この声だったんだ。紺野守江さんは首が喋るのを聞いて、恐怖のあまり、あの窓から飛び出した。このサンサは殺人の凶器だったんだ。警察がこれを調べれば指紋や声で、元の持ち主があんただということが知れてしまう。それで、あんたはどうしてもこの録音機を取り戻さなければならなかった。

小松　そう、その機械を仕掛けたのは、確かに僕だ。しかし、守江さんを殺したのは僕じゃない。僕は守江さんにこの機械を作るように頼まれて――。

征司　守江さんがあんたに頼んだ？

小松　そうです。二人で、紺野卓郎を殺そうと計画したのです。

征司　二人で？　どうして、あなたは紺野卓郎を殺そうとしたのです？　守江さんと通じていたのですか？

小松　いいえ。僕は守江さんと手を組んでいただけです。僕は以前から卓郎を憎悪していました。その理由を言いましょう。このような、サンサにされてしまった村木睦美は、僕の妻になる人でした。

征司　（改めてサンサの写真を見る）この人が、あなたと……。

小松　僕達は二年前に知り合い、結婚を誓った仲だったんです。

征司　それなのに、なぜ卓郎と？

小松　睦美は欺されたのです。睦美が独身の思い出にと、南米旅行のツアーに参加したのが、間違いの元でした。睦美はブラジルで卓郎と出会い、卓郎の甘い言葉に欺されて、ツアーを離れてしまったのです。睦美はエクアドルで穢《けが》され、マラリアに冒され、こんな姿にされてしまった……。

征司　すると、現在このマンションに住んでいるのは？

小松　あなた達と同じですよ。前からこのマンションの空き部屋を注意していたんです。すぐ隣りでは近過ぎると思ったんですが、他の空き室を待つ余裕がありませんでした。ここに住むようになってからは、ずっと卓郎に復讐する機会を狙っていました。

征司　守江さんと知り合うようになったのは？

小松　守江さんが卓郎に暴力を振るわれ、たまりかねて僕の部屋に助けを求めに来たのがきっかけでした。それ以来、守江さんは困ったことがあると、僕のところに相談しに来るようになりました。守江さんは紺野のお婆あさんの遠縁に当たる人で、勧められて卓郎のところへ嫁いで来たんですが、当時、お婆あさんも卓郎が覚醒剤を用いるようになっていたことに気付いていなかった。守江さんは勿論、卓郎がそんな男だということは知らなかった。卓郎は最初のうちこそ神妙にしていたんですが、お婆あさんが死ぬと本性を現したんです。守江さんは睦美に続く、第二の犠牲者でした。僕は守江さんに、サンサにされた睦美が僕の恋人だったことを打ち明けました。そして、守江さんは自己防衛のため、僕は睦美の復讐のため、卓郎を亡きものにする計画を立て始めたのです。

征司　すると、交霊会の夜の出来事は？

小松　全部、僕達の演出だったんです。卓郎はときどきサンサを使ったブラディ族の占いを試みていたことがあったようです。守江さんはそれを見ていて、僕に話してくれました。それで、僕は占いの紙に防火剤を使ってみては、と提案したのです。

征司　紙の半分に防火剤を塗っておく方法でしょう。今、僕は実際に同じ紙を作り、試したばかりです。

小松　簡単な方法でしたが、その夜集まったのは、霊の存在を信じている人達ばかりだったので、誰一人、そんなトリックが使われていると疑うものはなかったようです。交霊会は私達が仕組んだ通りに進みました。交霊会の本当の目的は、睦美の霊が、今でも卓郎を深く遺恨していることを思い知らせ、覚醒剤のため情緒が不安定になっている卓郎に強迫観念を与えることでした。守江さんの死の予言もその不安を強くするための誘い水だったのです。僕達の計画は成功し、交霊会の最後では卓郎は錯乱状態になったそうです。

征司　つまり、窓から落ちるのは卓郎の方だったんですね。卓郎が何かに脅やかされて窓から飛び出しても不思議はない状態になっていた。それは交霊会に集まった人達が証言してくれる。

小松　そう、あのときの状態ですでに充分だったのですが、僕には欲があった。サンサにされた睦美の口から、実際に呪いの言葉を喋らせ、卓郎を恐怖のどん底に突き落としたかったんです。僕はその録音機に呪いの言葉を吹き込み、サンサの中にセットしました。守江さんがそのサンサを家に持ち帰り、いい時期を計って卓郎に聞かせる。その夜が、卓郎の最後の夜になるはずでした。

征司　しかし、結果は反対だった。窓から落ちたのは守江さんの方だった。

小松　僕の読みが浅かったんです。僕は睦美の呪いを聞けば、卓郎が狂乱するだろうと、単純に考えていたんです。

征司　卓郎が予想外の行動に出たんですね。

小松　そうです。卓郎はサンサの声を聞いて、睦美が嫉妬していると受け取ったのです。

征司　睦美さんが嫉妬？

小松　ええ。卓郎は南米から帰るとすぐ守江さんと結婚した。そのことを睦美が恨んで呪いの言葉を吐いていると思ったのですよ。その睦美の霊を和らげるためには卓郎が愛しているのは睦美だけだという証しを立てなければならない。卓郎はそのために、守江さんを逆に殺そうとしたのです。

征司　すると、守江さんを窓から突き落としたのは？

小松　勿論、卓郎でした。

芙由子　でも、卓郎はあのとき外にいて、ここには誰もいなかったのじゃありませんか？

小松　それも事実です。あの夜、窓から落ちたのは、卓郎と守江さんの二人だったんです。

征司　二人が……。

小松　サンサの声を聞くと、卓郎は守江さんに襲い掛かりました。二人は揉み合い、同時に窓から落ちてしまったのです。

芙由子　そう言えば、その叫び声を聞いた牛島夫人が言っていたわ。いつもおとなしい奥さんの口から出た声とは思えないほど凄い声だった、と。

小松　それは、卓郎の声だったに違いありません。

征司　しかし、全身打撲を負い、死んだのは守江さんだけだった。

小松　もののはずみというのは恐ろしいものですよ。前に、八階のベランダから落ちた幼児が、雨上がりで柔らかくなった土のお陰で、かすり傷一つ負わずに助かった、という新聞の記事を読んだことがありました。二人は同時に墜落したのですが、どういうはずみか、守江さんの身体の方が下になっていたのでしょう。建物の陰に吹きだまりになっていた雪と、守江さんの身体がクッションの役をしたため、卓郎は助かったのです。卓郎はもともと小柄だったし、スポーツをしていたことがあった。そんなことも卓郎に味方したんじゃないかと思います。

征司　共立デパートの配達人が見たのは、守江さんを覗き込んでいる卓郎ではなくて、守江さんの傍で、立ち上がろうとしている卓郎だったんだ……。

小松　しかし、その卓郎も、全く無傷ではなかったんですよ。外傷こそなかったんですが、頭を強く打っていて、すでに脳内出血を起こしていたと思います。

征司　卓郎が警察の取調べの最中に死んだのは？

小松　そのときの打撲が原因していたに違いありません。

征司　あなたはそのとき、自分の部屋にいたんですね。

小松　ええ。卓郎の叫び声も聞きました。けれども、それからすぐ共立デパートの配達人から、落ちたのは若い女性だと聞かされてびっくりしました。

征司　しかし、あなたはサンサから録音機を取り戻すことができなかった。

小松　ええ。紺野の部屋には鍵が掛かっていましたから。それは、大変に困った状態でした。警察がサンサを見付ければ、すぐ録音機も発見してしまうでしょう。機械には僕の指紋も残っています。しかし、幸いなことに、警察はサンサを発見しませんでした。

征司　卓郎がそのすぐ後、部屋に戻ってサンサをある場所に蔵い込んでしまったのですよ。卓郎はサンサが恐かったのですが、捨てることもならず、普段、目に付かない場所に入れたのです。その卓郎もすぐ死んでしまったため、サンサはずっと卓郎が蔵った場所を動きませんでした。

小松　しかし、あなた達はよくサンサを見付けましたね。さっき、この部屋を覗いたときサンサの箱を見て、息も止まるほど驚いたものです。

　チャイムが鳴る。芙由子が玄関に出ると枯河原教授が立っている。

枯河原　（奥を見て）やあ、多岐さん、まだいらっしゃいましたか。いや、奥さんにだけでも私の気持を判って頂こうと思いまして。市川さんがあんなことを言い出したものですから、すっかり心配になってしまったんです。いや、市川さんの車に乗ることは乗ったんですが、急に腹が痛み出したと仮病を使い、車から降ろしてもらって戻って来ました。市川さんの話では、サンサに多額の金を投じるという話ですが、本当かね。

征司　本当ですよ。市川さんは別にマンションを買って移るぐらいの額で引き取ると言っています。

枯河原　しかし、それは約束が違う。サンサの捜査を依頼したのは私の方が早かったはずじゃないか。

小松　先生、本当はサンサが目的ではないんじゃないですか？

枯河原　何だと？　君は誰だ。

小松　サンサと関係の深い者ですよ。先生の本当に欲しいのはこれでしょう。（ポケットからフィルムのケースを取り出して見せる）

枯河原　き、君。どうしてそれを……。

小松　サンサの中から、僕が見付けたんです。

征司　録音機を仕掛けたときだね。

小松　そうなんですよ。何だか、文書みたいなものが、びっしり収められているフィルムでした。

征司　先生、これは一体何ですか。僕が依頼されたのはサンサを探すことで、そんなものは聞いていませんでした。

枯河原　すっかり事情を言わなかったのは、それが重要な秘密だったからだ。その中には、私の大学を揺るがせるような証拠がぎっしり撮影されているんだ。

征司　それで判りましたよ。先生はその文書を手に入れたが、反対派の追及が厳しくなったので、身の廻りに置くのを危険と感じ、一時、フィルムに収めて、たまたま卓郎が調査のため持って来たサンサの中に隠したのですね。卓郎は非常にサンサを大切にしているので、その中なら大丈夫、卓郎に言えば、いつでもフィルムは取り戻すことができると思ったんでしょう。ところが、紺野夫妻が死に、サンサは消えてしまった。あなたはサンサのお告げの通り、去年は行動を起こすのを慎んでいたが、半年たった今が時期だと思ったのですね。それにはそのフィルムがなくてはならない。そのため、僕の会社へ、サンサの捜索を依頼して来た。

枯河原　その通り、今が、その不正を糺《ただ》す、一番の時なのです。

征司　同時に、上層部の不正が暴かれれば、先生の地位も高くなる。

枯河原　そのフィルムを私に渡してくれ。金のことは相談しようじゃないか。

小松　(征司に)どうしましょう。

征司　あなたが見付けたんですから、あなたのいいようにして下さい。

小松　僕はこんなものを持っていても、仕方がありませんよ。

枯河原　(フィルムを受け取る)これは有難い。恩に着ます。

征司　僕の方は約束の調査料と掛かった経費だけで結構です。後で請求書をお送りしますよ。

枯河原　そうですか。や、助かりました。

枯河原、あたふたと部屋から出て行く。

征司　さて、僕の仕事もこれで片が付いた。小松さん、この録音機を返しますよ。（録音機を小松に渡す）

小松　あ、有難う。

征司　枯河原教授が欲しがっていた品を、僕達の代わりにあなたが見付けたんですから、その引き換えとして当然でしょう。

小松　感謝します。

征司　ところで、サンサはどうしましょう。

小松　こんな形にされ、後後まで皆の晒しものになるなんて、睦美はきっと悲しむでしょうね。

征司　僕もそう思います。

芙由子　家《うち》のお寺の住職はもの判りの良い方ですから、相談して静かに葬ってもらいましょう。

小松　そうして頂ければ有難いことです。

征司、サンサの箱を大切に包み、和室に置く。小松、二人に礼を言い、玄関に立ってドアを開ける。ドアの外には市川がいて、チャイムを押そうとしているところである。

市川　あ。多岐さんはご在宅ですか。
小松　ええ、二人お揃いです。
市川　それはよかった。
　小松、廊下に出て退場。入れ違いに市川が部屋に入って来る。
市川　先ほどはどうも。もしかして、枯河原先生がここへ来ませんでしたか?
征司　……いいえ。
市川　それはよかった。実は先生、帰りの車の中で腹痛を起こして車を降りられたんです。よく考えると、心配になりました。ええ、抜け駈けしてあれを手に入れる企みじゃなかったか、とね。
征司　それは市川さんの取り越し苦労でしたよ。
市川　それはよかった。じゃ、サンサは必ず私に譲ってくれますね。
征司　お約束通りお渡ししましょう。
市川　それは有難い。
征司　僕の方の約束も——。
市川　勿論ですよ。引き換えに小切手をお渡しします。

征司、和室へ行き、風呂敷包みを開き箱を取り出す。そして、写真と何やらを入れ換え、洋間に戻って来る。洋間に戻り、箱の中からサンサを取り出して箱の上に載せる。

征司 さあ、お受け取り下さい。

市川 やあ、本当にサンサが手に入るぞ。

市川、手を伸ばしてサンサを取ろうとする。が、一瞬早く、サンサは閃光を発し、消え去ってしまう。市川、愕然《がくぜん》として動かない。

市川 こりゃ、一体、どうしたことだ?

征司 加瀬老人が予言した通りです。サンサは消えてしまったのです。

市川 ああ……何ということだ。

征司 僕だってがっかりですよ。折角、目の前に新しいマンションがぶら下っていたのにね。仕方がありません。当分はこの気持の悪い部屋で我慢することにしましょう。

市川 まあ、窓から落ちることがないように暮らして下さいよ。

市川、諦め切れぬように部屋を見廻して、退場する。

芙由子　鮮《あざ》やかな仕掛けね。でも、本物のサンサはどこに隠してあるの？
征司　判らないかい。
芙由子　さっき、隠し金庫を開けて見たけれどそこにもなかったわ。（部屋を見廻す）
征司　目の前にあるんだがな。
芙由子　目の前？

征司、スタンドの笠を持ち上げる。笠は台から離れても光を放っている。スタンドの台には電球はなく、替わりにサンサが載っている。ベランダから神田囃子「仁羽《にんば》」が聞こえてくる。

征司　さて、と。（芙由子を見る）白鳥君、マンションは棒に振ったが惜しくはないだろうね。
芙由子　ええ、ちっとも。そんなことより、早くあれを調べてみましょうよ。わたしこのところ、あのために夜もろくろく寝られなかったんですもの。
征司　僕だってそうだ。

征司、隠し金庫を開け、いくつもの箱を取り出す。箱を開けると、次次に黄金の像が現れる。

征司　黄金の七福神だ。

芙由子　紺野のお婆あさんの遺産ね。彼女、紙のお札なんか一切信用しなかったのね。

征司　七福神は二つに分けると半端が出るな。いっそのこと、二人で全部、ということにしないか。実はここ何日か、君の若奥様振りを見ていて、すっかり参っているんだよ。

芙由子　本当？　あなた……。

どちらからともなく抱き合い接吻する。玄関に管理人の犬塚と電機工事人が連れ立って来る。犬塚、チャイムを押すが、二人は動こうとしない。

犬塚　……おかしいなあ。今日はいるはずなんだがなあ。（そっとドアを開ける）奥さん、電気の修理を……（ふと、抱き合っている二人を見て、慌ててドアを閉める）新婚さんは、これだから敵わない。（電機工事人に）今、ショートしてるところだよ。

工事人　（大きくうなずく）

――幕――

舞台裏　泡坂さん幕を閉じ

新保博久

「年ごとにミステリ作家はタネが尽き」――泡坂妻夫「川柳手帳」（未刊行）より

本書『泡坂妻夫引退公演 手妻篇』の、「奇術」の部に収めた四編は、『絡繰篇』収録の家紋小説（というジャンルはないだろうが）のいくつかと同じく私小説のような、またエッセイのような手触りだ。晩年の泡坂作品には初中期の短編のペダントリの部分だけで構成したような、小説ともエッセイともつかない不思議な作品がいくつかある。

「**魔法文字**」（ゴシックは本書収録作品。以下同じ）には語り手の名前が出てこないが、『奇術探偵 曾我《そが》佳城《かじよう》全集』に収められたシリーズ最後期の短編によく名前の出てくる青瀬《あおせ》勝馬《かつま》であるのは、他の脇役陣の顔触れから推して間違いない。青瀬勝馬というネーミングについては、私自身が準〝名づけ親〟と称しても僭越《せんえつ》にはならないだろう。

もともとは一九八三年、辻真先氏が同名の小説と並行して書下ろした推理劇「天使の殺人」上演にさいし、演劇情報誌『マンスリーAG』十月号掲載のインタビューで辻氏の偏愛するミステリ作家作品の一例として都筑道夫、青瀬勝馬、横溝正史『獄門島』と並べたのが最初だ。たしか観劇の帰りの電車内で、お土産《みやげ》にもらった同誌を読んでいて、ひえ青瀬勝馬なんて聞いたこともないとは商売柄、知らないのは恥だと狼狽《ろうばい》した。しかし待てよ聞き覚えはある、アオセ・カツマ、アオセカ・ツマと何度か呟《つぶや》くうちに本当は誰のことだか思い当たった。辻氏はインタビューの誌上採録の校正刷も見せられなかったのだろう。

これを面白がった私が、辻氏の初期三長編と一短編とを纏《まと》めた『合本・青春殺人事件』（一九九〇年三月、東京創元社）の解説で吹聴《ふいちよう》したのが泡坂氏の目に留まったものか、「黒の通信」（『週刊小説』一九九一年一月四日号）でたぶん初めて語り手が青瀬と名づけられた（名字だけだが）。「凶漢消失」（『EQ』一九九二年九月号）の名前のない語り手も青瀬なのではないか。

こんなことを自慢たらしく言い立ててもしょうがないが、ヨギ　ガンジーものの「**未確認歩行原人**」と曾我佳城シリーズの「真珠夫人」（『小説現代』一九九二年六月号）とが表裏一体の関係にあることぐらいは指摘して、併読をおすすめしておくべきだろう。といっても、二〇一九年四月現在、曾我佳城シリーズは電子版でしか手に入らないのだが、二分冊で文庫化された『曾我佳城全集』は近々本文庫で再刊予定であると、紙版で読みたい持っていたいという読者にお伝えしておきたい。

ちなみに「未確認歩行原人」の一節によって、海方物稔《うみかたふさなり》シリーズ第二作『毒薬の輪舞《りんぶ》』（一九九〇年。河出文庫にて再文庫化予定）で被害者の一人が重要な手がかりを挿《はさ》んでいた愛読書の著者井成蝶《いなりちよう》というのが、歌集『サラダ記念日』の俵万智→田原町→稲荷町という連想から命名されたことが分かる（ついでに書いておくと、海方惣稔の第三作として題名だけ予告されていた長編「紙幣《しへい》の輪舞」は結局着稿されなかったらしい）。

亜《あ》愛一郎《あいいちろう》、曾我佳城、夢裡庵《むりあん》先生捕物帳などには、これでシリーズ完結と明確な最終話が用意されたように、ヨギ ガンジーにもそういう構想があったらしい。しかし「ヨギ ガンジー、最後の妖術」はその意図に添ったわけではなく、泡坂氏が不帰《ふき》の客となる前日まで執筆していた文字どおりの絶筆にほかならない。題名が付されていなかったので掲載誌では「遺稿」と題され、「ヨギ ガンジー、最後の妖術」とは『オール讀物』編集部でつけた副題だが、本書ではこちらを正題とした。作者としては、単行本未収録のまま残っている二編に数編を書き足して、少なくともあと一冊つくる手始めだったのだろうが。

「酔象《すいぞう》秘曲」も没後発表だが、こちらは『泡坂妻夫引退公演』単行本版刊行後の二〇一五年夏ごろ、東京都豊島区立中央図書館で地元ゆかりの作家として泡坂妻夫展を二〇一二年以来毎年開催してきた職員の田中正幸氏によって発掘された。遺品のうち五十冊以上もの構想ノートの、大半は発表された小説の草稿だったなかに埋もれていた未発表作品で、泡坂氏の作品集には本文庫版で初めて収録されるものである。作者自身にだけ判読できればいいというノートの手書き文字を翻字するのは至難の業で、二〇一六年末に至って発表可能な段階に整えられたようだ。その経緯は、実物とともに掲載された田中氏による「『酔象秘曲』との出会い」「『酔象秘曲』の謎」（『ミステリーズ！』vol.81、二〇一七年二月）に詳しいが、多少の不整合は残っているものの未完ではなかったのは何よりだ。

不整合の分かりやすい例でいえば、結末での会話に男女の混乱が見られる。肖子《しょうこ》の対話の相手は中岡《なかおか》と考えられるものの、ここでは独身だと称しており、冒頭で配偶者がいるのと平仄《ひょうそく》が合わない。中岡の虚言なのか、発言者が中岡ではないのか（一行あいているのが意味深長だ）、単に草稿ゆえ書き流したせいなのか。いっそ戯曲のように誰のせりふか明記されていれば悩まなくて済むのだが、田中氏の推定によれば執筆は一九八四年。脂の乗りきった時期の所産で、長編化のための準備稿だとして、細かい整合性にこだわる必要はないだろう。まず短編の形で世に問うたのち、長編化して刊行するのは多くの作家がやっていることだが、泡坂氏に限ってはそういう例がない。長編化のための細部の修正、膨らませに思案がつかないまま忘れられたと推測するしかないが、『泡坂妻夫引退公演』二分冊に収められた短編の多くが初期作品に比べて、致し方ないことだがミステリ度が薄まっているのを淋しく感じるとしたら、こういうものを読みたかったという読者の渇を癒してくれる出来だろう。

本書巻末の「交霊会の夜」も、戯曲は小説ほど読みやすくはないという先入観は、読みはじめれば霧散するに違いなく、単行本版刊行当時、騙しの名人たる泡坂氏を愛する読者に集中とりわけ好評を博したものだ。辻真先氏の「天使の殺人」上演がきっかけとなったように、同じ銀座みゆき館劇場を拠点に山村正夫氏が、脚本の川野京輔（上野友夫）氏、プロデュースの松本守正氏とともに推理劇専門劇団〝宝石座〟を旗揚げしたのは「天使の殺人」上演の翌一九八四年だが、八五年五月に山村氏のオリジナル原作で「落し穴」、八六年同月にはスタッフ同人に加わった辻氏の原作で「幽霊の殺人」と続いて、早くも松本氏が原作不足を託《かこ》つことになった。その三年前に泡坂氏が雑誌企画に書下ろし戯曲として発表していた「交霊会の夜」が宝石座第三回作品として八七年十一月二十日から二十九日まで昼夜計十四回上演されている。パンフレットはA5判三つ折り単色と質素ながら、原作者の弁として載っている「舞台用のトリック」と題する全文を引用しておこう。

トリックを考えついたとき、これは視覚的だなと思うことがときどきあります。つまり、文章でくだくだ説明するより、実際に見てもらった方が一目瞭然《いちもくりようぜん》（行末）感銘も大きい、というようなトリックです。無論、そうしたものは芝居に作るべきでしょう。（改行）視覚的ないくつかのトリックを盛り込んだのが「交霊会の夜」で雑誌『小説推理』に発表しました。今度これが宝石座に取り上げられることになったので、舞台の制約や出演者のことを考え、大幅に手を加えました。（改行）あとは脚本の川野さん、演出の山村さんの料理で、どんな味のするミステリ劇になるか、大変楽しみです。

社交辞令でなく、マジシャンでもあった泡坂氏の本音が語られているように思う。パンフレットによれば演出助手を務めたのが、デビュー以前の新津きよみ氏である。舞台の制約というのは、みゆき館劇場が小劇場で舞台の間口、奥行とも六メートルしかないし（客席の定員も八十名）、登場人物も十人程度に抑え、上演時間も二時間に収めないといけないといったことらしい。結果、配役からテレビ関係の全員と枯河原《かれがわら》教授が削られ、劇団俳優には女優のほうが多いせいか、管理人、市川《いちかわ》社長、船橋《ふなばし》配達人が女性に替えられた。

「一部、（脚本に）泡坂氏が首を傾げられた部分があったが、これは役者さんたちに切符のノルマをお願いしている関係から、各人に芝居の仕所《しどころ》を作らざるを得ず、泡坂氏の諒解を得た。（中略）役者さんたちは自分の役がよく書き込まれていないと納得せず、十名もの登場人物すべてが、ノルマを背負ってでも出演したい作品を書くと、どうしても時間の制約から、トリックに甘い点が出て来がちである」（松本守正「『宝石座』公演のPR」、『日本推理作家協会会報』一九八七年十月号）

トリックだけでなく、本筋に関係ないギャグなども大半削られたせいか、私は確かに観たはずなのに、同劇団の前二作「落し穴」「幽霊の殺人」に比べても印象が薄い。しかし泡坂氏は視覚的トリックと言っているが、文章だけでも充分面白く、上演を前提としないレーゼ・ドラマ（読まれるための戯曲）を意識した気配が濃い。なお紺野守江《こんのもりえ》が二八九ページで二十五歳、三一〇ページでは二十六歳となっているが、強いて統一はしないでおいた。

宝石座はこのあと、一年飛んで平成と改まった八九年五月ごろ、再び辻氏のオリジナル原作「人形の殺人」を取り上げたはずだが、私は招待券をいただいたのに上演をひと月勘違いして観はぐってしまった。それがたぶん最後の公演になったのは、やはり創作推理劇の原作に乏しく、また前記のように出演者が切符を売らされるノルマ問題などがあったせいだろう。

一九九七年に至って宝石座のスタッフが糾合され、辻脚本、山村演出、松本制作で日本推理作家協会設立五十周年記念文士劇「ぼくらの愛した二十面相」に推理作家協会員四十二名が出演して、資金も潤沢《じゅんたく》だったから（非営利団体なので、蓄《たくわ》えをファンサービスに費消せよという文化庁の指導があった）一夜限りの上演に有楽町よみうりホールを借りたものだ。泡坂氏も本人役で出演、劇中歌の著作権の問題で映像ソフト化はされていないが、この舞台がＮＨＫ衛星放送で放映されたのを録画したミステリファンも多いだろうから、氏の奇術の実演を見たい読者はそれに頼るのが最も簡便かもしれない。

私自身は、出版社のパーティなどで泡坂氏のクロースアップマジックを間近に観る役得に何度となく与《あずか》った。奇術よりも演ずる氏の上機嫌な顔を見ているほうが楽しかったのだから、勿《もっ》体《たい》ない話だが。氏のステージも一九八〇年代に杉並公会堂で二度ほど実見しており、リングやロープの手品が中心だったが、素人《しろうと》目には、とらんぷやコインを用いるクロースアップほど潑《はつ》剌《らつ》としていないようなもどかしさを感じた。ステージマジックではトークが出来ないためかもしれない。これでおしまい、というサインは、綾取りのように拡げたロープの文字で「オワリ」と示してみせていたように憶《おも》う。『泡坂妻夫引退公演』単行本版の最終ページに掲載されていた写真では「ＥＮＤ」となっているから、和洋二バージョンがあったのか、それとも私の記憶違いか。そんなに頼りない記憶でも、ステージの終わりに（いつもトリを務めていた）閉幕のサインを示していた泡坂氏の照れくさそうな笑顔は今なお忘れがたい。

本書を編むうえで遺漏がないかチェックするのに有益だった「横丁の名探偵」というサイトの泡坂妻夫作品リストに、他の小説と同列で挙げられている「朝顔のふしぎ」（『日本橋』二〇〇五年六月号）は純然たるエッセイなので採らなかった。また、単行本版の刊行がネットで予告されたおりツイッターで、貫井徳郎氏から見落とした作品があると指摘され、あわてて「匂い梅」（『絡繰篇』所収）と「流行」を探して追加したことも今では懐かしい。貫井氏としては非難の意図はなく、何ごとも完璧は期しがたいものだという呟き《ツイート》であったという。

「酔象秘曲」発掘の功労者である田中正幸氏には、『ゾンビ　ボールの研究』（一九六八年、力書房）の全容をPDFでご提供いただいた。技術解説的な部分は私には猫に小判だが、その「おわりに」という一文に、術者は「『不思議そうな顔をすること』、（ボールに―編者註）『こちらに来なさいという表情をしなさい』、『逃げようとする心を態度で示せ』などのことがらは、あまり奇術の解説書には見なれい（原文ママ―編者註）かも知れない。奇術はタネとテクニックで、それを上手に使いこなすだけと考える人たちには、ずいぶん無駄《むだ》で、へんな注文かも知れない。けれども、ステージの楽しさは、タネやテクニック以上に、こうした表現力から生まれるものである」と記されている。泡坂ミステリの要諦ともいえる気がするので紹介しておく次第だ。

なおデビュー以前に、本名の厚川昌男名義で奇術専門誌に発表されたショート・ショートがあるが、長編『11枚のとらんぷ』の作中作に取り込まれていたり、それ以外も『KAWADE夢ムック　文藝別冊　泡坂妻夫』（二〇一五年二月）に再録されたことでもあり、今回は作品集への収録は見合わせた。単行本になお未発表の二編を同人誌『幻影城終刊号』（二〇一六年）に翻刻した野地嘉文氏からはなお一編、活字になっていない掌編があると教えられたが、それらの収録も他日を期すことにする。生前に泡坂名義で発表された分については漏れがないよう努めたつもりだが、PR誌、タウン誌、地方紙などには目が届かなかった点もあるかもしれない。直接間接にご教示を賜ったかたがたに感謝するとともに、読者には寛恕《かんじょ》をお願いしたい。

（本稿は『絡繰篇』解説ともども、『泡坂妻夫引退公演』単行本版第二幕〈手妻〉巻末の拙稿「泡坂さん幕を閉じ」を再構成、加筆修正したものです）

泡坂妻夫著作リスト

新保博久編

《凡例》 **表題** （収録作品名。ただし表題長編のみの場合は省略） ・刊行年月日　出版社〈叢書名（ただし「東京創元社　A6判」が「創元推理文庫」であるように自明な場合は省略）〉 判型　外装　頁数　定価（本体価格） ☆本文以外の文章（重版時の帯紙は対象外） ＊備考

〔　〕作成者による註釈

（日本国内で紙媒体で刊行されたものに限った。収録本は原則的に除外）

《小説》

11枚のとらんぷ

・1976年（以下西暦19--年の場合19を省略）10月15日　幻影城〈幻影城ノベルス〉 四六判　カバー　363頁　1000円
☆プロフィール・泡坂妻夫／二上洋一
＊初版はアンカット・フランス装。78年5月15日再版より通常の上製本。

・79年8月30日　角川書店　A6判　カバー　381頁　420円
☆解説－さかしま志向の人形つかい（ピュペット・マスター）／松田道弘

・88年11月25日　双葉社　A6判　カバー　363頁　520円
☆解説／長谷部史親

・93年5月21日　東京創元社　A6判　カバー　396頁　583円
☆解説／依井貴裕　著作リスト／山前譲編

・2014年6月20日　KADOKAWA〈角川文庫〉 A6判　カバー　401頁　640円
☆解説－さかしま志向の人形つかい（ピュペット・マスター）／松田道弘

乱れからくり

- 77年12月25日　幻影城〈幻影城ノベルス〉　四六判　カバー　367頁　1000円
  ☆プロフィール・泡坂妻夫／中井英夫
- 79年4月25日　角川書店　A6判　カバー　364頁　420円
  ☆解説／津井手郁輝
- 88年2月25日　双葉社　A6判　カバー　349頁　500円
  ☆解説／山本秀樹
- 93年9月24日　東京創元社　A6判　カバー　378頁　583円
  ☆解説／中井英夫〔幻影城版「プロフィール・泡坂妻夫」と同文に本多正一が代筆して追記〕
- 96年10月25日　角川書店〈角川文庫リバイバル・コレクション〉　A6判　カバー　377頁　583円
  ☆解説／津井手郁輝〔79年版と同文〕
- 97年11月15日　双葉社〈双葉文庫・日本推理作家協会賞受賞作全集33〉　A6判　カバー　392頁　667円
  ☆解説／縄田一男〔目次では山前譲〕

亜愛一郎の狼狽

（DL2号機事件／右腕山上空／曲った部屋／掌上の黄金仮面／G線上の鼬／掘出された童話／ホロボの神／黒い霧）

- 78年5月25日　幻影城〈幻影城ノベルス〉　四六判　カバー　365頁　1000円
  ☆プロフィール・泡坂妻夫／栗本薫
- 81年11月30日　角川書店　四六判　カバー　331頁　1100円
  ☆プロフィール・泡坂妻夫／栗本薫
- 85年3月10日　角川書店　A6判　カバー　411頁　490円
  ☆解説―泡坂妻夫と雑誌「幻影城」Ⅰ／権田萬治
- 94年8月19日　東京創元社　A6判　カバー　381頁　583円

☆泡坂妻夫と雑誌『幻影城』／権田萬治

湖底のまつり

・78年11月25日　幻影城〈幻影城ノベルス〉　四六判　カバー　287頁　1000円

☆プロフィール・泡坂妻夫／津井手郁輝

・80年4月30日　角川書店　A6判　カバー　306頁　340円

☆解説／連城三紀彦

・89年11月15日　双葉社　A6判　カバー　295頁　427円

☆解説／横井司

・94年6月24日　東京創元社　A6判　カバー　302頁　466円

☆解説／綾辻行人

秘文字

(かげろう飛車)

・79年2月28日　社会思想社　B5判　ハコ　198頁　4800円

☆暗号三昧／泡坂妻夫　暗号と暗合／中井英夫　偽装の論理／日影丈吉　暗号法とその解き方／長田順行

＊長田順行監修、中井英夫・日影丈吉と共著。小説は全文暗号化されており、解答篇は別送。

・83年3月30日　社会思想社　A5判　カバー　241頁　1800円

☆暗号三昧／泡坂妻夫　暗号と暗合／中井英夫　偽装の論理／日影丈吉　暗号法とその解き方／長田順行

＊長田順行監修、中井英夫・日影丈吉と共著。小説は全文暗号化されており、解答篇は袋綴じ。

花嫁のさけび

・80年1月17日　講談社　四六判　カバー　287頁　980円

・88年8月15日　講談社　A6判　カバー　349頁　420円

☆解説／宝飯歳二

・99年7月18日　角川春樹事務所　A6判　カバー　361頁

840円
☆解説／日下三蔵
・2017年11月20日　河出書房新社　A6判　カバー　360頁　780円
☆解説／恩田陸

煙の殺意

（赤の追想／椛山訪雪図／紳士の園／閏の花嫁／煙の殺意／狐の面／歯と胴／開橋式次第）
・80年11月29日　講談社　四六判　カバー　248頁　980円
・84年10月15日　講談社　A6判　カバー　293頁　380円
☆解説／二上洋一
・2001年11月30日　東京創元社　A6判　カバー　304頁　620円
☆温顔の死神 あるいは死に至る遊技／澤木喬

迷蝶の島

・80年12月20日　文藝春秋　四六判　カバー　233頁　980円
・88年2月10日　文藝春秋　A6判　カバー　270頁　360円
☆解説／山前譲
・2018年3月20日　河出書房新社　A6判　カバー　276頁　720円
☆解説／皆川博子

喜劇悲奇劇

・82年5月25日　角川書店　B40　カバー　275頁　640円
☆作者のことば
・85年10月25日　角川書店　A6判　カバー　422頁　540円
☆エッセイから解説へ／新保博久
・99年5月18日　角川春樹事務所　A6判　カバー　411頁　940円
☆解説／山前譲

・2010年1月22日　東京創元社　A6判　カバー　408頁　960円
☆作者のことば　エッセイから解説へ／新保博久〔角川文庫版の同題文に加筆〕

亜愛一郎の転倒

（藁の猫／砂蛾家の消失／珠洲子の装い／意外な遺骸／ねじれた帽子／争う四巨頭／三郎町路上／病人に刃物）

・82年7月30日　角川書店　四六判　カバー　298頁　1100円
・86年11月10日　角川書店　A6判　カバー　374頁　490円
☆解説―泡坂妻夫と雑誌「幻影城」Ⅱ／権田萬治
・97年6月27日　東京創元社　A6判　カバー　341頁　600円
☆だます達人、だまされる達人／田中芳樹

天井のとらんぷ

（天井のとらんぷ／シンブルの味／空中朝顔／白いハンカチーフ／バースデイロープ／ビルチューブ／消える銃弾／カップと玉）

・83年6月5日　講談社　B40　カバー　214頁　640円
☆著者のことば
・86年8月15日　講談社　A6判　カバー　317頁　420円
☆解説／山本秀樹

妖女のねむり

・83年7月15日　新潮社　四六判　カバー　283頁　1000円
・86年1月25日　新潮社　A6判　カバー　364頁　400円
☆泡坂妻夫―活字づくりの寄席／連城三紀彦
・99年4月18日　角川春樹事務所　A6判　カバー　369頁　820円
☆解説／細谷正充
・2010年6月11日　東京創元社　A6判　カバー　365頁　840円

☆解説／松浦正人

ヨギ ガンジーの妖術

（王たちの恵み／隼の贄／心魂平の怪光／ヨギ ガンジーの予言／帰りた銀杏／釈尊と悪魔）

• 84年1月10日　新潮社　四六判　カバー　217頁　880円
• 87年1月25日　新潮社　A6判　カバー　324頁　360円
  ☆解説／二上洋一
  ＊「蘭と幽霊」を追加。
• 2018年6月30日　新潮社　A6判　カバー　366頁　590円
  ☆解説／二上洋一　解説―「泡坂マジック」への入口／新保博久
  ＊前掲書の改版。

花嫁は二度眠る

• 84年4月5日　光文社　B40　カバー　230頁　680円
  ☆一人三役の華麗な役割／中島河太郎　著者のことば　奇抜なトリックを支える名人芸の話術／連城三紀彦
• 89年4月20日　光文社　A6判　カバー　324頁　447円
  ☆解説／中島河太郎

亜愛一郎の逃亡

（赤島砂上／球形の楽園／歯痛の思い出／双頭の蛸／飯鉢山山腹／赤の讃歌／火事酒場／亜愛一郎の逃亡）

• 84年12月20日　角川書店　四六判　カバー　309頁　1100円
• 89年6月25日　角川書店　A6判　カバー　355頁　485円
  ☆解説―泡坂妻夫と雑誌「幻影城」Ⅲ／権田萬治
• 97年7月25日　東京創元社　A6判　カバー　352頁　620円
  ☆泡坂氏との出会い／我孫子武丸

ゆきなだれ

（ゆきなだれ／厚化粧／迷路の出口／雛の弔い／闘柑／アトリエ

の情事／同行者／鳴神）

- 85年2月10日　文藝春秋　四六判　カバー　245頁　1100円
- 88年4月10日　文藝春秋　A6判　カバー　281頁　360円

☆解説／武蔵野次郎

死者の輪舞

- 85年5月15日　講談社　四六判　カバー　278頁　1100円
- 89年1月15日　講談社　A6判　カバー　302頁　420円

☆解説／植村秀介

- 93年5月20日　出版芸術社〈ミステリ名作館〉　四六判　カバー　247頁　1456円

☆あとがき　海方惣稔さんのこと　泡坂妻夫著作リスト

- 2019年2月20日　河出書房新社　A6判　カバー　320頁　890円

☆あとがき　海方惣稔さんのこと／泡坂妻夫　節介な解説／新保博久　米澤穂信氏推薦！〔帯紙〕

猫女

- 85年12月10日　双葉社　B40　カバー　247頁　680円
- 90年7月15日　双葉社　A6判　カバー　303頁　437円

☆解説／山前譲

ダイヤル7をまわす時

（ダイヤル7／芍薬に孔雀／飛んでくる声／可愛い動機／金津の切符／広重好み／青泉さん）

- 85年12月20日　光文社　四六判　カバー　247頁　980円
- 90年4月20日　光文社　A6判　カバー　304頁　427円

☆解説／縄田一男

妖盗S79号

（ルビーは火／生きていた化石／サファイアの空／庚申丸異聞／黄色いヤグルマソウ／メビウス美術館／癸酉組一二九五三七番／黒鷺の茶碗／南畝の幽霊／檜毛寺の観音像／S79号の逮捕／東

郷警視の花道）
・87年7月15日　文藝春秋　四六判　カバー　308頁　1200円
・90年6月10日　文藝春秋　A6判　カバー　461頁　505円
・2018年1月20日　河出書房新社　A6判　カバー　537頁　950円
☆解説／法月綸太郎
北村薫氏（『文藝別冊 総特集 泡坂妻夫』より）〔帯紙〕

しあわせの書 迷探偵ヨギ ガンジーの心霊術

・87年7月25日　新潮社　A6判　カバー　241頁　320円
☆解説／松田道弘

奇跡の男

（奇跡の男／狐の香典／密会の岩／ナチ式健脳法／妖異蛸男）
・88年2月29日　光文社　四六判　243頁　1100円
・91年2月20日　光文社　A6判　287頁　427円
☆解説／山前譲
・2018年5月15日　徳間書店　A6判　カバー　296頁　650円
☆解説／福井健太

折鶴

（忍火山恋唄／駈落／角館にて／折鶴）
・88年3月15日　文藝春秋　四六判　カバー　260頁　1200円
・91年1月10日　文藝春秋　A6判　カバー　302頁　408円
☆解説／小杉健治

鬼女の鱗

（目吉の死人形／柾木心中／鬼女の鱗／辰巳菩薩／伊万里の杯／江戸桜小紋／改三分定銀）
・88年3月25日　実業之日本社　四六判　カバー　237頁　1200円
・92年2月10日　文藝春秋　A6判　カバー　253頁　408円
＊『鬼女の鱗―宝引の辰捕者帳』と改題

・2010年5月20日　埼玉福祉会〈大活字本シリーズ〉　A5判　――　(上) 194頁　2700円　(下) 241頁　2800円
＊上下2分冊。上巻に前半3編、下巻に後半4編を収録

花火と銃声

(石になった人形／七羽の銀鳩／剣の舞／虚像実像／花火と銃声／ジグザグ／だるまさんがころした)

・88年6月5日　講談社　B40　カバー　257頁　680円
☆著者のことば

・92年8月15日　講談社　A6判　カバー　312頁　466円
☆解説／縄田一男

斜光

・88年7月25日　角川書店　B40　カバー　208頁　680円
☆作者のことば

・91年5月10日　角川書店　A6判　カバー　329頁　485円
☆解説／縄田一男

びいどろの筆 夢裡庵先生捕物帳

(びいどろの筆／経師屋橋之助／南蛮うどん／泥棒番付／砂子四千両／芸者の首／虎の女)

・89年1月31日　徳間書店　四六判　カバー　260頁　1200円

・92年11月15日　徳間書店　A6判　カバー　285頁　447円
☆解説／縄田一男

蔭桔梗

(増山雁金／遺影／絹針／簪／蔭桔梗／弱竹さんの字／十一月五日／竜田川／くれまどう／色揚げ／校舎惜別)

・90年2月20日　新潮社　四六判　カバー　234頁　1165円

・93年2月25日　新潮社　A6判　カバー　288頁　427円
☆解説／長谷部史親

・2001年11月2日　新潮社〈新潮オンデマンドブックス〉　四六判　――　262頁　2700円

黒き舞楽

・90年3月10日　白水社〈物語の王国〉　四六判　カバー　232頁　1262円
・93年12月20日　新潮社　A6判　カバー　188頁　311円
　☆解説／縄田一男

毒薬の輪舞

・90年4月5日　講談社〈創業80周年記念推理特別書下ろし〉四六判　カバー　306頁　1311円
・93年9月15日　講談社　A6判　カバー　329頁　505円
　☆解説／山崎昶

砂のアラベスク

（砂のアラベスク／ソンブラの愛／夜の人形／裸の真波）

・90年10月25日　文藝春秋　四六判　カバー　273頁　1262円
・93年10月9日　文藝春秋　A6判　カバー　295頁　437円
　☆解説／山前譲

ぼくたちの太陽

（雨女／蘭の女／三人目の女／ぼくたちの太陽／危険なステーキ／凶手の影）

・91年1月30日　光文社　四六判　カバー　259頁　1262円
・97年3月20日　光文社　A6判　カバー　330頁　544円
　☆解説／長谷部史親
　＊『雨女』と改題。

旋風

・92年5月25日　集英社　四六判　カバー　291頁　1359円
・95年2月25日　集英社　A6判　カバー　326頁　563円
　☆解説／細谷正充

写楽百面相

・93年7月25日　新潮社〈新潮書下ろし時代小説〉四六判

カバー　308頁　1553円

- 96年10月1日　新潮社　A6判　カバー　356頁　505円
  ☆解説／縄田一男
- 2005年12月10日　文藝春秋　A6判　カバー　365頁　686円
  ☆解説／縄田一男〔新潮文庫版と同文〕

夢の密室

（石の棺／蛇の棲処／凶漢消失／トリュフとトナカイ／ダッキーニ抄／夢の密室）

- 93年8月30日　光文社　四六判　カバー　242頁　1456円
- 98年3月20日　光文社　A6判　カバー　300頁　514円
  ☆解説／細谷正充

恋路吟行

（黒の通信／仮面の恋／怪しい乗客簿／火遊び／恋路吟行／藤棚／勿忘草／るいの恋人／雪帽子／子持愛）

- 93年10月25日　集英社　四六判　カバー　251頁　1456円
  ☆宮部みゆき氏絶賛〔帯紙〕
- 97年5月25日　集英社　A6判　カバー　310頁　571円
  ☆解説／縄田一男

弓形の月

- 94年4月15日　双葉社　四六判　カバー　245頁　1748円
- 96年8月15日　双葉社　A6判　カバー　278頁　485円
  ☆解説／長谷部史親

自来也小町　宝引の辰　捕者帳

（自来也小町／雪の大菊／毒を食らわば／謡幽霊／旅差道中／夜光亭の一夜／忍び半弓）

- 94年6月30日　文藝春秋　四六判　カバー　253頁　1456円
- 97年6月10日　文藝春秋　A6判　カバー　283頁　438円
  ☆解説／細谷正充

生者と死者 酩探偵ヨギ ガンジーの透視術

（消える短編小説／生者と死者 酩探偵ヨギ ガンジーの透視術）

•94年11月1日　新潮社　A6判　カバー　215頁　427円

☆この本の読み方／著者　あとがき　解説／縄田一男

＊「消える短編小説」はアンカットのまま読むと独立した短編として読め、全部を開封すると長編「生者と死者」の一部に溶け込んでしまう趣向。

泡坂妻夫の怖い話

（毒／ハートのQ／解坂中腹／ミュージシャン／階段／ねずみ穴／雨の銀座／大仕事／固い種子／虫の知らせ／影人形／烏が／実用の品／お助けおばさん／悪夢／唇紅／大欲は無欲／排水口など／御徒町／黙禱／自然食／わんわん鳥／分身／牡丹記／永日／面／女護の島／妻恋おきみ／キジマくんの話／吉田御殿／妖香）

•95年5月20日　新潮社　B6判　カバー　275頁　1359円

•98年8月1日　新潮社　A6判　カバー　316頁　476円

☆解説／横井司

凧をみる武士 宝引の辰 捕者帳

（とんぼ玉異聞／雛の宵宮／幽霊大夫／凧をみる武士）

•95年5月25日　日本放送出版協会　四六判　カバー　213頁　1165円

•99年8月10日　文藝春秋　A6判　カバー　237頁　429円

☆解説／長谷部史親

からくり富 夢裡庵先生捕物帳

（もひとつ観音／小判祭／新道の女／猿曳駒／手相拝見／天正かるた／からくり富）

•96年5月31日　徳間書店　四六判　カバー　268頁　1456円

•99年7月15日　徳間書店　A6判　カバー　318頁　533円

☆解説／鷲津浩子

からくり東海道

・96年9月25日　光文社　四六判　カバー　277頁　1650円

・99年6月20日　光文社〈光文社時代小説文庫〉　A6判　カバー　340頁　552円

☆解説／日下三蔵

砂時計

（女紋／硯／色合わせ／埋み火／三つ追い松葉／静かな男／六代目のねえさん／真紅のボウル／砂時計／鶴の三変）

・96年12月20日　光文社　B40　カバー　234頁　796円

☆著者のことば　芳醇な泡坂ワールド／細谷正充

・2000年3月20日　光文社　A6判　カバー　306頁　514円

☆解説／鷲津浩子

亜智一郎の恐慌

（雲見番拝命／補陀楽往生／地震時計／女方の胸／ばら印籠／薩摩の尼僧／大奥の曝頭）

・97年12月10日　双葉社　四六判　カバー　266頁　1700円

・2000年7月20日　双葉社　A6判　カバー　283頁　495円

☆解説に代えて／新保博久

・2004年1月30日　東京創元社　A6判　カバー　280頁　660円

☆解説／末國善己

泡坂妻夫集

（狐の香典／ダイヤル7／びいどろの筆／くれまどう）

・98年4月30日　リブリオ出版〈もだんミステリーワールド12〉　A5変型判　――　277頁　揃54000円

☆解説／中島河太郎

鬼子母像

（鬼子母像／弟の首／鳴き砂／ライオン／他化自在天／指輪の首飾り／竹夫人／三郎菱／ジャガイモとストロー／色縫い／幕を下

ろして／連理）
・98年12月5日　祥伝社　四六判　カバー　274頁　1600円
・2003年2月20日　光文社　A6判　カバー　309頁　533円
　☆解説／縄田一男

朱房の鷹 宝引の辰 捕者帳

（朱房の鷹／笠秋草／角平市松／この手かさね／墓磨きの怪／天狗飛び／にっころ河岸／面影蛍）
・99年4月20日　文藝春秋　四六判　カバー　263頁　1429円
・2002年7月10日　文藝春秋　A6判　カバー　265頁　495円
　☆江戸文化の空気／寺田博

泡亭の一夜

（狸の使い／大黒漬／千両弔い／さま命／奥縞／お島甲吉／新内屋／三紋龍／力石／心中屋／そもそも／勝券／節分／紗綾形／春色川船頭）
・99年10月20日　新潮社　四六判　カバー　258頁　1600円
　☆中入りエッセイ（旅芝居　立花の芸人たち　祭と演芸　本牧亭と奇術　本牧亭と新内　文楽の枕　桂三木助の紋）
・2002年8月1日　新潮社　A6判　カバー　322頁　476円
　☆中入りエッセイ（旅芝居　立花の芸人たち　祭と演芸　本牧亭と奇術　本牧亭と新内　文楽の枕　桂三木助の紋）「職人芸、名人芸」／古川潮

奇術探偵 曾我佳城全集

（天井のとらんぷ／シンブルの味／空中朝顔／白いハンカチーフ／バースデイロープ／ビルチューブ／消える銃弾／カップと玉／石になった人形／七羽の銀鳩／剣の舞／虚像実像／花火と銃声／ジグザグ／だるまさんがころした／ミダス王の奇跡／浮気な鍵／真珠夫人／とらんぷの歌／百魔術／おしゃべり鏡／魔術城落成）
・2000年（以下西暦20--年の場合20を省略）6月30日　講談

社　四六判　カバー　557頁　3200円
☆あとがき／泡坂妻夫

泡坂妻夫集

（芸者の首／新道の女／目吉の死人形／雪の大菊）

・00年12月25日　リブリオ出版〈げんだい時代小説6〉 A5変型判　──　245頁　揃54000円
☆解説／縄田一男

比翼

（風神雷神／筆屋さん／胡蝶の舞／スペードの弾丸／赤いロープ／思いのまま／お村さんの友達／比翼／記念日／好敵手／花の別離）

・01年2月25日　光文社　四六判　カバー　276頁　1700円
・03年8月20日　光文社　A6判　カバー　301頁　514円
☆解説／横井司

斜光

（斜光／黒き舞楽／かげろう飛車）

・01年6月30日　扶桑社〈扶桑社文庫・昭和ミステリ秘宝〉 A6判　カバー　484頁　705円
☆暗号三昧　どろ沼　作者のことば〔『斜光』の〕『斜光』のころ／泡坂妻夫　騙しに凝る、誠意をこめて嘘をつく／杉江松恋　泡坂妻夫著作リスト

飛奴　夢裡庵先生捕物帳

（風車／飛奴／金魚狂言／仙台花押／一天地六／向い天狗／夢裡庵の逃走）

・02年10月31日　徳間書店　四六判　カバー　268頁　1700円
・05年1月15日　徳間書店　A6判　カバー　308頁　590円
☆解説ー夢裡庵先生をめぐるいくつかの数字／村上貴史

奇術探偵 曾我佳城全集 秘の巻

（空中朝顔／花火と銃声／消える銃弾／バースデイロープ／ジグザグ／カップと玉／ビルチューブ／七羽の銀鳩／剣の舞／虚像実像／真珠夫人）

- 03年6月15日　講談社　A6判　492頁　カバー　733円
  ☆解説―トリック坂をいつまでも／松田道弘

奇術探偵 曾我佳城全集 戯の巻

（ミダス王の奇跡／天井のとらんぷ／石になった人形／白いハンカチーフ／浮気な鍵／シンブルの味／とらんぷの歌／だるまさんがころした／百魔術／おしゃべり鏡／魔術城落成）

- 03年6月15日　講談社　A6判　カバー　534頁　752円
  ☆あとがき／泡坂妻夫〔00年6月30日版と同文〕 解説／長谷部史親

鳥井の赤兵衛 宝引の辰 捕者帳

（鳥井の赤兵衛／優曇華の銭／黒田狐／雪見船／駒込の馬／毒にも薬／熊谷の馬／十二月十四日）

- 04年8月10日　文藝春秋　四六判　カバー　253頁　1429円
- 07年8月10日　文藝春秋　A6判　カバー　251頁　543円
  ☆解説／末國善己

蚊取湖殺人事件

（雪の絵画教室／えへんの守／念力時計／蚊取湖殺人事件／銀の靴殺人事件／秘宝館の秘密／紋の神様）

- 05年3月20日　光文社　A6判　カバー　283頁　514円
  ☆解説／細谷正充

春のとなり

- 06年4月25日　南雲堂　四六判　カバー　301頁　1429円

揚羽蝶

（揚羽蝶／雪月梅花／紋の華苑／鳥居と兎／精神感応術／おじいちゃんのシンブル／小さなサーカス／コロスケの貯金箱）

・06年11月30日　徳間書店　四六判　カバー　228頁　1600円

トリュフとトナカイ

（開橋式次第／金津の切符／トリュフとトナカイ／蚊取湖殺人事件）

・06年12月11日　岩崎書店〈現代ミステリー短編集4〉 A5判　カバー　205頁　1400円

☆解説―作家と作品について／山前譲

織姫かえる　宝引の辰　捕者帳

（消えた百両／願かけて／織姫かえる／焼野の灰兵衛／千両の一失／菜の花や／蟹と河童／五ん兵衛船／山王の猿／だらだら祭）

・08年8月30日　文藝春秋　四六判　カバー　250頁　1429円

泡坂妻夫引退公演

・2012年8月30日　東京創元社　B6判　ハコ　分冊カバー　251＋242＋10頁　4600円

（第一幕〔絡繰：大奥の七不思議／文銭《もんせん》の大蛇《だいじや》／妖刀時代／吉備津の釜／逆鉾《しやつちよこ》の金兵衛／喧嘩飛脚／敷島の道／兄貴の腕／五節句／三国一／匂い梅／逆祝い／隠し紋／丸に三つ扇／撥鏤《ばちる》／母神像／荼吉尼天《だきにてん》〕）（第二幕〔手妻：カルダモンの匂い／未確認歩行原人／ヨギ ガンジー、最後の妖術／月の絵／聖なる河／絶滅／流行／魔法文字／ジャンピング ダイヤ／しくじりマジシャン／真似マジシャン／交霊会の夜〕）

☆泡坂さん幕を閉じ／新保博久　泡坂妻夫著作リスト／新保博久編

＊新保博久編。2分冊1函入り。

夢裡庵先生捕物帳（上）

・2017年12月15日　徳間書店　A6判　カバー　407頁　750円

（びいどろの筆／経師屋橋之助／南蛮うどん／泥棒番付／砂子四

千両／芸者の首／虎の女／もひとつ観音／小判祭／新道の女）
☆解説／芦沢央

夢裡庵先生捕物帳（下）

・2017年12月15日　徳間書店　A6判　カバー　429頁　770円

（猿曳駒／手相拝見／天正かるた／からくり富／風車／飛奴／金魚狂言／仙台花押／一天地六／向い天狗／夢裡庵の逃走）
☆解説／澤田瞳子

夜光亭の一夜 宝引の辰捕者帳ミステリ傑作選

・2018年8月10日　東京創元社　A6判　カバー　472頁　1300円

（鬼女の鱗《うろこ》／辰《たつ》巳《み》菩《ぼ》薩《さつ》／江戸桜小紋／自《じ》来《らい》也《や》小町／雪の大菊／夜《や》光亭《こうてい》の一夜／雛の宵宮《よいみや》／墓磨きの怪／天狗飛び／にっころ河岸《がし》／雪見船／熊谷《くまがや》の馬／消えた百両）
☆編者解説／末國善己
＊末國善己編。

《小説以外》

ゾンビ ボールの研究

・1968年（以下西暦19--年の場合19を省略）9月30日　力書房〈ホーカス ポーカス シリーズXI〉　A5判　――　23頁　非売（頒価500円）
☆発刊について／力書房 荒木茂郎　はじめに／著者　おわりに（／厚川昌男）

MASAO ATUKAWA'S CREATIVE WORKS IN MAGIC

・70年12月1日　石田天海賞委員会〈石田天海賞受賞記念作品集2〉　B5判　ハコ　77頁　非売
☆ブック・テスト（序にかえて）／著者　編集のあとに／フロタ・マサトシ　第二回石田天海賞賛同者氏名

四角な鞄

・75年4月1日　THE NEW MAGIC 編集部〈THE NEW MAGIC 叢書5〉 B5判　ハコ　83頁　非売
　☆はじめ／著者

＊以上3冊は厚川昌男名義

トリック交響曲

・81年2月20日　時事通信社　四六判　カバー　253頁　1200円
　☆あとがき／泡坂妻夫

・85年3月25日　文藝春秋　A6判　カバー　282頁　340円
　☆あとがき／泡坂妻夫

魔術館の一夜

・83年2月28日　社会思想社　A5変型判　カバー　174頁　1500円
　☆〔無題／〕松田道弘〔帯紙〕

・87年5月30日　社会思想社　A6判　カバー　173頁　400円
　☆〔無題／〕松田道弘

ミステリーでも奇術でも

・89年10月10日　文藝春秋　四六判　カバー　227頁　1359円

・92年10月10日　文藝春秋　A6判　カバー　236頁　369円

奇術

・91年9月25日　作品社〈日本の名随筆　別巻7〉 B6判　カバー　254頁　1553円
　☆あとがき／泡坂妻夫　執筆者紹介　奇術ガイドブック
　＊編纂。エッセイ・アンソロジー。

家紋の話 上絵師が語る紋章の美

・97年11月25日　新潮社〈新潮選書〉 B6判　カバー　292＋22頁　1200円

☆日本の文化の精髄／皆川博子　紋はおもしろい／泡坂妻夫〔帯紙〕

＊巻末に「上絵師小紋帳」を付載。

• 2016年1月25日　KADOKAWA〈角川ソフィア文庫〉 A6判　カバー　295＋22頁　1080円

＊『家紋の話』と改題。巻末に「上絵師小紋帳」を付載。

大江戸奇術考 手妻・からくり・見立ての世界

• 2001年4月18日　平凡社〈平凡社新書〉 B40　カバー　218頁　680円

☆あとがき一緒方奇術文庫について／泡坂妻夫

厚川アイランド・壱　カードの島

• 2001年12月2日　マジックランド　B5判　――　49頁　非売

＊厚川昌男名義。

泡坂妻夫 マジックの世界

• 2006年12月25日　東京堂出版　A5判　カバー　196頁　3500円

☆読者のみなさまへ／HIRO SAKAI　わが青春のマジック（序にかえて）／泡坂妻夫　あとがき／泡坂妻夫

卍の魔力、巴の呪力 家紋おもしろ語り

• 2008年4月25日　新潮社〈新潮選書〉 B6判　カバー　173頁　1000円

初出一覧

カルダモンの匂い　〈小説新潮〉一九八七年七月臨時増刊号
未確認歩行原人　〈小説新潮〉一九九一年十二月号
ヨギ ガンジー、最後の妖術　〈オール讀物〉二〇〇九年四月号
酔象秘曲　〈ミステリーズ！〉vol.81　二〇一七年二月
月の絵　〈うえの〉一九八一年七月号
聖なる河　〈小説現代〉一九九六年五月号
絶滅　〈小説新潮〉一九九六年十二月号
流行　〈文庫のぶんこ〉№55　一九九五年十月
魔法文字　〈問題小説〉二〇〇八年九月号
ジャンピング ダイヤ　〈ジャーロ〉二〇〇九年一月冬号
しくじりマジシャン　〈小説すばる〉二〇〇八年九月号
真似マジシャン　〈小説すばる〉二〇〇九年四月号
交霊会の夜　〈小説推理〉一九八三年十月号

本書は二〇一二年、小社より刊行された『泡坂妻夫引退公演』第二幕〈手妻〉の文庫化に際し、新たに「酔象秘曲」を加えたものです。

著者紹介　1933年東京神田に生まれる。創作奇術の業績で69年に石田天海賞受賞。75年「DL2号機事件」で幻影城新人賞佳作入選。78年『乱れからくり』で第31回日本推理作家協会賞、88年『折鶴』で泉鏡花賞、90年『蔭桔梗』で直木賞を受賞。2009年没。

検印
廃止

泡坂妻夫引退公演　手妻篇

2019年4月12日　初版
2019年5月17日　再版

著　者　泡《あわ》　坂《さか》　妻《つま》　夫《お》

編　者　新《しん》　保《ぽ》　博《ひろ》　久《ひさ》

発行所　(株)　東京創元社
代表者　長谷川晋一

162-0814/東京都新宿区新小川町1-5
電　話　03・3268・8231-営業部
03・3268・8204-編集部
URL　http://www.tsogen.co.jp
萩原印刷・本間製本

乱丁・落丁本は、ご面倒ですが小社までご送付ください。送料小社負担にてお取替えいたします。

ISBN978-4-488-40223-5　C0193

泡坂ミステリの出発点となった第1長編

THE ELEVEN PLAYING-CARDS◆Tsumao Awasaka

11枚のとらんぷ

泡坂妻夫

創元推理文庫

◆

奇術ショウの仕掛けから出てくるはずの女性が姿を消し、
マンションの自室で撲殺死体となって発見される。
しかも死体の周囲には、
奇術仲間が書いた奇術小説集
『11枚のとらんぷ』に出てくる小道具が、
儀式めかして死体の周囲を取りまいていた。
著者の鹿川舜平は、
自著を手掛かりにして事件を追うが……。
彼がたどり着いた真相とは？
石田天海賞受賞のマジシャン泡坂妻夫が、
マジックとミステリを結合させた第1長編で
観客＝読者を魅了する。

ミステリ界の魔術師が贈る傑作シリーズ

泡坂妻夫

創元推理文庫

◆

亜愛一郎の狼狽
亜愛一郎の転倒
亜愛一郎の逃亡

雲や虫など奇妙な写真を専門に撮影する
青年カメラマン亜愛一郎は、
長身で端麗な顔立ちにもかかわらず、
運動神経はまるでなく、
グズでドジなブラウン神父型のキャラクターである。
ところがいったん事件に遭遇すると、
独特の論理を展開して並外れた推理力を発揮する。
鮮烈なデビュー作「DL2号機事件」をはじめ、
珠玉の短編を収録したシリーズ３部作。

泡坂ミステリのエッセンスが詰まった名作品集

NO SMOKE WITHOUT MALICE◆Tsumao Awasaka

煙の殺意

泡坂妻夫

創元推理文庫

◆

困っているときには、ことさら身なりに気を配り、紳士の心でいなければならない、という近衛真澄の教えを守り、服装を整えて多武の山公園へ赴いた島津亮彦。折よく近衛に会い、二人で鍋を囲んだが……知る人ぞ知る逸品「紳士の園」。加奈江と毬子の往復書簡で語られる南の島のシンデレラストーリー「閏の花嫁」、大火災の実況中継にかじりつく警部と心惹かれる屍体に高揚する鑑識官コンビの殺人現場リポート「煙の殺意」など、騙しの美学に彩られた八編を収録。

収録作品＝赤の追想，椛山訪雪図，紳士の園，閏の花嫁，煙の殺意，狐の面，歯と胴，開橋式次第

黒岩涙香から横溝正史まで、戦前派作家による探偵小説の精粋！

日本探偵小説全集

全12巻

監修＝中島河太郎

刊行に際して

現代ミステリ出版の盛況は、まことに目ざましい。創作はもとより、海外作品の夥しい生産と紹介は、店頭にあってどれを手に取るか、戸惑い、躊躇すら覚える。

しかし、この盛況の蔭に、明治以来の探偵小説の伸展が果たした役割を忘れてはなるまい。これら先駆者、先人たちは、浪漫伝奇の炬火を掲げ、論理分析の妙味を会得して、従来の日本文学に欠如していた領域を開拓した。その足跡はきわめて大きい。

いま新たに戦前派作家による探偵小説の精粋を集めて、新しい世代に贈ろうとする。

少年の日に乱歩の紡ぎ出す妖しい夢に陶酔しなかったものはないだろうし、ひと度夢野や小栗を垣間見たら、狂気と絢爛におののかないものはないだろう。やがて十蘭の巧緻に魅せられ、正史の耽美推理に眩惑されて、探偵小説の鬼にとり憑かれた思い出が濃い。

いまあらためて探偵小説の原点に戻って、新文学を生んだ浪漫世界に、こころゆくまで遊んで欲しいと念願している。

中島河太郎

1 黒岩涙香 小酒井不木 甲賀三郎 集
2 江戸川乱歩 集
3 大下宇陀児 角田喜久雄 集
4 夢野久作 集
5 浜尾四郎 集
6 小栗虫太郎 集
7 木々高太郎 集
8 久生十蘭 集
9 横溝正史 集
10 坂口安吾 集
11 名作集 1
12 名作集 2
付 日本探偵小説史